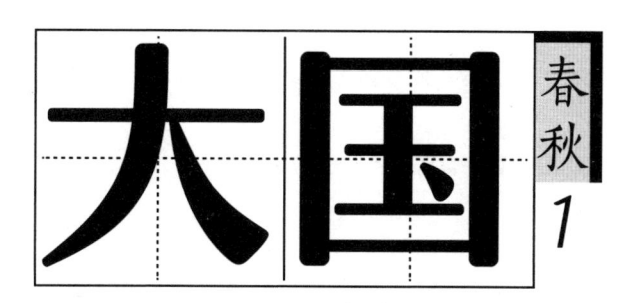

大国游戏

春秋 1

小马连环 / 著

天地出版社 | TIANDI PRESS

图书在版编目（CIP）数据

大国游戏 / 小马连环著. —成都：天地出版社，2021.9
（春秋）
ISBN 978-7-5455-6396-2

Ⅰ.①大… Ⅱ.①小… Ⅲ.①散文集–中国–当代 Ⅳ.①I267

中国版本图书馆CIP数据核字（2021）第090339号

DAGUO YOUXI

大国游戏

出 品 人	杨　政
著　　者	小马连环
责任编辑	孙学良
装帧设计	挺有文化
责任印制	王学锋

出版发行	天地出版社
	（成都市槐树街2号 邮政编码：610014）
	（北京市方庄芳群园3区3号 邮政编码：100078）
网　　址	http://www.tiandiph.com
电子邮箱	tianditg@163.com
经　　销	新华文轩出版传媒股份有限公司

印　　刷	北京文昌阁彩色印刷有限责任公司
版　　次	2021年9月第1版
印　　次	2021年9月第1次印刷
开　　本	710mm×1000mm 1/16
印　　张	18.5
字　　数	237千字
定　　价	49.80元
书　　号	ISBN 978-7-5455-6396-2

版权所有◆违者必究

咨询电话：(028) 87734639（总编室）
购书热线：(010) 67693207（营销中心）

如有印装错误，请与本社联系调换

自 序

春秋可以说是中华民族的青春期。春秋以前，夏商的尘太厚，黄土掩埋了我们的神态，再往上，我们更像神话里的人物。

当历史来到春秋，在无韵之离骚的《史记》中，在婉转高歌皆相宜的《诗经》里，在字字机锋的《春秋》里，在循循善诱的《论语》中，在四书五经、诸子百家中，从尧舜古老部落里走出来的我们，面目逐渐清晰。让人惊奇的是，无数的贤人如雨后春笋般冒将出来。执礼的孔子、无物的老子、逍遥的庄子、治国的管子、用兵的孙子……一定有我们未熟知的历史造就了这些贤人，而这些贤人的智慧重构我们，丰满我们。短短数百年间，东亚大陆，长江黄河流域，黄色的土壤养育的我们脱离蒙昧，告别神秘，成为最真实最本质的我们。

这对我们的民族来说，无疑是一次极其重要的淬火与锻打。正是这样充满火花与冰水的淬炼，充满力与血的锻造，将我们从一块生铁变成一块精钢，进而使我们的文明不为时间所腐，不为重压所折，成为世界上延续至今没有中断、泯灭的文明。

让我们翻动史册，做一次穿越两千多年的时光之旅，去寻找最初定型时的我们吧。

临淄，齐国都城，国相管仲徘徊街头，他喃喃自语："吃饱饭啊，不让人民吃饱饭，怎么要求他们懂礼仪？不让他们穿暖和，怎么好跟他们讲荣誉和耻辱？"

商丘，宋国国都，国君宋襄公将走完人生的最后一程，腿上的箭伤在发腐溃烂，半年前与楚国的泓水一战常常浮现在他眼前，几乎所有国人都在指责他没有抓住楚军半渡的大好时机，可他并不服气："君子不重伤，不擒二毛。寡人将以仁义行师，岂效此乘危扼险之举哉？"

柯邑，这里刚举行一场诸侯盟会，气氛不算融洽，鲁国大夫曹刿刚刚用刀子挟持了盟主齐桓公，在齐桓公答应归还侵地之后才肯放开。齐桓公大怒，而根据要盟可犯的惯例，被逼签下的协议也不必遵守，可国相管仲告诉他："守信吧，如果要取信诸侯，没有比守信更好的途径了。"

雍城，秦国的宫门外，楚国的使者申包胥已经哭了七天七夜，终于打动了秦国，为沦陷的祖国请来了复国的救兵。

彭衙，战鼓震天，晋国与狄国激战正酣，晋将狼瞫察觉到自己等到了那个时刻——一个证明自己的时刻。出征前，他被主帅先轸从车右的位置上撤了下来。朋友中，有的诘问他遭此大耻为何还不赴死？有的怂恿他刺杀先轸以正其名。狼瞫拒绝了，他在等待与敌交战的时机。狼瞫拔剑，冲向敌阵战死沙场。他选择用勇破敌军的方式证明自己。战场上的狼瞫，是愤怒的狼瞫。君子曰："小人怒，则祸国殃民；君子怒，则祸止乱息。"

翼城，晋国之都，刑狱官李离将自己捆住，到达宫殿后，李离恳请国君晋文公处死自己，因为他刚刚错判案件，误杀无辜。晋文公令人将他松绑，让他赶快离去。李离拔剑出鞘，伏剑而死。只因为他知道职责所在——法之精神。

礼之要义，仁之坚持，信之价值，忠之可贵，勇之所用，责之所重……春秋里充满着这样的故事。

这就是我们的春秋，这就是曾经的我们。

在走向创新的星辰大海时，我们也应该回望一下，我们最初的样子。

目 录

第一章
多行不义必自毙／001

第二章
挑战最高权威／029

第三章
强敌环伺／053

第四章
郑国的突围／073

第五章
霸主集团的雏形／089

第六章
霸主集团小试锋芒／103

第七章
姬寤生的辉煌时刻／125

第八章
来自权威的挑战／137

第九章
南来的争霸者/153

第十章
霸主集团的新领袖/181

第十一章
鲁桓公的觉醒/211

第十二章
世子的归来/237

第十三章
齐国的怪才/249

第十四章
齐襄公的囊/261

第十五章
楚武王的梦想/277

《第一章》

多行不义必自毙

第一章　多行不义必自毙

公元前722年，即鲁隐公元年，是《春秋》记录的第一年，是年四海并不升平，全年诸多大事可记，可在鲁国史官左丘明编著的《左传》里，却独独重点描写了一件并没有发生在鲁国的重大事件。

这一事件发生在郑国，从牵涉人员来看，算是郑国的家事，但从影响来说，它又是国际性的大事，足以影响之后数十年的国际形势。

这一年初夏的一天，郑国国君姬寤生走进了祖庙。他是前来祭告祖先，顺便请个假的。他马上要出国前往洛邑，朝觐天下诸侯的共主周平王。

献上祭品，焚香祷告后，姬寤生并没有马上退出，他站在祖庙里，祖庙高大肃穆，上面供奉着郑国列祖列宗的牌位。

今天将要做的事情，是他等待了二十二年的大事。可这件事情关乎大礼，能否得到祖先的认可？

姬寤生回想了之前做的一切准备，他再次确定，虽然这件事情有可能会为道德所批判，为舆论所谴责，但日后到了地下，祖宗见了他，应该也不会过于责怪吧。

从祖庙里出来，姬寤生抬头望向宫殿，他知道在后面的一座大殿里，母亲正密切关注着自己的一举一动，随时准备与他的兄弟共叔段联手给他致命的一击。

母亲、兄弟，这些本该给他亲情与支持的人却是时时刻刻都想杀掉他的敌人，命运对这位郑国国君来说，显得何其残酷和讽刺。

不管怎样，姬寤生已经下定决心，是时候决出胜负了。他不再顾忌总是藏在角落里的那双阴毒的眼睛，迈开腿，坚定地向前走去。

此刻，姬寤生的母亲武姜正处在焦虑不安中。她已经收到大儿子姬寤生将要去洛邑的消息。

这是自己苦苦等待的一个机会，还是一个陷阱？

武姜望向殿外，除去国君将要出行带来的一些忙碌，一切都显得平静而祥和。也许这一切都是真的，大儿子寤生作为周王室的上卿，去洛邑向周王汇报工作合情合理。

这是一个千载难逢的机会，武姜断定，是时候将长子从郑国国君的位子上赶下去了。

说明一下，武姜不是后妈，姬寤生是她如假包换的亲生儿子。但武姜对这个儿子显然比后妈还要后妈，为什么会这样呢？

左丘明在《左传》里意味深长地描述了这个奇怪感情的缘由。

庄公寤生，惊姜氏，故名曰寤生，遂恶之。（《左传·隐公元年》）

庄公就是姬寤生。左丘明先生一向惜墨如金，善于用最简单的句子勾画最生动的形象，被誉为"文宗史圣"。左丘明大师省了一点笔墨，给我们留下了第一个小小的困惑，什么是寤生？

寤生，即牾生，简单地解释就是逆产，出生时脚先出来。

即便在当今先进的医疗条件下，逆产都是一件让人头疼的事情，稍不小心，就可能使母子遭遇生命危险，何况当时呢！这次痛苦万分的经历一定深深地刻在了武姜的脑海里，斩不断，挥不去，忘不掉。

甚至，记录这件事情时，左丘明还写了三个字：惊姜氏。

根据"惊"这个字，有人认为武姜在逆产之前，还做了一个很不吉利的梦。不管是噩梦还是逆产，对于武姜来说，都是令她惊恐的事情。

家中的仆妇用绢布包裹着新生儿，小心翼翼地送到武姜的面前，武姜没有初为人母的幸福与喜悦，她的脑海里或许还残留着先前的噩梦。最后，儿子的啼哭声引起了她的注意，她把目光移到儿子的脸上，这是她的血肉，可她却带着嫌恶的表情，给自己的儿子取了一个刻骨铭心的名字：寤生。

三十五年过去了，武姜依然记得那个痛苦而漫长的夜晚。那一夜的噩梦常常在她的脑海里显现，提醒她这是一个不祥之子。

这样的儿子怎么可以当国君呢？要是让段来当郑国国君，不是更好吗？

想起自己的第二个儿子——共叔段，武姜紧皱的眉头舒展开来，脸上露出母亲特有的慈爱笑容。

一开始，共叔段并不是这场权力游戏的参与者，他不过是一件道具，母亲的道具。

共叔段出生于三十二年前，出生时没有给母亲添麻烦，顺产而生。这让他的母亲武姜格外欣喜，特地取名为段，"段"为"锤炼"的意思。

母亲对他充满期望，决定用心栽培。从出生那一刻起，共叔段就得到了过多的母爱，可这不是他能决定的，甚至也不是他索取的，一如眼下他所居住的大邑京。

二十二年前，共叔段十岁，他的大哥姬寤生十三岁，两人的人生第一次出现重大的分岔：他们的父亲郑武公去世了，大哥因为是嫡长子，得以继承君位；他作为幼子，则要到自己的封地去。

他的母亲为他争取到了京邑这个大城，这是一个规模与郑国都城新郑相当的城市。可他并没有感到多少快乐，刚刚失去父亲，马上又要离开自己的母亲，到一个陌生的地方独自生活，对一个十岁的小孩来说，不是一件容易面对的事情。

共叔段依然记得，离开新郑去京邑的那一天，他的母亲依依不舍，咒骂他的哥哥让他们母子分离。母亲又给共叔段挑选了一些知识渊博的老师和细心的仆人，保证他在京邑能得到很好的照料和指导。临别时，母亲嘱咐他一定好好努力，并告诉他，总有一天，他会再回到新郑的。共叔段似懂非懂地点了点头。

不管怎样，共叔段的新生活还是按部就班地开始了。京邑是一个很不错的地方，他的父亲在这里花费了不少心血，城池修整得干净整齐，商人往来不断，同时也带来了中原各地乃至四夷的新鲜事物和各种消息，显得繁华而热闹。

共叔段成了京邑的城主，而郑国的百姓也颇具娱乐精神，奉送这位城主一个很幽默的雅号：京城大叔。

《第一章》 多行不义必自毙

不难看出,郑国的百姓是很喜欢这位郑国公子的。共叔段长大后外表英俊、举止优雅、身体健硕、武艺高超,《诗经·郑风》里有一首《大叔于田》[1]据说就是描写他的。摘录如下:

> 叔于田,乘乘马。执辔如组,两骖如舞。叔在薮,火烈具举。襢裼暴虎,献于公所。将叔无狃,戒其伤女。

这首诗描写了段驾起四马大车去打猎,驾车本领高强,箭术高超,还十分勇敢,冲到茂密的丛林中,赤膊与猛虎搏斗,最后把老虎打死献给了国君。

根据该诗推测,大概是他的哥哥寤生到他的京邑视察工作,共叔段组织了一场狩猎活动。在狩猎中,共叔段打死了一只老虎,最后献给了姬寤生。

这简直就是春秋版的武松打虎,而且主人公还是堂堂的公子,比武松更加高端大气上档次。又据说,这首诗是一个女子写的,她因为暗恋共叔段,所以特地写了这首诗表达爱慕之情。

从这首诗里,我们还可以猜测,共叔段与大哥姬寤生的感情还是不错的,不然姬寤生也不会跑到弟弟的京邑去玩,还一起去狩猎;共叔段也不会冒着生命危险去打虎,打到老虎也没忘记献给大哥。

然而,这一切恐怕只能是美好的回忆了。

---

[1]《毛诗序》与方玉润都认为这首诗是写大(音:太)叔段的。但后世也有学者认为此诗与太叔段无关。

此刻，共叔段在自己的封邑京坐立不安。前不久，他接到了来自母亲的密信，里面告诉他，他的大哥将要去洛邑，新郑空虚，机不可失。

母亲让他马上率领自己的兵马来国都新郑，到时，她将打开城门接应。

终于到了可以再回新郑的时候，共叔段却有些犹豫了。

自己真的要从大哥的手里抢走君位，甚至不惜杀死他吗？

姬寤生走在郑国的宫城里，他身着长袍，一言不发。

这位郑国的国君不是一个开朗活泼的人，他的话不多，动作也很迟缓，常常给人笨拙的感觉。

这种性格的养成是环境造成的。

从记事的那一天起，他就深深困扰于母亲对他的态度。

武姜对他十分冷淡，母乳欠奉，怀抱也不温暖，看他时更没有甜蜜的微笑。他一开始也没有觉得有什么不对劲，毕竟他还小，而且也没有比较，或许妈妈就是这样的——当他一个人孤独玩耍时，他幼小的脑瓜或许会如此想。直到他的弟弟段出生。

武姜女士那迟来的母爱出现了，不！是爆发了。

姬寤生很快就知道了什么叫母爱！当母亲望着段时，眼里会闪烁光芒，仿佛看着世上最珍贵的宝物。她会轻声为他低唱，用手温柔地拍打他的背，亲他的脸，唤他为宝贝。

原来这就是母爱！母亲应该这样爱她的孩子！可是，母亲从来没有这样对待过自己！

姬寤生有没有愤怒？有没有委屈？有没有嫉妒？有没有大声哭喊甚至

摔东西来表达自己的不满？我想有的，他毕竟还是一个孩子，发泄不满情绪的途径唯有这样简单，又无用。

在早期的反抗无果之后，姬寤生擦干了眼泪，默默捡起自己摔坏的东西，开始学会接受这个世界上有不公平存在。但这个教训是从自己的母亲跟兄弟身上学到的，未免太残忍了些。

幸运的是，姬寤生并不是孤独的。

发现母亲对自己和弟弟截然不同的态度后，姬寤生有一些不满的情绪，但没用多久，他就明白这种情绪除了让自己陷入困境，并无益于问题的解决。于是，他及时从这种不满的情绪里走了出来，开始从别的地方寻找温暖。他发现父亲是公正的，国中的大臣对他也很恭敬，国民甚至还有些同情他，可这并不意味着他可以掉以轻心。

缺乏母亲的爱与支持依旧是他最大的隐患。在姬寤生努力争取支持的同时，他的母亲正在不动声色地谋划着夺走他最重要的东西，转送给弟弟段。

武姜把母爱的大部分（可能是全部）都放到了段的身上，与他游戏，教他知识，把最好吃的食物、最漂亮的衣服留给段，但有一样东西是她无法随心所欲给予的，那就是嫡长子的身份。

春秋实行的是分封制跟宗法制，这两种制度的核心是嫡长子继承上一代的身份，庶子分封为下一级。与之对应的叫立贤制，不以出生顺序为标准，而是谁贤良谁接班。

立贤不立长看上去是有优越性的，谁不愿意选个能力超强、仁爱贤德的接班人呢？立嫡不立贤是要冒风险的，万一嫡子能力平庸，是非不分怎么办呢？

但是，立贤有个问题，那就是"贤"这个东西不好评定，而且"贤"还可以伪装。而立嫡立长就很简单明了，操作方便，先到先得，一目了然。所以说，立嫡立长这种制度不是绝对意义上的公平公正，但在操作上却可以实现公平公正。

按照这个制度，姬寤生的父亲郑武公百年之后，寤生将以嫡长子的身份成为郑国国君，而弟弟段身为次子，则要到自己的封地去，替大哥守卫国土。以此为开端，寤生一脉将成为大宗，而段的子孙则成为小宗。

想到这一点，武姜投在段身上的目光更是充满了怜爱，这种过分的溺爱一般都会导向一个目标：挑战宗法制。

一开始，武姜只是在夫君的面前夸奖小儿子段聪明伶俐、知礼明义，是传承伟大事业的好苗子，作为参照物的嫡子寤生自然缺点多多，学习不努力、能力平庸、礼仪不端正。总而言之，段就是标准的王位继承人，而寤生就是一个问题少年。每当听到这个，她的丈夫郑武公总是笑笑，支吾过去便罢。

郑武公明白妻子的偏爱，但也不打算纠正她。母亲总是会偏爱小儿子一点，这是人之常情，只要不影响大局，也不是什么大不了的事。

对于母亲的行为，姬寤生是知道的，他开始变得谨言慎行，因为他意识到自己的错误会成为他人手中的把柄，自己所说的每一句错误的话都会经过母亲的口传到父亲的耳朵里，他的每一个不合乎礼仪的举动都会被成倍放大。要避免这样的情况，自己必须少说慎行。

这是他唯一的应对，也是正确的应对。

与此同时，他对母亲的不满开始转变成一种怨恨。不满跟怨恨是有区别的，不满常常会表现在脸上，发泄之后就会减弱，而怨恨却深植于心

《 第一章 》 多行不义必自毙

中，时间则是滋养怨恨的最佳腐土。

姬寤生再次望向宫殿的后方，他甚至可以察觉到母亲也在往殿外看。

她不会错过今天这样的机会，她已经错过一次绝佳的机会了，应该明白机会的可贵。

上一次机会显现是在姬寤生的父亲去世时。

武姜又得到消息，自己的儿子已经从祖庙回来了。自己的这个大儿子虽然让她生厌，但绝不至于拿祖宗开玩笑，这趟洛邑之行算是板上钉钉了。想到这里，她的心头涌起一阵喜悦。

短暂的惊喜过去后，武姜的精神又紧绷起来，接下来，她终于要将自己的计划付诸实施了。

走到这一步，本不是她最初的计划。

要是自己当年再坚持一下，就不必等这漫长的二十二年，也不必如此费尽心机了。

武姜想起夫君临去世的日子。

在那之前，她曾经多次暗示自己的夫君改立世子，但都被夫君支开了话题。这一次，她决定单刀直入，因为她不能再等了，她的夫君已经病重，棺材都定好了，再不抓紧，以后恐怕就没有如此好的机会了。

"夫君，段比寤生更贤明，请您把国君之位传给段吧？"武姜选择丈夫病重的时候第一次明确提出这个请求是有原因的，她了解她的丈夫并不是一个容易摆弄的人。

郑武公是郑国第二任国君，郑国霸业奠基之人。

在位期间，郑武公起兵联合秦、晋、卫三国，击退了入侵的犬戎，还成为周王朝的卿士，并在接下来的周王室东迁中发挥了重要作用。在为周王室出力的同时，郑武公也没有忘记自己的家事，先是吞并了两位邻居——东虢和郐，将都城迁到了原本郐国的故地——新郑；随后，他发展经济，鼓励贸易，兴办乡校，将新兴的郑国发展为中原不可小觑的大国。

当武姜对着病榻上的夫君提起易储的要求时，她满怀希望病魔能助她一臂之力。郑武公虽然身体不行了，但脑子还是清醒的。姬寤生十余年的谨慎也终于收到了回报，他得不到母亲的宠爱，但终究是得到了父亲的信任与认可。

郑武公十分肯定地给出了答复：

"寤生没有过错，世子之位不能移！"

武姜记得当时自己瘫倒在地，号啕大哭。

希望曾经破灭过，她绝不允许自己失败第二次。

姬寤生推开大殿，大殿很空旷，君位就在这座大殿的最里面。他已经在这个位置坐了二十二年，他依然记得第一次坐上这个位置时的情景。

"你弟弟段的封地太小了，要另外找个地方给他。"母亲武姜开门见山地说道，甚至忘了他们之间的关系已经发生了微妙的变化。因为此刻，姬寤生不仅仅是她厌恶的儿子，更是一国之君。

姬寤生完全有权力也有理由拒绝母亲的要求，自己在国君的位置上还没有坐热，这就要求分蛋糕了？但他没那么做，因为他是一个懂得忍耐的人。

"那依母亲所见，哪里合适呢？"

"制！"武姜立刻回答，显然，在来的路上她就有了计划。

第一章　多行不义必自毙

　　制是姬寤生的父亲郑武公通过吞并东虢国得到的领土。提起制，大家比较陌生，但提起它的另一个名字，恐怕许多人都会很熟悉——那就是虎牢。当年，周穆王曾在这里圈养四方贡献的老虎，因此得名。虎牢地势险要，是郑国最重要的关隘。

　　母亲太过贪婪了，一开口就要把国家的命门交到弟弟的手里。

　　"制是国家的要冲，不能随便分封。"姬寤生记得自己彼时的回答。他同样也记得当自己回绝时，母亲的脸色立刻变得阴沉起来。

　　从小时候起，姬寤生就是生活在这种阴影下，这给他造成了不小的心理障碍。敢回绝母亲，已经算是出息了，眼见母亲又要阴转暴风雨，他连忙说出了第二个理由："虢叔死在那里。"

　　虢叔是东虢国最后一任国君。听到这个，姜氏脸色和缓了下来，亡国之君死的地方确实不太吉利。于是，她提出了一个备选答案。

　　"那就把京封给弟弟吧！"

　　京是郑国搬迁后的第一个国都，原本是按照首都的规模来建设的，灭亡东虢国后，才搬到了现在的新郑，论城市规模一点不输于新郑。这又是一个狮子大开口的要求。

　　"好吧！"姬寤生妥协了。

　　自己当初是不是做了一个错误的决定？如果弟弟只占有小小的封地，他今天还会对自己造成这样的威胁吗？

　　或许，当时自己还是太年轻了，姬寤生如此想。然后，他下了一道命令，请上卿祭仲过来一下。

　　下达这道命令后，姬寤生想起来，当初封弟弟于京邑后，自己也是第一时间宣见的祭仲。

"先王的老规矩，最大的封邑不能超过国都的三分之一，中等的不能超过国都的五分之一，小的甚至只有九分之一，现在京邑的城墙超过了一百雉，都赶上国都了。今天把京邑不清不楚地封了人，以后有你受的。"

二十二年过去了，祭仲义愤填膺的声音似乎仍在这大殿里回响。

"姜氏非要不可，又有什么办法？"姬寤生清楚记得自己当时的回答，自己的声音充满无奈。那一年，自己也才十三岁啊！

将京封给弟弟，势必埋下隐患，但若是不给，只怕祸乱马上就会滋生。

自己的母亲不仅仅是一个偏心的母亲，还是申国国君之女、郑国的太后，更有一些郑国贵族在暗中支持她。如果拒绝，被除掉的或许不是自己的弟弟，而是刚登上国君之位的自己。

幸好还有祭仲的支持。

"姜氏这个人怎么这么贪得无厌。我看还是换个地方给段，让他没办法滋生祸害。贪欲就像是野草，一旦落地就会疯长，难以拔除，何况还是您那受宠爱的弟弟？"

想到祭仲的建议，姬寤生的脸上浮现出了一丝微笑。自己是故意为之，还是误打误撞？竟然使得郑国重臣心目中留下母亲贪婪的印象，自己则成了守礼忍让的国君，而自己更凭此确定了祭仲这位郑国卿士的忠诚。

要是自己没有暴露对母亲的愤恨，进而说出那句话就好了。

"多行不义必自毙。"姬寤生再一次轻念起自己紧随祭仲"野草论"之后说的一句话。二十二年过去了，自己的兄弟共叔段也算努力，总算积累了足够的"不义"之举。

姬寤生试图争取过弟弟，偶尔也去京邑看看弟弟，可当他看到段的眼神里开始带有鄙夷与恨意时，他知道，自己已经失去了这个兄弟。

这大概是迟早的事，或许还是自己一直所期待的？姬寤生不敢在这个问题上过于追究。他所做的，是看着兄弟一步步站到了自己的对立面。

有一天，郑国两座城的城宰各送来一份报告，汇报最近共叔段突然给他们发文，要求他们以后必须向共叔段汇报工作，提交赋税。这两座城分别位于京的西边和北边。接到报告，姬寤生长叹了一口气。

自己的弟弟终于在反叛的道路上迈出了实质性的一步。

奇怪的是，对于这种明目张胆的背叛，姬寤生没有勃然大怒，更没有马上兴兵讨伐，而是把这两份文件压了下来，当作什么都没发生一样。

这样息事宁人的做法遭到了郑国大臣的激烈反对，一位叫公子吕的大夫马上跑来见姬寤生。春秋时，诸侯的儿子常常在名字前冠以公子二字，孙子则冠以公孙二字。

公子吕是郑武公的弟弟，从辈分上讲，是姬寤生的叔叔，所以说话相当直接。

"国无二主，你到底想干什么，你要是想把郑国送给共叔段，那我现在就去京邑跟着他干，要是你还想当这个郑国的国君，请马上除掉他。不要搞得百姓生出二心。"

姬寤生封兄弟在京邑，上卿站出来反对，现在姬寤生默许兄弟私征赋税，公然圈地，连郑国的公室都站出来反对，姬寤生已经争取到足够的力量，似乎没有必要再忍耐了。可等这位暴脾气的叔父说完，姬寤生轻声说了一句：

"不用管他，他会自取灭亡的。"

姬寤生之所以迟迟不动手除掉弟弟，还是有原因的。忍耐常常会被误解成犹豫和怯懦。从后面的事情来看，姬寤生做事果断，出手狠辣，绝不是犹豫和怯懦的人，他迟迟不肯出手，一定有他的原因。

时机尚未成熟。除了王公贵族的支持，他还需要另一种支持：民众的支持。共叔段因为为人洒脱，长相英俊，在郑国百姓中支持率一直很高。要是郑国来一次全民"选举"，只怕获胜的会是共叔段。

公子吕气呼呼地走了，走之前，姬寤生说自己会盯住共叔段，绝不让这小子乱来。事实上，共叔段很快又乱来了。

大概上回共叔段只是试探了一下，发现大哥没有任何反应，他的胆子大了起来，直接将两座城邑收为己有，势力一直扩展到廪延。

于是，公子吕又来了。

"一定要收拾共叔段这小子，再不动手就晚了，这小子的地盘越来越大，老百姓都开始向着他。"

扩张地盘就能得到民心吗？姬寤生在心里问自己，然后否定了叔叔的判断："对君不义，对兄不亲，扩张得越快，灭亡得越快。"

姬寤生再一次拒绝了发兵的请求。共叔段的步子迈得越来越大了，他在自己的京邑招兵买马，因为不能明目张胆地搞军事演习，他就常常组织狩猎，借以锻炼队伍。

姬寤生在等待着最佳的机会，共叔段也在厉兵秣马。当然，不要忘了我们的姜氏。姜氏也没闲着，经常给京邑送信，对段最近的所作所为给予了肯定，并指示他可以胆子再大一点，动作再快一点，争取早日上演"王者归来"的好戏，迈进新郑城。

这一天，大家都等了很久。就在这一天决出胜负吧！

祭仲来了，与此同时，公子吕也来了。

"一切都准备好了？"

《第一章》 多行不义必自毙

二人点点头。

那走吧，我们去洛邑。

三人步出宫城，坐上马车，白旄飘扬，正式朝洛邑出发。

共叔段再次翻看了母亲的密信，信的字里行间满是期待。

这样的期待已经记不清是多少次了。

自从共叔段搬到京邑后，武姜经常派人来探望，除了关心段的生活，她最关注的是段的内心活动。她常常提醒自己的这个小儿子，这个国家是他父亲的，兄弟们都有份儿，可现在被你的哥哥占了去。她告诉段：你比你的哥哥更有才华，比他更受郑国百姓喜爱，要是由你来当国君，一定会比他干得更好。

这样的思想灌输很轻易地激发了段内心的强烈欲望，试想，有几个人能抵挡得住内心挣扎的欲望呢？

母亲说得对，他只不过比我早出生三年，凭什么就可以成为国君？而我就只能待在这个京邑，做他的臣子，听他调遣？

共叔段一开始怀疑，继而愤愤不平，最后终于出离愤怒了。

欲望就像野火，一经点燃便难以控制。

看完信，共叔段站了起来。他的一生里，一直秉承"听妈的不会错"这个指导思想去工作，去生活，去造反。

他终于下定最后的决心，从这一天开始，他不再做京城大叔，他要做新郑之主、郑国国君！

二十二年的等待，昔日的少年已经长大成人，是时候去完成那项使命了。为了提高这次行动的成功率，共叔段还派自己的儿子公孙滑到卫国请外援，邀请卫国人前来"共襄盛举"。

共叔段没有想到，他这一决定竟然引起了一次诸国之战。

京城大叔拉起自己的队伍，雄赳赳气昂昂地向新郑出发，在前面等待他的是母亲的拥抱与郑国的君位，而对自己的哥哥，他还没有想到应该怎么处理。"最好他一辈子留在洛邑不要回来了"，段大叔内心大概就是这样想的。

可走到一半的时候，京城大叔就听到一个让自己感到五雷轰顶的消息，他的大本营——母亲为她争取来的繁华可与新郑媲美的京邑被人占领了！占领者就是顽固不化的郑国王室高管公子吕！

此情此景，共叔段突然明白自己上当了！此时，在新郑城等他的恐怕不是什么母亲的拥抱，而是兄长高举的屠刀！

现在我们解释一下整个事情的经过。

看到兄弟段天天操练兵马、积蓄粮草，姬寤生知道自己一直等待的那个日子就要来了，可到底是哪一天呢？姬寤生却没有把握，这种等待的滋味实在不好受，何况家里还有一个老太婆时时准备起义，这就更难熬了。于是，姬寤生就想到了这个引蛇出洞的方法，故意宣称自己要去洛邑见老大哥周天子，等出了城以后，就找个地方躲了起来。

母亲跟弟弟果然上当了，而共叔段的战车刚出城，姬寤生就收到了消息。这些年，姬寤生对弟弟在京邑的举动一直是睁一只眼闭一只眼，但要是认为他真不关心弟弟那可就大错特错了。事实上，姬寤生对弟弟的工作生活十分关心，关心到连弟弟吃饭、见客、上厕所、睡觉、打呼噜都一清二楚。

弟弟一出城，姬寤生就派公子吕将弟弟的老窝给端了。然后，他不急不慢地回到了新郑。

进宫后，姬寤生马上叫人将自己的母亲控制起来，然后召集郑国大臣开会。会上，他通报了弟弟造反的事实，还特别说明弟弟请了卫国人前来帮忙，这引起了大家极大的愤慨。春秋时，大家的集体荣誉感、国家认同度还是很强的，本来兄弟相争是常有的事，可要是引他国兵马进城，性质就不同了。

大家强烈要求立刻发兵，清理门户。

望着群情激奋的手下，姬寤生终于发出了冷酷无情的誓师之语："可矣！"

二十二年的隐忍只为了这一句！

在听到自己的京邑被端了以后，京城大叔慌了手脚，想了一下，还是决定回去夺回京邑，大不了我回去接着做我的京城大叔！

这是他的真实想法，幼稚而单纯的想法。这证明，打猎跟打仗还是有区别的，赤着胳膊能打虎，未必能穿着铠甲去打仗。进退失据的共叔段回到京邑城下，城门紧闭着，公子吕站在城头威风凛凛。

姬寤生安排公子吕而不是祭仲来夺城是有原因的。祭仲虽然官职高，但毕竟不是郑国公室的人，而公子吕就不同了，他是王室的长者。家里有矛盾，一般都是找家中的老人出来说话，因为他们的话更有权威性。而姬寤生早就算到弟弟没有直接跟他叫板的勇气，一定会回京邑，这才特意安排叔叔在京邑等他。

公子吕没有出战，他只是在城头将共叔段骂了一个狗血淋头，共叔段还没来得及将脸上的唾沫擦干净，就发现自己的兵已经跑了一大半。这也难怪，跟着这样不仁不义的领导混，实在没什么面子。

共叔段只好逃了。做郑国国君是一场梦，京城大叔也做不成了，但是，至少还要活着吧！

也没有太多的选择，他跑到了京邑附近的鄢——他强取豪夺来的城。在这里，他也没有待多久，因为他的亲哥哥姬寤生领着大军杀了过来。共叔段再次出奔，这下算跑对地方了，他跑到了共。

大军尾随而至，将共城围得水泄不通。共叔段爬上城墙，将头伸出城垛，看到了杀气腾腾却按兵不动的郑国大军，他长叹一口气，领悟到兄长的意思。

共叔段回到房中，将一匹白布挂在房梁上，当原本柔软的绢布被身体的重量拉成铁丝一般生硬，继而扼住他的呼吸时，他有没有想起那个给他万千宠爱的母亲？母爱让我们成长，但当这种母爱变成一种溺爱之时，只怕与绳索无异。

看着弟弟的尸体，姬寤生脸上呈现出复杂的表情。最后，他决定还是流点泪比较合适。于是，他在弟弟的尸体边痛哭了一场，下令将弟弟妥善安葬。

不管怎样，他终于解决了国内最大的隐患。为了解决这个问题，他隐忍了整整二十二年，不得不让人佩服，或许就连姬寤生都有些佩服自己。他除掉了这个夺走他母爱、威胁他统治的弟弟，没有引发大的动荡，更重要的是获得了国人的支持，大家都说他干得好，姬寤生在国内的支持率一度达到顶峰。

他似乎成功了，但历史还是公正的。

我们提过，鲁国史官左丘明编写了《左传》。事实上，这不是一部典型的史书，更像一份解释性文件，据说就是对著名教育家孔子编订的传世史书《春秋》的注释。我们也说过，左丘明先生行文简练，但跟孔子先生比起来，他简直就是话痨了。关于郑庄公这件事情，孔子只用了一句话。

夏五月，郑伯克段于鄢。（《春秋·隐公元年》）

如此简单，连一向奉行节约的左丘明也看不下去了，特地在下面解释。

其一，共叔段没有弟弟的样子，所以不用"弟"字，直呼其名以示批评。

其二，姬寤生跟段是兄弟争国，而段又自据其城，跟大哥如同两个国君，所以不用"征"，而称之为"克"。

其三，不说姬寤生以国君身份讨伐共叔段，而称他为郑伯，是批评他有失兄长的职责，非但没有好好教育弟弟，反而故意放纵、精心安排，让弟弟走上造反的道路。

其四，没有把共叔段出奔共这个结局写出来，是实在不好下笔。说大哥把弟弟逼到共城吧，对姬寤生不太尊重；说共叔段自个儿跑到共城吧，就对弟弟太不公平。

区区六个字，包含了这么多的意思在里面，孔子先生这样打文字哑谜也是有苦衷的。孔子编《春秋》的本意就是通过点评历史事件、评述历史人物来教育大家，但这些历史人物毕竟是先人，有些还是受人尊重的贤人。他们不是淘宝商品，随便点评太不礼貌。所以，必须要采用这种隐晦婉转的笔法表达自己的褒贬。后人遂将这样的笔法称为春秋笔法。

据说，孔子对自己的这一笔法颇为自得，认为自己别的东西大家可以随便提意见，但对于《春秋》这本书，我老人家已经考虑得很周到了，该留的留，该删的删，别人一个字也动不了。后人也评判《春秋》里寓褒贬于一字之间，字字隐藏有微言大义，导致后来的学者一翻开《春秋》，就逐字研究，生怕某句话已经将某人十八代祖宗都批评了，自己还看不出来。

遗憾的是姬寤生，他费尽心机，苦等二十二年，就是为了又当杀手又当牧师，可孔子只用六个字就将他的内心揭露得一清二楚。

姜氏是一个蹩脚的阴谋家，更是一个失败的母亲。

中国的礼仪里清楚凸显着长幼有序的重要性。这是前人的古老智慧，是用无数惨痛的教训换来的东西。在古代，如果家中有幼子，当长幼发生冲突时，除非是确定的对错，否则一定不能偏袒幼子，呵斥长子。正确的方法应该是维护长子的尊严，然后让长子去管理幼子。只有这样，才能达到荀子所说的：长幼有序，则事业捷成而有所休。

姜氏犯了长幼失序的错误，帮助幼子夺权乱国，她的犯罪事实是清楚的，情节是恶劣的，后果自然也是相当严重的。当她看到本该去洛邑的长子突然回到新郑时，就知道自己犯了一个天大的错误，她试图大哭大叫大喊，但一切都无济于事，宫女不再把她当太后，而是将她拖进了一个房间，外面落上了重重的铜锁。

她最关心的大概还是儿子段的安危吧，但结果并没有多大的悬念。她的长子回来了，带来段的死讯。

从悲痛中稍稍缓过劲，姜氏望着自己的长子。她从来没有这么认真看过他，也从来没有感到如此陌生。她一直把他当作丧门星，从不拿正眼瞧他，可今天，她的命运就掌握在他手里。

"您去颍城吧！"儿子说出了他的审判，然后转身离开。在跨出门时，他停住了，没有回头，只丢下另一句冰冷的话："不及黄泉，不相见也！"

苦心经营二十多年，只落得一个幼子亡、长子离的下场。姜氏只好离开新郑，离开这个她跟夫君共同营造的都城，如果不出意外，她将在颍孤独地死去，陪伴她的大概只有深深的愧疚与悔恨。

但还是出意外了。

他的长子，郑国国君姬寤生后悔了。

虽然她犯过大错，虽然她对自己有万般不是，但她毕竟是自己的母亲，父亲死了，兄弟上吊了，再把母亲赶走是不是不太合适？

确实不太合适。

中华民族一向是礼仪之邦，而礼最基本的前提就是孝。关于孝道，孔子先生教育我们说：君子弛其亲之过，而敬其美。翻译过来就是：君子应该忘却自己父母的过错，而敬重他们的优点。

更让姬寤生坐不住的是，外面对他"驱母"这件事已经有了一些议论，风向对他颇为不利。

本来，姜氏与段同谋抢班夺权这件事经姬寤生广泛宣传后，这位太后就不受群众的待见，朝中的臣子对她意见很大。但看到这位太后坐着她的马车，带着她的丫鬟，孤苦伶仃地朝颍行进，社会舆论悄然发生了变化。人民群众向来是同情弱者的，一个寡妇，老公死得早，两个儿子不和睦，死了一个，剩下的一个还不认她，要把她赶出家门，实在是一个容易引起群众同情的对象。

而且姬寤生"驱母"事件很快传遍各国，一时之间，舆论哗然，各国首领纷纷来电来函，表示对此事件的关注，希望姬寤生作为一国之君能够发挥君子风范，迅速消除不良影响，以弘扬周礼周风。

形势发生这样的变化，是姬寤生没想到的，忍了这么多年，本以为可以扬眉吐气张狂一次了，却没有想到忍是一辈子的修行。

实在不行，那就把老太婆接回来吧！

但新的问题又来了，自己以前已经放出了狠话，不到黄泉不相见！

言语未出口之前，你是它的主人；出口之后，它就是你的大爷。

说好的黄泉再见，突然又收回来，面子实在有些放不下。

但俗话说得好，话是死的，人是活的。

办法还是被一个人想到了。

在郑国国内悄然掀起对国君"驱母"事件大讨论的同时，一个人从姜氏居地颍城出发了，这个人叫考叔，因为他是颍的地方官，所以史书称他为颍考叔。

颍考叔很生气，史书记载这位先生以孝闻名，生平最见不得不忠不孝之事，国君把自己的亲妈赶出了家门，还安置在他的颍城，这等于公然挑衅他的价值观。

当然，颍考叔对国君家的那些事还是清楚的，也明白主要责任还是在这个母亲身上，要劝说国君不是一件容易的事。于是，在去新郑之前，他特地组织手下的干部去抓了几只鸮，就是猫头鹰。

春秋时，男人们见面，见面礼是很讲究的。公、侯、伯、子、男执玉，诸侯、世子、附庸、孤卿执帛，卿执羔，大夫执雁，士执雉。执不同的礼物代表不同的身份。

《第一章》 多行不义必自毙

> 男贽大者玉帛，小者禽鸟，以章物也。（《左传·庄公二十四年》）

颍考叔是大夫，去见国君，本来应该带一只大雁，但他偏偏去抓猫头鹰，这当然不是他不懂礼节。

拎着这些猫头鹰，颍考叔来到了新郑，报告要向国君献野味改善伙食。颍是个小城，下面的人要献鸟，国君并不一定要接见，但听到这位考叔是从颍城来的，姬寤生心里一动。

"那就宣他上来吧！"

见面之后，颍考叔献上准备好的鸟，姬寤生一看，这鸟没多少肉。但他还是问了一句：

"这是什么鸟？"

"这叫鸮。"颍考叔沉稳地答道，"这种鸟有个习性，小时候母亲哺育它，长大之后，这种鸟就开始啄食父母，是为不孝之鸟，所以我抓来给国君您吃。"

补充一下，所谓鸮就是猫头鹰，"鸮食母"，属于当时人们的误传。

姬寤生沉默了。良久，他说："你来一趟不容易，就吃个饭再回去吧！"

颍考叔已经做好了心理准备，要是国君听了这话勃然大怒，说明这家伙确实不守孝道，少不得回去要发动群众对他进行批判，现在国君没有发怒，还留他吃饭，说明孺子可教也。

国宴果然高端大气上档次，姬寤生特地吩咐厨房蒸了一只全羊端上来，姬寤生又特地指示先给考叔上一条羊腿。

羊腿端到了颍考叔的面前，颍考叔仔细看了看面前正在冒油的羊腿，深吸了一口气，然后从怀里掏出一把小刀，就开始片羊肉，专捡好吃的下刀子，片下来后，直接就往怀里装。

刚上菜就打包？这实在出乎姬寤生的意料。

"您这是……"

"臣家里还有老母。"颍考叔的眼睛没有离开羊腿，"我弄点回去给她吃。"

大殿复又沉默，除了颍考叔的片肉声。过了一会儿，颍考叔听到国君发出长长的悲叹。

"您还有母亲可以送肉，我又去哪里送肉啊！"

颍考叔的目光终于从羊腿上移开了，"敢问国君这是什么意思？"

姬寤生不再遮掩，把这些日子困扰自己的烦恼全盘托出。最后，他痛苦万分地说道："我十分想念我的母亲，只是当日我发下了毒誓。"

到底姬寤生是真的思念母亲，还是迫于舆论压力呢？我们还是认为两者皆有吧！毕竟亲情是永远难以割舍的。

颍考叔笑了，在他看来，母子和解的难点不在于什么黄泉毒誓，难点在这位国君的内心，既然心结已解，还有什么可以担心的。

"这有何难，在地上挖一条隧道，直到看到泉水，你们母子自然就可以黄泉相见，有谁敢说您违背誓言呢？"

颍考叔要了一个花招，把象征死亡的黄泉转化为实体的黄泉，问题迎刃而解。

在国君的亲自主持下，郑国黄泉隧道项目很快开工建设并提前完工。这是和解的隧道，也是孝得以修复的隧道。浪漫的春秋人用优雅的笔触记载了这一母子和解的温馨场景,据记载,当姬寤生迈进隧道时,心情十分激动,即兴赋道:大隧之中,其乐也融融。

姜氏从隧道里往外走,也边走边吟唱歌赋:大隧之外,其乐也泄泄!

母子遂如初。

虽然不算太完美,但总算是一个大团圆结局,这对姬寤生来说尤其重要。通过这次精心策划、大张旗鼓的掘地迎母事件,姬寤生迅速扭转了舆论批判的困局,挽回了声誉,重塑了国君伟大高岸的形象。

至此,他终于圆满解决了家务事。但修身齐家治国平天下,姬寤生深知,郑国的霸业尚未成功,自己仍需努力。

《第二章》
挑战最高权威

《第二章》挑战最高权威

郑国地处中原腹地，都城位于新郑，其疆域包括今天的河南北半部，是西周册立的最后一个诸侯国。同时，它是东周第一个霸主国。这看起来似乎有些巧合，但仔细琢磨一下就会明白，作为后起的诸侯国，它没有太多的历史包袱，也更加奋发图强，从而能够赶在齐、晋、楚这些历史悠久的诸侯国之前率先成就霸业。

罗马不是一天建成的，霸业也不是一天可以练就的。郑国的霸业起步于郑国第一任国君郑桓公的深谋远虑。

郑桓公，姓姬名友，是周厉王的小儿子，周宣王的胞弟，周幽王的叔叔，正宗的王室苗裔。因为排名太靠后，直到他的老大哥周宣王当了二十二年天子，才想起这位小弟还没有自己的地盘，于是将姬友封在了今天陕西凤翔一个叫郑的地方。

郑这个地方不大，估计人口也就相当于现在一个乡镇的人口，但乡干部也是干部，姬友勤政爱民，深受百姓爱戴。

在封地的政绩为他赢得了声望与政治资本。周幽王时，姬友被召进朝中担任司徒，执掌国政。其工作成绩是很突出的，老百姓在他的教化下和睦相处、心情愉快。提到姬司徒，群众都忍不住称赞。

工作干到这个地步，应该心满意足了，可奇怪的是，姬友并没有沉醉于成绩当中，他甚至感到十分焦虑。

在朝中工作的第二个年头，他就有一个很不好的预感：周王朝就要完蛋了！

这个感觉来源于他的上司——周幽王。

很多人都知道周幽王是个暴君，其最著名的"事迹"莫过于他为了博美人一笑，不惜点燃烽火，戏弄诸侯。著名史学家司马迁绘声绘色地记录了这个故事，并且给周幽王定了个性，就是脾气暴躁，好色贪玩，脑袋还缺根筋。这三样沾上一样，就命运多舛了，三毒俱全，想不亡国都难。

自武王伐纣建周二百多年来，大家靠西周这棵大树遮风挡雨，现在大树要倒，大家还是各自逃命去吧！可是逃命也要有个跑路的方向，跑完之后也得有个落脚的地方。

姬友无处可避，他的那块封地小不说，还处在京城郊区，四周都是威胁，实在不是一个安身立命的好地方。

姬友的心情就像自己被困在一棵大树上，自己的侄子周幽王正抡着一把大斧子拼命砍树，而他左看右看，都找不到落脚的地方。无奈之下，他决定去问一个人。

他要问的这个人，可以说是《春秋》里的一个神人。

此人是周朝的太史伯阳父，他跟姬友关系不错，除了同朝为官的原因外，大概还因为他们有共同的见解——两人都认为周朝要完蛋了。

伯阳父甚至比姬友还要悲观。

公元前780年，周幽王登基的第二年，中原各地地质板块之间活动异常，泾水、黄河、洛水流域同时发生地震，周朝的发祥地岐山还发生了十分严重的山体滑坡，造成了堰塞湖，引发三川断流。地方将这个消息报过来，请求周幽王赶紧组织抗震救灾，周幽王表示地震是常事，何必惊慌地跑来告诉我？

伯阳父听说后立刻断言，周朝不出十年当亡。

两位平时没少聚在一起抱怨周幽王，见了面也没有含糊，姬友直接说出了自己的忧虑："王室马上就要发生动乱，到时我的家族要去哪里逃难啊？"

伯阳父的回答精彩绝伦，堪称"春秋第一论"。

"我看只有洛邑以东，黄河跟济水以南的那块地方可以安置你的族人了。"

姬友点头，那块地皮倒是不错，土地肥沃，交通发达，正是中原腹地，但好地方总是有人抢先下手。那里不是无主之地，而是虢国和郐国的地盘。

"我怎样才能去那里？"姬友问道。

"虢国的君王仗着自己在朝中有势力，郐国的国君自恃国境地理位置险要，他们都十分骄侈，还都爱占小便宜，百姓已经离心，而你身为司徒，又有百姓爱戴你，如果你请求去那里居住，给他们送点礼物，他们看你在朝中当政，一定会为了巴结你送你土地。你搬过去后，用心治理，到时虢、郐两国的百姓就会成为你的百姓。"

姬友意识到伯阳父说的是对的，但他并不打算马上附和对方。想了一会儿，他说道："其实我想把郑国搬到南方大江旁边去。"所谓大江，就是现在的长江。

伯阳父露出了一丝微笑，接下来，他说出了一个预言式的论断："过去祝融替高辛氏掌管火，功劳很大，楚人就是他的后代，楚人因为周朝的压制没有兴盛起来，现在周朝要衰败，楚人一定会兴起，楚国强盛起来，你跑到他旁边去定国，只怕没什么好处吧？"

其时，楚人还在长江边默默无闻，这群"披发敞袍、赤足踏歌"的人听到有人如此论断他们的将来，其内心必定燃起熊熊火焰吧！

"那我搬到西边去，怎么样？"姬友又问。

伯阳父的笑意更明显了："那里的百姓贪婪好利，难以长久居住下去。"

西边主要是少数民族西戎人活动的区域，经济欠发达，教育很落后，群众基础很差，的确不是一个建立根据地的好地方，姬友也是明白这一点的，只是一时面子问题，故意来抬杠。被伯阳父无情反驳后，姬友老实了，诚心诚意地请教了另一个问题。

"周室衰败以后，哪一国将会兴起？"

"我估计是齐、秦、晋、楚中的一个吧！"伯阳父答道，他的眼神深邃，仿佛穿透时光的迷雾，"齐国的姜姓人，是伯夷的后代，伯夷曾经替尧掌管礼仪制度；秦国的嬴姓人，是伯益的后代，伯益曾帮舜收服许多部落；至于楚国的祖先，也曾经对天下有功；而周武王克纣后，把叔虞封在了唐地，那里地势险要。等周室衰弱，这些有德之人的后代一定能够兴起！"

伯阳父一气说完"春秋第一论"，他充满远见卓识的论断被历史一一证明，在此后的岁月里，齐、秦、晋、楚先后崛起，称霸中原。

至此，姬友彻底服了。他老老实实地向对方行礼，表示赞同："你说得对!"

拿着伯阳父的立国安命指南,姬友照本操作,给周幽王打了报告,将郑国迁到了洛东。作为新搬来的,他及时给虢、郐两国国君送去了礼物与亲切的问候,两国国君也十分够意思,两人一商量,一起送给姬友十个城邑。从后面的情况来看,这两位完全是羔羊式的国君,家里进来了一头狼,不但没有引起警觉,反而把自己最重要的资产土地送了出去。

这件事在中国历史上被称为虢郐寄孥。

搬到洛东之后,姬友松了一口气。接下来,他可以全心全意去完成自己的使命了。

郑国搬家没两年,周幽王就玩出了火,犬戎进攻王畿,攻破西周都城镐京,周幽王被杀,其时公元前771年,离伯阳父论断不出十年周朝必亡只差一年。周幽王还是不争气啊,只要再努力一年,就可以打破伯阳父的咒语了。顺便提一句,伯阳父早在两年前就辞职不干了。

姬友却没有逃跑,作为国家的上卿,他站好最后一班岗,杀身成仁,死在两军交战中。姬友以死殉国,又能妥善安置自己的封国与家族。自古家国难两全,他却做到了。

唯一遗憾的是,他没有将这种忠于王室的精神好好传下去。

公元前11世纪中期,周武王率领各部落推翻商王朝的暴政,建立了西周,这次革命大概是中国历史上有详细记录的第一次"中国合伙人行动",周武王是创业的发起人,实施骨干;其他部落是出资人。

是合伙人自然就要分红。建立周朝后,周武王于外大封诸侯,用诸侯国作为王室的屏障;于内往往会任用一名王室贵族为上卿,帮助王室管理民众，打理政务等。历史上，在上卿这个重要的职位上涌现出了许多杰出的人才，比如周成王时执政的周公旦、周穆王时执政的祭公谋父等等。

姬寤生的父亲郑武公也是这个荣耀队伍的一员，但姬寤生却没有遗传父亲的优秀作风。他虽然时不时派人到洛邑送点工作报告，他本人却经常不到岗。

从地理上来说，郑国跟洛邑紧挨着，去一趟也不太费事，可姬寤生就是很少去洛邑。

姬寤生的爷爷郑桓公对周王室可谓鞠躬尽瘁，死而后已；他的父亲郑武公也是任劳任怨，在王室搬家的过程中出钱出力，后面也经常丢下郑国的事情来打理周王朝的政务；但姬寤生对待周王室却很消极。

时间一长，姬寤生的消极怠工造成了很坏的影响。

按照周武王当年的规定，诸侯要每年派大夫来洛邑汇报工作，以及交纳贡赋，三年要派国中的上卿来，而五年，诸侯应该亲自来。这种贡赋是王室的重要收入来源。作为王室上卿，主要工作就是督促大家及时纳贡，如果有不来的，上卿就应该组织军队武装强制缴贡。具体来说，一次不来朝的就降职，再不来就收回其自留地，三次不来则要点起兵马将他从地球上抹去。

因为姬寤生的消极不作为，搞得诸侯基本上都拖欠贡赋，如此一来，周王室的声誉受到了严重削弱，王室收入直线下降，直接影响到了王室的正常运作，使王室成员的生活水准降到了历史最低位。

最后，周平王实在没办法，只好决定再提拔一个能管事的人上来。

周平王找的人是西虢国的国君虢公忌父。这位忌父也是周王朝政府班子的一员，职位没有姬寤生高，但工作态度很好，没事就往洛邑跑。周平王对他印象不错。周平王挑中他，应该还有一些不能摆到台面上的原因。

首先，忌父的虢国就在周国附近，以后打起招呼来方便些。其次，虢国是个小国，方便周平王控制。最后，还有一些历史原因，忌父的父亲虢石父是周幽王的亲信，是"烽火戏诸侯"这出戏的始作俑者。

起用这种父辈有政治污点的人，一来可以体现周王室的宽大胸怀，二来也更加能够让虢公忌父感恩戴德，全心全意为王室服务。

另外，还有一个更为重要的原因，我们留到后面说。

周平王宣来了虢公忌父，聊了聊家常，顺便发了发姬寤生的牢骚。周平王没有注意到在批判姬寤生时，虢公忌父的呼应并不那么热烈，这个疏忽也导致了后来一系列的问题。

最终，周平王说出了这次宣见的目的：

"我想提拔你为上卿。"

说完，周平王满怀期待地望着虢公忌父，对方脸色通红，说不出一句话来。他大概是受宠若惊吧，周平王想。于是，他告诉虢公忌父不要有心理负担，回去好好考虑一下，明天再答复他。

第二天，周平王没有等到虢公忌父的答复，而是听到一个让他火冒三丈的消息，虢公忌父跑了！

虢公忌父的父亲是个奸臣，奸臣的智商一般都比较高，虢公忌父有没有继承他父亲的品性不知道，但他智商并没有下降。他明白周平王提拔自己当上卿并不是真的赏识自己，而是为了分姬寤生的权，气一气姬寤生。而姬寤生这种人怎么好惹？他们家一个比一个狠，郑桓公时就硬把国家搬到了虢国附近，郑武公干脆把东虢国给灭了。这个姬寤生虽然还没有惹是生非，但冲他杀弟驱母的狠劲，只怕也会成为一个横行乡里的小霸主。

听到周平王的话后，虢公忌父一晚上都没睡好觉，第二天一大早，干脆收拾行李当了逃兵。

不来上班的人请不来，来上班的还被自己吓跑了，周平王一时之间有些心灰意冷。但很快，他的神经又紧绷了起来。

姬寤生进洛邑了。

迈进洛邑的城门，姬寤生深深吸了一口气。

因为是新都，洛邑的城墙并不特别高大，但姬寤生依旧能够感到这座城池隐藏的王者之气。

他的第一感觉是自己来晚了。

事实上，姬寤生早就想来洛邑了，他之所以迟迟不来，倒不是舍不得给周平王的见面礼，而是他实在抽不开身。继位二十多年，他的目光一直死死盯着京邑的弟弟，家中还有一个随时准备给他使绊子的母亲，这让他半刻也不敢离开新郑。

现在弟弟死了，母亲也像个母亲了，姬寤生总算有时间到洛邑见一见周平王了。

来之前，他已经听说了虢公忌父的事情。这也是他马不停蹄赶到洛邑的原因，卿士这个职位，他一向没有放在心上，但真要除了名，就等于丢了自他爷爷就传下来的铁饭碗，对不起列祖列宗不说，在各国当中更会造成很不好的政治影响。

连大家都不怎么搭理的周平王都敢将你拿下，你姬寤生还有什么威信呢？

刚把家务事处理完，周王室这里就出了这么一件事，姬寤生很恼火，来洛邑时带着一股怨气。见到周平王后，他也没心情说什么客套话，更不说什么废话，而是单刀直入：

"听说您对我有些意见，准备分我的权？"

周平王没想到姬寤生这位稀客平时不来见自己，却对自己这里的情况掌握得这么快，这么清楚。他的心里还是有点内疚的，毕竟搬家时，郑国出了大力，虽然这些年姬寤生不来，但不打招呼就架空人家，毕竟有失天子风范。所以，被质问之后，周平王脸色发红，第一个反应竟然是断然否认。

"你听谁说的？没有的事！"

这样的解释苍白无力。姬寤生也不是这么好忽悠的，眼见周平王装糊涂，只好把话说开了："我听说您宣见了虢公。"

天子你也别装了，事情我都知道了。

"我确实宣见了虢公，但他已经回虢国了。"周平王低声说道，意思是，确实有这么一档子事，但不是还没实施嘛，人家都吓跑了。

按理说，要让领导公开承认错误不太现实，让领导认识到问题的严重性就够了，但姬寤生感觉自己大老远从新郑跑到洛邑，只是搞清楚事实有点不甘心。为了扩大战果，他甩出了撒手锏。

"您提拔虢公也是对的，虢公才能出众，足以担当上卿，我还是让贤吧！"

这一招叫撂挑子，正式点说叫罢工。

周平王确实慌了，国不可一日无君，也不可一日没有上卿，换到今天，人家会认为你组不成内阁，进而怀疑你的合法性。于是，周平王马上否决了姬寤生的辞官请求，并耐心细致地做起了他的思想安抚工作，让姬寤生不要轻信谣言。

但两句话是打发不了姬寤生的，姬寤生一脸诚恳，对自己这些年的工作失职进行了深刻检讨，表示实在不好意思再干下去了。

如此刻意地作秀，姬寤生到底想干什么呢？他到底想从周平王那里得到什么？土地自然是不可能的了，周平王的自留地也不多。荣耀与职位，他已经有了。这样看来，姬寤生顶多希望周平王能够认识到一个强大的郑国对周王室的重要性，然后强化一下自己在周平王心中的地位，让对方对自己专心专意。那位虢公，你就把他忘了吧！

这样的无预期行为导致了结果的不确定性。周平王被逼得走投无路，又被姬寤生的辞官行为搞得心中惭愧无比，情急之下，他脱口而出：

"你要不相信我，我将王子狐送到郑国去！"

过了一会儿，姬寤生才明白这句话的意思。这句话来得太突然，他一时脑子也没转过弯来，下意识地说道：

"那我把我的世子送到洛邑来……"

成交！

周平王跟姬寤生互相将儿子送到对方的都邑，当然不是上演《变形记》，好让子女互相体验新生活，事实上这是一种称为质子的政治行为。

事情就这样解决了，双方达成和解，王子狐去新郑来保障周平王对姬寤生的信任，郑国的世子忽来到洛邑确保姬寤生对周平王的忠诚。这件事情在历史上被称为周郑交质。

周平王无疑是这起事件最大的输家，他本来想教训一下姬寤生，结果非但没有动人家的一根毫毛，还搭进去了一个儿子，这实在是一个悲剧，这个悲剧根本上还是他的实力太弱造成的。但姬寤生并不是赢家。

《第二章》 挑战最高权威

就结果来看，姬寤生这一次外交之行取得了重大突破，不但打消了周平王分权的念头，还捞回了一个王子。但实际上，姬寤生犯了一个大错。

错在这件事情有点不符合礼仪。

在春秋时期，诸侯之间互相交换质子，是增进两国战略互信、维护地区之间安全稳定的重要外交手段，但这种手段一般只用于平等的两个诸侯国之间。天子跟诸侯交换质子，此举将周天子置于跟诸侯同等的地位，破坏了周天子高高在上、众诸侯国紧密团结于下的旧有秩序。史学家认为，这就是春秋之乱的源头。孟子先生甚至说，春秋无义战。什么叫无义战？当诸侯国不再把天子当领导，随便出兵以大欺小，以力压人时，就是无义战了。

旧有的秩序就这样被破坏掉了。

对姬寤生而言，他在享受天下重新洗牌带来的利益之前，先要承受这次洗牌给他带来的动荡。因为牌是他亲手开始洗的。

他本可以跟周平王好好聊聊，承认一下自己的错误，然后表个态，相信周平王还是会原谅他的。毕竟，他们的血缘关系还是很近的嘛，他们的爷爷还是亲兄弟。可他大概由于刚摆平了弟弟，意气风发，不但逼得周平王低了头，还把人家的儿子领了回来。

这一趟洛邑之旅，本是一次和解之旅，最后却埋下了更深的仇恨。

姬寤生领着王子狐回到了新郑，举国轰动，别人从周王室那里顶多娶个女人回来，你竟然把周朝的男人给弄了回来。姬寤生得意之余，也还是很小心的。他马上找了最干净舒适的旅舍安置这位王子，平时经常关心王子狐的生活，包括夜生活。

他知道这位王子终有一天会接掌天子宝座，按周平王的年纪，这一天不用等太久。毕竟周平王已经做了几十年的天子,年龄很大了。这大概也是姬寤生听说周平王要质子时,没有拒绝的原因。将这位王子狐接到新郑来,大家可以培养感情,最好成为铁哥们儿,等王子狐接任天子,那一切都好说了。

不得不说,姬寤生的算盘打得还是挺精的。但有一句老话:人算不如天算。

姬寤生把王子狐接到新郑不到两个月,周平王就死了。也不知道姬寤生跟王子狐的感情培养到什么地步了,但人家爹死了,感情的事情还是放一放吧!姬寤生立刻安排车子送王子狐回去接班。

事情到了这一步,还不算太坏,毕竟王子狐在新郑住了一段时间,受到过郑国人民的热情款待,就算没有感情,也不至于有什么仇恨。

但上天似乎有意要考验一下姬寤生,王子狐大概由于一路奔波导致身体抵抗力下降,在死了父亲和马上要当天子这两件重大事情的双重刺激下,突然发病,连登基仪式都没准备好就薨了。薨就是死了的意思,天子死了称崩,诸侯死了称薨。王子狐没有登基,只能享受诸侯待遇,薨掉了。

这下姬寤生悲剧了。

公元前720年,周平王的孙子、王子狐的儿子林继承王位,这是东周历史上的第二位天子,史称周桓王。

姬寤生郑重其事地宣传,周平王是天下诸侯的共主,也是郑国人民的老朋友,郑国对周平王的去世表示沉痛哀悼,并表示如果周王室有任何需要郑国的地方,郑国一定鼎力相助。

事实上,周王室确实有困难。这些年,周王室在诸侯国的影响力下降，各国应该上缴的税收也有一笔没一笔，现在周平王死了，周王室这个原本天下最大的财主家里竟然国库空虚，连给周平王送葬的钱都凑不齐。这实在是一件匪夷所思的事情。

姬寤生意识到这是拉拢周王室，跟新任天子建立良好关系的一个契机，他准备掏腰包资助一下周平王的葬礼。但很快，他收到一个很不好的消息。新任天子周桓王已经派人去鲁国求助了。

周王室怎么会想到去鲁国拉赞助呢？

从史书上看，这似乎没有太大的问题。早在前些年，鲁国国君鲁惠公去世，周平王特地派大夫宰咺去送了丧葬礼物，当时送了人情，现在回收也正常。但送礼那件事出了一个大大的笑话。

也不知道是周平王记错了日子，还是这位宰咺半路上开溜干别的事，等把东西送到时，已经是第二年的秋天。鲁惠公已经埋了，人家哭也哭完了，埋也埋干净了，你又举着丧葬礼物上门，总不能为你把鲁惠公挖出来再办一场葬礼吧！

鲁国人面面相觑，可周王室的思维不是鲁国人可以想象的。宰咺带着没赶上的遗憾表情，又掏出一份吊礼，认真地说："这是给贵国仲子的。"说明一下，仲子是鲁惠公的妻子。

意思是说，鲁惠公的我没赶上，仲子夫人的我总该赶上了吧？

何止是赶上了，简直是提前了。

仲子夫人虽然死了丈夫，哭得死去活来，身体也一直很差，可她老人家还活着呀！

这下连一向好脾气的鲁国人也怒了，特地在史书里记载：非礼也！

周平王的葬礼外交因为不注重细节已宣告失败，鲁国人也没有忘记这件事，等周平王死了，鲁国连追悼会都没有参加。

　　有了这么不愉快的回忆，可周桓王依然放着近邻不找，厚着脸皮要拿自己的热脸去贴远亲鲁国的冷屁股，这就让人费解了。

　　所有让人费解的举动一定有一个明确的原因，只是这个原因有时候隐藏得很深，周桓王主动向鲁国发出援助的请求同样也有深层的原因。这个原因要追溯到五十多年前的那段惨案：犬戎之乱。

　　五十多年前，周幽王为了博褒姒一笑，在烽火台上玩火，以引诸侯来救。他还废掉了申后及太子宜臼，并准备加害太子。太子宜臼只好逃到外公申侯家。而周幽王不依不饶，起兵攻打申国，无奈之下，申国请来了犬戎进行反击，本来只是想保卫一下家园，没想到，周幽王不经打，一打就败，一败就崩了，而申公一不小心就从自卫反击变成了反攻镐京。

　　胜利来得如此突然，那就继续走下去吧！

　　史书记载，申侯、鲁侯、许文公立平王于申。也就是说，申国、鲁国、许国共同扶立平王为周朝新任天子，平王正是太子宜臼。但据后人分析，这里面是夹了私货的。太子宜臼变成平王不假，申侯跟许文公大力扶持也不假，但鲁侯比较冤，他是"被参与"了。

　　犬戎之乱时，除了申国、许国之外，还有秦国襄公、晋国文侯、郑国桓公（姬寤生的爷爷）、卫国武公纷纷前来拯救周幽王，鲁国根本没参与，根本原因是鲁国离得比较远，在交通不发达的春秋，距离是个问题，想参与也赶不上，但申国、许国非要拉上鲁国也是有原因的。

　　鲁国是周公旦长子伯禽的封国，在诸国之中，它有一个特殊的职能：掌天子之礼，负责王朝宗正、史官、祭祀等等有关礼仪方面的工作。所以申国、许国硬把鲁国拉上，无非是表示这是合乎礼的。但鲁国人对礼仪之国这个身份深感自豪，也非常珍惜这份荣誉。他们是断然不会参与周平王这档子事的。

因为周平王的天子之位来得不那么合礼。

周平王是杀了父亲才登上王位的，就算他是正宗的嫡子，就算他是被冤枉的，就算他是自卫反击，但他依然是一个弑父杀君者。

姬窹生不过请母亲搬到乡下去住，就被国人批评，周平王连父亲都杀了，他怎么可以当天子呢？

鲁国不但不参与，还一直拒绝承认周平王的合法地位。他们对周平王擅自使用其姓名权的做法也强烈不满。在他们看来，支持周平王，不如支持另一位。

在申国扶立周平王的同时，西虢国立了周朝另一位王子余臣为天子，史称周携王。周平王与周携王并立的事情在史上称为二王并立。

这位携王虽然不是嫡子，但他还是比周平王更具合法性，毕竟人家没有弑父杀君嘛！

在这场天子对抗中，周平王笑到了最后。他的办法很简单，送土地。

故事书里告诉我们，周幽王烽火戏诸侯，拿诚信开玩笑，结果第二次，真的"狼来了"的时候，诸侯国都不来救。事实上，这是错误的，明明秦国襄公、晋国文侯、郑国桓公、卫国武公都带着兵马来了嘛！

当然，他们来不是为了再次倾情参演烽火戏诸侯的大戏，更不是为了勤王，他们是为了土地而来。

有一位思想者曾说，所有的政治活动都只有一个最终的目的：土地。周平王特别懂得这个道理，他将黄河西岸的地方给了晋，换来晋国的支持。最后，他的竞争者携王为晋所灭。

而他将原先被犬戎占去的地方给了秦，说起来，犬戎跟他还是患难兄弟，当初要不是犬戎帮忙，他早就被父亲消灭了，但此一时彼一时，当年的太子宜臼已经当了天子，怎么好跟那些吃生食的野人搞到一起。

最后，他支持郑国灭掉了东虢国，换来了郑武公的支持。

携王就没有这样大的魄力了，"携"这个谥号的意思就是怠政外交。不会搞外交工作，等待他的只有失败。

赢家周平王也不快乐，他将家搬到了洛邑，史学界也习惯将这一年定为春秋之始。以周平王的想法，大概也是想开创一个新局面，借此拉近与齐、鲁、宋等国的关系，可他发现自己并不太受欢迎，这也不奇怪，一来，你分了地给晋、秦、郑，我们齐、鲁、宋又没占到便宜，凭什么搭理你？二来他身上还背着弑父杀君的政治包袱。

周平王意识到了自己的这个先天缺陷，但在早期，他有着秦、晋、郑的支持，尤其是郑武公的大力支持，家里有粮，心中不慌，也就没有把齐、鲁、宋这些老牌大国放在眼里。但随着郑武公的去世，新任郑国国君也就是姬寤生忙着跟弟弟较劲，基本上不管他，导致王室收入下降。更重要的是，周平王年纪越大，越看重名声。

平心而论，弑父杀君这种事他也不想的，况且又过去了那么多年，但那些姬姓大国老是抓着不放，一直拒绝承认他王位的合法性。这让他感到很不是滋味。他发现再跟郑国混下去，经济上捞不到好处，政治上得不到认可，不如趁早做出改变。

周平王做出的第一个改变，就是提拔西虢国的虢公忌父，表面上看是要分姬姓的权，但实际上是向齐、鲁这些大国发出一个强烈的信号。

不要忘了，虢公忌父的父亲虢石父是周幽王的死党，西虢国还曾经立了另一个天子携王。周平王提拔虢公忌父，等于向齐、鲁等大国投了一块问路石，表示他对当年的事情也十分后悔，认识到了自己的错误，对携王的事情也很抱歉。但事情已经过去了，我愿意改过自新，大家忘掉历史，展望未来可好？

工于心计的姬寤生第一时间猜到了周平王的小心思，这才火速赶往洛邑，展开外交攻势，还不顾地位的差异，把人家的王子带了回来，也就是警告周平王老老实实地待在郑国的羽翼之下，不要给齐、鲁两国示好。

这样的举措，因为周平王跟太子狐双双去世宣告失败。

周平王虽然丢掉了西周的大片土地，但他忍辱负重，终于开创了东周的新局面，使周王室又得以延续下去。现在，他的继任者周桓王对他弃郑而投齐、鲁的政治构思心领神会，一上台就表现出了高超的政治智慧与非凡的执政勇气以及细腻的外交手段，不得不让人叹服少年可畏。

周桓王不惜暴露家穷，向鲁国借钱，无异于向鲁国示好。

周王室亲自求上门来，鲁国人的虚荣心得到了极大满足。现在弑父杀君的周平王已经死了，他的孙子是无辜的嘛！况且鲁国想认可的携王都变成灰了，周王室独此一家，别无分号，你不认可他，又能认可谁呢？鲁国人绷了这么多年，觉得也挺没意思的，于是，借着这个台阶，大笔一挥，友情赞助了周平王的丧葬事宜。

收到鲁国的赞助费后，周桓王迈出了第二步，准备再次提拔虢公忌父为卿士。这位忌父先生上次跑了路，本打算避两年，但没想到周平王崩了，作为长期跟王室保持良好关系的小国，忌父只好硬着头皮来洛邑参加周平王的追悼会，想着快去快回，周桓王在办丧事，不会有精力注意他。可没想到，这位少年天子是搞政治的高手，刚说完节哀顺变，忌父就被要求出任卿士。

忌父当场谢绝，上一回拒绝，还是下意识地避险机制起作用，最近他更是想明白了，自己要不要当这个上卿，不仅仅是个人的工作问题，也不是领导的信任问题，而是他已经成了周桓王与郑君姬寤生，乃至郑国与齐、鲁、宋等国之间政治斗争的棋子。

拒绝之后，忌父想了很多的说辞，准备应付周桓王的劝说，但奇怪的是，周桓王并没有像他爷爷那样细心做他的思想工作，只是淡淡表示：你要是真不愿意，那就算了。

忌父顿时涌起一股莫名的失落感，原来能被当棋子，说明自己还有利用价值，要是连棋子都当不了，才是最无趣的。

而周桓王之所以点到为止，那是他已经达到了目的。他再一次向那些老牌的姬姓大国发出了强烈的信号，这个信号仿佛奥巴马竞争美国总统时的口号：

We Need Change!（我们需要改变！）

作为周王室的原把持者、利益既得者，郑国当然要对周王室的穷极思变说不！

姬寤生很快拿出了他的应对之策。

公元前720年四月的一天，王畿边境温地的长官——我们且称他为温叔吧，收到一份情报，有一支全副武装的大军正朝城邑而来。温叔爬上城楼一看，果然，远处扬起一片尘埃。

一看来者不善，温叔立马下令关上城门。

对方很快就杀到了城下。

《第二章》挑战最高权威

这伙人自称是邻国郑国的军队，因为今年境内发生旱灾，家里没有吃的，特地拉着队伍过来就食，他们开价要粟千钟。

温叔擦了一把汗，搞得来势汹汹，把人吓得半死，结果不过是一群要饭的。当然，这群武装要饭团的胃口不小，要粟千钟。春秋时计量单位五花八门，但粗算一下，当时一亩地的产量也就一钟左右。这群人一开口就要一千亩的产量。

温叔的仓库未必有粟千钟，就算有，温叔也没有给的意思。他向城下喊话，表示城里的粮食都是天子之物，天子没有发文件，自己不敢随便慷天子之慨。

必须得说，温叔还是有勇气的，面对全副武装的大军，他忠于职守，打死也不开门。他也做好了对方要饭不成就硬抢的心理准备。可奇怪的是，这伙人听说没有饭给他们吃，又呼啦啦地从城下走了。

原来只是流窜作案。

温叔惊魂稍定，没多久，他又收到了一个消息，这伙人竟然在地里割起了麦子。

当然，这群明火执仗的人不是帮老乡收麦子，因为收割下来之后，直接脱了粒做起饭来。还一吃好多天，等温叔颤颤巍巍来到野外，发现原本金黄的麦地里只剩下光秃秃的麦秆跟满地发黑的土灶。

这也太欺负人了！温叔的心头涌起一股怒火。

率领这群"饿狼"的人是郑国的卿士祭仲。这会儿，周平王先生跟他的儿子还躺在棺材里没下葬（周平王是七月下葬），周王室的棺材本都是跟人家要的，郑国本来是王室上卿，应该去洛邑帮着筹集资金，发送先王，却跑来吃天子的粮，让天子无粮可吃。这不是落井下石吗？

姬寤生觉得还不过瘾，到了秋天稻子将熟的时候，又派出军队到周的成周（也就是洛邑）搞了一次秋收行动。

大家可能觉得这样是不是太儿戏了，领着大军前来，怎么说也得攻城池、杀两个人吧？跑到人家地里，把人家的麦子割了算怎么回事？

事实上，姬寤生的割麦行动是经过深思熟虑的，这种行为现在通常称为反制。所谓反制，就是对敌对人物和势力的行为进行回击。这种措施比抗议要严厉，比开战又要和缓。

如果说姬寤生第一次跑到洛邑，是向周平王提出外交抗议的话，那这一次割麦事件就是正式做出反制。

周桓王跟鲁国勾搭，又提拔虢公忌父，用心是险恶的，性质是恶劣的，还付诸实际行动，从鲁国拉回了真金白银，那姬寤生光是表达密切关注、强烈抗议就不够了，但要是直接开战又显得反应过激，毕竟人家只是借了点钱嘛！

于是，姬寤生针对周王室的行为制定出了这个割麦的反制行动。事实证明，这个反制行动还是比较成功的，一是展示了实力，二是表达了不满，三是没有擦枪走火，酿成流血冲突。

割麦的消息传到洛邑后，周桓王年少气盛，坚持出兵，但在大家的劝阻下，还是打消了动武的念头，只是下发了一份文件给全国，要求大家提高警惕，防火防盗防郑国。

此事称为周郑交恶。

至此，由郑桓公开创，郑武公巩固的周郑关系正式破裂。

客观地说，郑周交恶的责任并不全怪姬寤生处置失当，周平王穷极思变、周桓王继承其志，而姬寤生只想把周王室当成自己把持下的一个摆设，双方的目标发生冲突，感情破裂在所难免。总而言之，世界上没有永恒不变的友谊，国与国之间的关系同样适用于那个论断：唯一不变的是变化。

姬寤生马上就要面对因为周郑交恶而产生的一系列后果。

《第三章》

强敌环伺

《第三章》强敌环伺

公元前719年，夏。

天气有点热，姬寤生先生深深感受到了夏日里那股不安的热量，尤其是当他登上新郑东门城楼往下望的时候。

新郑的东门外从来没有今天这么热闹过。城下黑压压的一片，近千辆战车沿着城门排开。军旗遮住了半边天，样式五花八门，其字号也各不相同。姬寤生仔细数了数：有卫、宋、陈、蔡。这四国凑了一桌，跑到新郑城下，自然不是打麻将，而是组团来攻打郑国。

据史书记载，这是春秋史上第一次多国联合讨伐一国。姬寤生要率先在春秋称霸，面对的却是春秋史上第一次群殴，这样的安排合情合理，但这次进攻来得太快，而且这四国联军来头有些耐人寻味。

姬寤生没费多少劲，就数清了这四家都是他的邻居。

宋国在郑国的东面，卫国在郑国的北面，而陈、蔡两国在郑国的南面，西面正是去年刚刚撕破脸皮的周王室，郑国可以说是四面楚歌。

想到这一点，姬寤生有些发慌，说实话，论国土面积以及军事实力，郑国还不是一等一的大国，唯有经济实力比较强，但经济实力要转化为军事实力还需要一段时间，目前的郑国还不具备同时对抗四国的能力。

从边远山区搬到中原腹地的郑国面临着立国后第一个重大考验。胜则可以正式确立大国地位，并消除因为与周王室交恶带来的不利影响；败就难说了，就是想搬回老家也不可能了，那里现如今是秦国的地盘。

汗水从姬寤生的脖子上不断冒出来，他死死盯着城下这支多国部队，他知道胜利的秘诀并不在自己的城内，而在这四国联军身上。

他们看上去紧密合作，同仇敌忾，但他知道，他们一定有弱点。

姬寤生没有急于出城应战，反而搬了一条板凳，坐在城楼上，仔细观察起他的对手们来。

经过仔细观察，他发现了第一个显而易见的现象，四国中宋国出兵最多。

出兵最多的人一般都有着实质性的诉求。事实也的确如此。

宋国位于今天的河南商丘一带。宋国的先人是商朝王族。当年周武王灭商建周，为了安置当时还拥有不小实力的商族，将这块地皮封给了他们。

宋国国土面积不小，位于睢水流域，属于当时的经济发达地区。宋国四面都是平原，特别适合当时的主战兵种战车冲击，可谓易攻难守。

宋国对自己的定位还是有清楚认识的，也明白自己的身份比较尴尬，一般不去招惹别的国家，尤其是郑国。但这次甘当四国联军的主力，主要是想跟郑国要一个人。

这件事情说起来，也怪姬寤生多事。

在去年，姬寤生突然接到宋国国君宋穆公的一封信，宋穆公请求把自己的嫡长子公子冯送到新郑来生活。这是一个在奇怪的时机发出的奇怪请求。

宋穆公已经病重了，一般来说，是时候让儿子冯接班了，但宋穆公并不准备让自己的儿子继承这个君位，而打算让自己的大侄子公子夷继承，究其原因是宋穆公的君位不是继承于父亲，而是他的大哥——公子夷的父亲宋宣公。当年他的哥哥宋宣公去世之前，认为宋穆公贤明，所以将君位传给他。现在，宋穆公觉得应该把君位还给自己的大哥一脉。

所以，他专门找来了宋国的大司马孔父嘉，向他说出了自己的打算，请求他们一定要好好辅助公子夷。对于宋穆公的决定，孔父嘉十分吃惊，表示群臣都愿意奉您的亲生儿子公子冯为君。宋穆公拒绝了这个请求，认为自己的哥哥善德让贤，自己也要继续发挥这样的风格。

为了避免群臣在自己死后不按他的遗嘱办事，宋穆公特地将儿子送到郑国。在送行之时，宋穆公告诉儿子："你虽然是我的儿子，但我活着的时候，你不要想着回来见我；我死了，你也不要回来哭我。"

在精心的安排下，宋穆公如愿以偿地将君位还给了哥哥的后人，公子夷成为宋国新一任国君，史称宋殇公。

搞清楚这位公子冯的来意后，姬寤生明白自己的这位邻居丢过来的是一块烫手山芋，君位继承向来是一国多方势力的斗争焦点，也是国家之间的敏感问题，贸然插手，多半会惹事上身，但姬寤生还是同意了宋穆公的请求，将公子冯安排在新郑居住了下来。

这其中的原因颇为复杂，首先，宋国是这一地区的传统强国，平时对郑这个新搬来的国家不太感冒，两国关系比较冷淡，现在人家突然把儿子送过来，等于认同了郑国在这一地区的重要地位，让姬寤生颇有面子。其次，宋穆公此举大仁大义，如果拒之门外，则显得郑国小家子气。另外，有个不好说得太清楚的原因，姬寤生想玩一下政治投机。

宋国国内，有不少公子冯的支持者，万一今天的流浪儿将来成了宋国国君呢？他到时一定不会忘了当年收留他的郑国！

姬寤生的算盘一向打得很精，这大概跟他小时候缺乏母爱，得到的糖果少，吃糖时都要算一算有关系。但算盘打得精的人也难免有吃亏的时候。

因为姬寤生的这一举动，宋郑关系立刻陷入冰点。新上任的宋殇公继承君位后，并没有感谢自己的叔叔宋穆公高风亮节，更对姬寤生干涉郑国内政十分不满。他打听到堂弟公子冯在郑国很不老实，经常跟国内的贵族联络，更有可能勾结郑国的兵马前来夺位。于是，宋殇公决定先发制人，点起大军前来郑国要人。

政治投机回报大，风险更大，现在是付出成本的时候。

搞清楚了宋国的诉求，姬寤生把目光投向了另一方阵。这一方阵虽然不及宋国大，但特别兴奋，上蹿下跳，一看就属于煽风点火的。事情一般都坏在这种人身上。

姬寤生的判断没错，这是卫国的方阵。卫国正是这起四国围郑事件的策划者、组织者，更是大气地包揽了这次活动的所有经费。

卫国是历史悠久的老牌强国。论起来，卫国跟郑国还曾经有过一段比较甜蜜的过去。犬戎之乱时，卫国的卫武公与郑国的郑武公并肩作战，一同将周王室从镐京东迁到洛邑。两国都受到了周王室的特别嘉奖，卫武公更被提升一级，从侯爵升为公爵。

在最初的这些年，两国发展不相上下，卫国基础设施雄厚，郑国发展雄劲，两国基本上也保持互利互惠的睦邻友好关系。但卫武公年纪比较大，接班人又后继乏力，渐渐地卫国就有点赶不上郑国的发展。

当年还是战友，自己还是郑国的前辈，现在日子却越过越不如人家，卫国的心情可想而知。也许是羡慕妒忌恨的情绪作怪，卫国做出了一个错误的举动，跟郑国的共叔段建立并保持了不正当的关系。共叔段起兵之时，卫国还派兵帮助共叔段的儿子公孙滑占领了郑国的廪延。

这种扶持他国反对党的行为属于悍然干涉他国内政，向来为各国政府所不容。姬寤生在击败共叔段后，顺势攻打卫国。在那次军事行动中，姬寤生保持了相当大的克制，只是夺回了廪延就收兵，没有将事态扩大化。按说，卫、郑两国在一些事件上有冲突，但冲突是局部的，影响有限，只要双方达成互不干涉内政的共识，回到谈判桌来，还是能够使郑、卫两国的关系回到正常的轨道上来的。

但卫国不但没有吸取教训，反而变本加厉，纠集四国大军兵临新郑城下，其原因仅仅是卫国需要打这场仗。准确地说，是卫国的新任国君需要打这场仗。

卫国的新国君姓姬名州吁，可以用一句最简单的话来概括：这是一个成功的共叔段。

姬州吁也不是卫国的嫡子，他的地位甚至比共叔段还要低。据记载，他的母亲是一位嬖人，位卑而受宠。这种关系不受法律保护，更没办法把名字写到家庙里，子以母贵，子因母贱。姬州吁的地位很低，但姬州吁却拥有其他兄弟没有的东西：父亲的宠爱。

因为这个，姬州吁活得一点不自卑（至少从行为上），平时喜欢玩刀弄剑，举止很嚣张。这样的举止引起了卫国大夫石碏的担忧，他找到卫国国君卫庄公，问：你现在纵容他是不是想传位给他？要是的话，赶紧立他为世子，要不是的话，就不要太宠他。你宠他，让他感到骄傲，可他的骄傲又跟自己的地位不能匹配，总有一天会酿成大祸。

孔子老师曾经教导我们说，这个世界上有三种人倒霉得最快：德薄而位尊的、智小而谋大的、力小而任重的。

这个思想跟石碏很像，在石碏看来，姬州吁就犯了一种类似的绝症：位卑而宠多。

听了石碏的话，卫庄公笑了笑。他并不打算立这个出身卑微的儿子为世子，也不打算管束他。

这个儿子已经失去了许多，又何必对他太严苛呢？

从这一点看，卫庄公是一位慈祥宽容的父亲，也可以推断出他跟州吁之母情义甚笃，但他实在不是一个合格的父亲。

卫庄公去世后，卫庄公与陈国之女戴妫的儿子公子完被立为国君，历史上称为卫桓公。

石碏的担忧开始变为现实，因为姬州吁平时骄横惯了，完全没有搞清楚当时的状况，父亲都死了，他还依旧保持飞扬跋扈的个人风格。

卫桓公也不含糊，父亲在时，就看你不顺眼，现在老子当了国君，你还敢横？立马把姬州吁叫过来，一顿怒斥，干脆利落地叫他马上滚蛋。

姬州吁只好老老实实滚到了自己的封地，一如当年共叔段去了京邑，但区别是，他的兄弟卫桓公虽然骂得凶，但内心忠厚善良，共叔段的大哥姬寤生客客气气，却是心狠手辣的主儿。

这个区别最终决定了姬州吁要比共叔段来得幸运。姬州吁同样在封地招兵买马，拉拢大臣，这其中还有卫国大夫石碏的儿子石厚，这些丝毫没有引起卫桓公的警觉。

在潜伏十六年之后，公元前719年，共叔段起兵失败的三年后，姬州吁抓住了自己的机会，成功刺杀卫桓公，自立为君。据说，是姬州吁亲自动的手。

姬州吁终于完成共叔段未能完成的任务,据一些迹象显示,姬州吁跟共叔段因为处境相同,理想雷同,对于抢班夺权一直都有交流,共叔段请来卫军还是姬州吁从中牵的线。作为曾经的朋友,姬州吁振臂一呼,打出了替共叔段讨回公道的大旗。

这当然不是真正的原因。

虽然大家是患难兄弟,但兄弟你已经落难,再抢救也来不及了,唯有利用一下兄弟你了。姬州吁攻打郑国,是为了摆脱自己在国内的困境。

姬州吁发现自己并不受卫国人欢迎,这也难怪,母亲是一名侍女,自己还是一个弑君者,这样的人做卫国国君,卫国人自然无法接受了。

一时之间,姬州吁的支持率几近冰点,倒阁声此起彼伏,为了挽回局面,转移国人视线,姬州吁的心腹、大夫石厚为他出了攻打郑国这个主意。这种借外战转移国内视线的招数,在历史上屡见不鲜。

但这招颇似武侠小说中的乾坤大挪移,招法虽然奇妙,但一般只有绝世高手(顶级大国)才能施为,若是内功不济,勉强施用,往往会伤到自身。原因也很简单,本来是为了转移视线出去揍人,结果被人打得满头包回来,人民群众不但不会慰问你,还会将你轰出去。

所以,这种事情只许胜不许败。于是,为了保证胜利,卫国利用宋殇公急于要人的心情,派人到宋国大力游说,并主动提出解决宋军的差旅费。

用卫国的钱,办宋国的事,两国一拍即合。

如果说宋国的事情,姬寤生还要负上一定责任的话,那卫国简直就是故意找碴儿了。

一定要给卫国人一个好看！姬寤生下定决心，然后把目光放到了第三个方阵。

第三个方阵是陈国了，陈国是卫国的传统友国，这次大概是来帮忙的。陈国的兵马不多，而且表现得非常冷静，完全不像是来参战的，倒像是第三方派来的军事观察员。

这个现象让姬寤生有一些困惑，直到他想到陈国最近跟周王室走得很近。他明白了，这大概是周桓王派来看看我郑国到底有多少实力的吧！想到这一点后，姬寤生把目光放到了最后一个方阵。

蔡国方阵显得有些散乱，大致符合酱油党的主要特征：看上去挺兴奋，但眼神迷茫，搞不清发生什么事情；喊的声音挺大，但除了喊"快打""冲啊"之类的话，没有什么实质性的内容；脖子伸得很前，腿又缩在后面，准备一旦情况不妙就逃跑。考虑到蔡国本来就是一个小国，经常跟在大国屁股后面凑热闹捡便宜，基本可以判断这次它也是来凑热闹的。

通过检阅四国方阵，姬寤生基本搞清楚了四国联军的目的。

姬寤生下了第一个命令：

将公子冯从秘密通道送出，请他先到长葛城住一段时间。

等公子冯顺利搬完家，东门之围的五天后，姬寤生也没有心情再上城楼检阅部队。

"把公子冯的最新住址告诉宋国人吧！"

得到消息的宋国人急了，围了五天，自己要的人竟然不在新郑。考虑了一下换城攻打的风险，宋国决定先回家商量一下。

联军的主力走了，卫国人相当气愤，说好大家玩票大的，现在什么成绩也没有，白费了这么多粮食。于是，卫国人撤得有点晚，而他们惊讶地发现，一直闭门不战的郑国人突然出兵了。憋了一肚子气的卫国人大喜过望，冲上去就是一顿猛攻，竟然还将这伙出击的郑国人轰了回去。

总算打了一个胜仗，回去对卫国人民也有了交代。于是，卫国人也走了。

主心骨一走，军事观察员陈国以及酱油国蔡国自然也待不下去，跟在卫国的后面就溜了。

对于四位客人，东道主姬寤生发挥热情好客的优良作风：想要人的，指明了方向；想打架的，下场陪练；想看热闹的，表演了一场好戏；想捡便宜的，也没亏待，毕竟跟着卫国有吃有喝。

至此，声势浩大，史称春秋第一次诸侯大战的东门之战就在姬寤生的巧妙设计下草草收场。

对于这样的结局，大家似乎都可以接受，但又有些意犹未尽。于是，在这一年的秋天，四国拉上鲁国卷土重来，姬寤生派出一支步兵试探性抵抗了一下，满足了联军对胜利的渴望。联军果然心领神会，得胜便止。最后，大军一合计，合伙把郑国边境的稻子割走了，也算是替周桓王出了一口恶气。

四国的二次围攻给姬寤生再次敲响了警钟。让姬寤生尤其感到吃惊的是，鲁国人也来了。

情况不但没有得到改善，还在继续恶化，姬寤生不得不再坐下来，仔细分析了这一年发生的事情。他发现，自己虽然解了东门之围，可问题没有得到彻底解决：只要卫国国内一天不安定，卫国就会没事找事地找郑国的碴儿；宋国只要一天得不到公子冯，就不会放弃进攻郑国；而郑周关系短期也看不到变好的迹象；陈国自然就还会在周王室的指使下，暗中给郑国下绊子；只要郑国挨打，蔡国嘛，肯定不会放过凑热闹的机会。

辩证法告诉我们，在复杂事物之中存在着许多矛盾，主要矛盾在事物发展过程中处于支配地位。主要矛盾和次要矛盾相互联系，相互影响。

郑国跟宋国的矛盾是主要矛盾，宋国要公子冯，郑国又绝不会交人，宋国跟郑国同为地区大国，一山不容二虎，迟早要决一死战。

而郑国跟卫国的矛盾是次要矛盾，双方没有实质性的冲突，但卫国寻衅滋事，在诸国中起到了很坏的示范作用。

至于陈、蔡两国，则是次次要矛盾，在这两个矛盾中，郑蔡矛盾依附于其他矛盾，而郑陈矛盾的后面有周王室的影子，必须给予足够的重视。

至于新加入的鲁国，因为来得突然，目的不明，姬寤生将它列入了待考察的范围。

要解决矛盾，既要抓住主要矛盾，又要统筹兼顾次要矛盾。在处理上，要注意牵牛要牵牛鼻子，好钢用在刀刃上，先抓住主要矛盾，避免眉毛胡子一把抓。

姬寤生决定先拿卫国开刀，虽然宋郑矛盾最为突出，但宋国是老牌的千乘之国，国力很强，直接与之开战，胜算不大。卫国因为国内动荡，实力大不如从前，而且卫国还是反郑联盟的牵头人、怂恿者，必须予以迎头痛击。

可正当姬寤生积极策划、准备进攻卫国时，一个好消息传来。

处处找他碴儿的卫国国君姬州吁栽了！

姬州吁很郁闷，虽然成功组织了两次攻郑行动，回国之后，也对围郑之战进行了大力的宣传，但卫国百姓对官方宣传并不盲信盲从，而他因当冤大头，出钱出力替宋国要人的事情经郑国商人宣传后，形象彻底毁了。

没有办法，内忧外患的姬州吁只好找来了自己的心腹石厚。

"你说攻郑可以和民，可现在百姓不认账，你说怎么办？"

能想到"外战缓内患"，已经是石厚的智商极限了。想了半天，他最后说道："我也不知道啊，实在不行，我回去请教一下我的父亲吧！"

想起石厚的父亲石碏是卫国著名大夫，在朝中跟民间都有极高的声誉，说不定他真有办法。于是，姬州吁吩咐石厚马上回去向父亲求教。

带着国君的期待，石厚踏进了家门。说起来，他已经有好多年没有回家了。

很多年以前，石厚看准了姬州吁"胸怀大志"，于是刻意结交，而父亲痛斥他，警告他跟姬州吁保持距离，不然总有一天会丧命，石厚没有理会父亲，他更相信自己的眼光，而不是父亲那些充斥着礼义的陈词滥调，父亲因此揍过他，还将他关在屋里，不许他与姬州吁接触，但他逃了出来，直接跑到了姬州吁的家里。

他不惜与父亲决裂，也必须搭上姬州吁这根线，现在事实似乎证明他是对的，他成了国君最信任的卿士，而父亲早在数年前，就已经告老还乡。

石厚此次回家，一半是为了请教父亲，另一半是为了向老爷子炫耀一下自己当初的选择是正确的。

果然，父亲对他的回家表示了热烈欢迎，他也看到父亲变老了，从一个专制的家长变成了和蔼的老头。石厚鼻子有些发酸，炫耀的话也没有说出口，只是将国君的困惑告诉了父亲。

"这好办，只要朝觐周天子，君位就安定了。"

石厚有醍醐灌顶之感，要是连周天子都认可了国君，卫国人还有什么好说的!

但石厚还是想到了其中一个问题,周天子虽然实力下降,可排场还在,要正式朝觐需要王室卿士引见,可卫国已经把现在的王室上卿姬瘄生得罪了,只怕他没什么心情给卫国当咨客。

"那怎样才能见到周天子呢?"石厚问道。

"容易啊,现在陈桓公正受天子宠信,我们卫国跟陈国关系又不错,只要先去见陈桓公,再让陈桓公向周天子请命,就一定能办成。"

石厚对父亲的智慧表示深深的佩服,并决定马上回去告诉国君这个好办法。他兴高采烈地起身,行礼告退,在转身的那一刹那,他没有看到父亲脸上露出的痛苦表情。

姬州吁大喜过望,说干就干,连忙领着石厚,带着重礼,前往陈国进行国事访问。在陈国,他们受到了陈桓公的"热情接待"——一进城,就被陈国士兵绑了起来。

"凭什么绑我们?"姬州吁大吼。

陈桓公冷冷地回答他:"你难道忘了你弑杀的卫桓公跟我是什么关系吗?"

姬州吁低下了狂傲的头,而石厚发出绝望的喊声:"上老头子的当了!"

他们的确上了石碏的当,在给儿子出了这个绝妙好计之后,石碏马上派人给陈桓公送了一封密信,请求陈桓公援手。

"我们卫国地方狭小,我的年纪又大了,不能有所作为,现在来的那两个是杀害我们国君的凶手,请您务必帮我们处置他们。"

对于这个请求,陈桓公毫不犹豫地答应了,因为这也是他想干的。

《第三章》强敌环伺

陈国这些年跟卫国关系好，主要是因为卫桓公和陈桓公是亲戚关系，卫桓公的母亲就是陈桓公的妹妹，算起来，陈桓公是卫桓公的舅舅。

满世界找你呢，你投案自首了。

姬州吁和石厚连这个都没弄明白，这对造反搭档竟然还成功了，这真是一种莫大的讽刺啊！

接下来，卫国派人前往陈国，将姬州吁引渡回国，等待他的自然只有死亡。姬州吁这一年的秋天在郑国割了稻谷，九月就玩完了，看来，郑国的大米真不是那么好吃的。

而石厚留在了陈国。这让他生出了一丝希望，现在国内执政的一定是自己的父亲，他绝不会杀害我的。

石厚猜对了一半，他的父亲又出山执政了，卫国大臣也纷纷请求石碏饶石厚一命。但石碏拒绝了他们的好意，派自己的家臣前往陈国杀死了石厚。

他不是不愿意自己的儿子活下来，但在他的心中，有一种东西比儿子的生命更为重要，那就是义。

春秋没有义战，但从来都不缺少义士。

左丘明对石碏的行为给予了高度评价，称其为纯臣，并于文学史上第一次用"大义灭亲"来形容石碏的义举。

三百年前，西周第一位周公将殷商之地封给自己年轻的弟弟姬封建立卫国，周公特地作《康诰》《酒诰》《梓材》，告诫他："必求殷之贤人君子长者，问其先殷所以兴，所以亡，而务爱民。"

意思是说，一定要找到殷族的贤良君子，向他们请教先殷兴起的原因，以及为什么败亡。这其中，爱民应该是最重要的。

这个思想可以称为卫国的建国思想，卫国人继承这个思想，将卫国建成了中原有名的君子之国。有道德洁癖的孔子在卫国居住长达十年。而卫国也因此成为周朝生存时间最长的诸侯国。

有石碏这样的纯臣在，卫国便会有自己的一席之地。

石碏用借刀杀人之计除掉了姬州吁，迎立卫桓公的同胞兄弟公子晋为国君，是为卫宣公。《春秋》用"卫人立晋"四个字作了记录，表示立公子晋手续上有些不齐全（是卫人立，而不是天子立或者国君立），但从道义上说，又是合理的，因为这是卫国百姓的选择。

是百姓的选择，卫国就不再需要通过攻打郑国来转移国内矛盾。姬寤生再次调整自己的目标，将准星对准了宋国。

公元前718年的秋天，一位郱国的使者来到新郑。

郱国建都于郱（山东邹城附近），是一个附属于鲁国的小国，国君姓曹，是曹姓人的祖先。眼下的曹国君可没有曹操那样威武。

见到姬寤生后，这位使者一把鼻涕一把泪，向姬寤生控诉了宋国的野蛮行径。这一年，宋国人带兵冲到郱国，把郱国的田地给抢了。郱国使者希望郑国能够站出来主持公义。

从地理位置上来看，郱国离鲁国近，离郑国远，而且郱国一向都是鲁国罩着的，按理说，郱国被人欺负了，应该找自己的老大哥鲁国，但郱国还是选择请郑国帮忙，这里面有一些十分隐秘的原因。

事情要从五年前说起，当年姬寤生攻打逃亡到卫国的侄子公孙滑时，曾经请求过郱国帮助。郱国就这件事情跟鲁国打报告，征求老大哥的意见，最终鲁国大夫公子豫会同郱国跟郑国在翼地进行过一次会盟，对郑国攻卫提供协助。但事后郏国才知道，鲁国国君鲁隐公根本就没有批准这次军事行动，是鲁国大夫公子豫私自发的批文。

而宋国抢占郏国的土地，大概也有为自己的盟友卫国出气，警告一下郏国应当跟郑国保持距离。事情因郑国而起，鲁国那里又出了岔子，不找郑国还能找谁呢？

郏国本来国小地稀，被抢两块地比扒层皮还难受，当场表示要是郑国肯为郏国报仇雪恨，郏国军队愿打头阵。

姬寤生早在酝酿对宋国的军事行动，现在跑出一个带路党，姬寤生立刻拍板，决定对宋国用兵。

郏国复仇心切，郑国早有准备，两国联军势如破竹，一路攻打到了宋国都城商丘。去年，宋国兵围新郑东门，现在郑国终于以牙还牙。但姬寤生并没有被胜利冲昏头脑，反而见好就收，对商丘的城墙进行一番实地考察后，就领着郑郏联军撤了出去。

宋国因为地处平原，无险可守，所以都城修得十分坚固，而且宋国也不是一个人在战斗，卫国是它的传统友邦，蔡国向来以宋国马首是瞻，反郑联盟的陈国离这里也不远，更让姬寤生担心的是，鲁国会不会出手干预。

鲁国跟宋国早在五年前就搞了一次会盟，双方在那次会盟上约定加强经贸往来、军事交流、双边协作。宋国最近这些年敢于把兵力调到西边，与郑国一争高下，多半还是由于跟鲁国关系达到历史最好水平有关。

姬寤生的担忧不无道理，在郑郏联军刚打到商丘时，宋国人就派出了使者去鲁国求救。

这不是宋国第一次向鲁国请求军事援助。在去年秋天，宋国人联合卫、陈、蔡搞"秋收伐郑"大会时，就拉过鲁国入伙。

鲁国委婉地拒绝了那次请求，其原因倒不在宋国身上，主要是鲁国不想跟弑君的姬州吁搞到一起。可大家或许还记得，那次郑国的稻田里又确有鲁国士兵抢粮的背影。

事实上，那不是鲁国的国有部队，而是鲁国大夫公子翚的私兵。

秋，翚帅师会宋公、陈侯、蔡人、卫人伐郑。（《春秋·隐公四年》）

在鲁国国君未批准的情况下，公子翚私自带兵参与诸侯会战。对于这样的行为，《春秋》直接用他的名字记录"翚帅师"，这大概相当于点名批评了。

当然，现在姬州吁已经死了，他再也不会成为宋鲁关系的障碍。

姬瘖生也是基于此而担心鲁国会发兵，毕竟人家是战略合作伙伴嘛！但姬瘖生又只知其一不知其二。战略合作伙伴是分很多种的，有的关系很铁，有的关系却没那么好。

鲁国不是宋国的铁哥们儿。

当宋国使者上气不接下气地跑到鲁国国都曲阜，请求鲁国看在同盟的分上，拉兄弟一把时，鲁隐公突然问了一个问题：

"邾郑联军现在打到哪儿啦？"

宋国使者的脸变得通红，自己日夜兼程，国家危在旦夕，你不马上发兵救难，反而问打到哪儿了。一气之下，宋国使者答道："早着呢，还没打到我们都城。"

鲁隐公的脸色突然拉了下来：

"我本来还在为你们宋国的危难忧虑，所以才问你，你却说军队没有到达国都，这就不是寡人敢知道的事了。"

言下之意，你不诚实，那就对不起了，你们宋国爱死不死吧！

史书记载——注意，是鲁国的史书，鲁隐公侠肝义胆，本来准备拉宋国一把，但宋国使者不讲实话，因而惹他老人家生气，所以取消了救援的计划。

看上去，这是一个诚信的问题。但实质上，这跟诚信没有半毛钱的关系。还是请鲁隐公给大家介绍一下他为什么故意激怒宋国使者，然后借口不发兵吧！

"邾国可是我们罩着的！"

打狗还要看主人呢，邾国一直是鲁国的属国，你宋国不打招呼就把它的地占了，这让鲁国的脸往哪里放！顺便提一句，过了数年，鲁宋关系变好，鲁隐公亲自率兵攻打邾国，史书还特别记明，这是鲁国替宋国去打的。

你要对我的手下有意见，你告诉我，我可以亲自去揍他，但你要越过我直接打我的手下，那就不要怪我不客气！

宋国人空手而回，好在郑邾联军已经退去。宋国也没有就此罢休，在这一年的年底，派兵攻打郑国，一直打到了长葛城。一来是为了报复郑国入侵，二来长葛城里还有宋国的政治流亡者公子冯。

这一年，宋、郑两国你来我往，打了一个平手。但在姬寤生看来，他败给了宋国。郑国做了长久的准备，又有立志复仇的邾国人当先锋，才攻到了宋国国都，而宋国在国都被围之后，能够马上组织军事力量进行反扑,反攻到长葛,确实不愧为这一地区的军事强国。

意识到跟宋国的差距后,姬寤生放弃了再次进行大规模军事行动的打算,决定先把精力从军事斗争转移到外交战线上来。

率先与郑国建交的大国是齐国。

第四章

郑国的突围

第四章 郑国的突围

公元前720年，发生了两件大事，一是周平王去世。周平王因为背负着弑父杀君的名声，对周王室来说，他一直是个负担。现在他死了，未尝不是一件好事。另一件事情，当然就是郑国人割了周王室的麦子和稻谷。

这一切都显示着天下正在发生一些奇妙的变化。

意识到这些变化之后，齐国国君僖公收拾行李，坐上马车，开始向西进发。

五十多年后，齐僖公的儿子齐桓公打着"尊王攘夷"的大旗，称霸天下，所向无敌，其称霸之始便可以追溯到齐僖公的这次西行之旅。

齐国是与鲁国并称的东方大国，齐国始祖就是那位小说里有打神鞭、养大型神兽的姜尚（字子牙）。因为辅助武王开国，被封到了齐国。

齐国国土面积大，南靠泰山，西有黄河，东临大海，地势险要，易守难攻，还有鱼盐之利，经济发达。除此之外，齐国还有一个特别的地方。

周武王去世之后，年仅十岁的周成王继位，周公代替成王执政，周成王的叔叔管叔、蔡叔叛乱，史称管蔡之乱。

周公与姜尚联手平定了叛乱。周公特地授予齐国一项职责："东至海，西至河，南至穆陵，北至无棣，五侯九伯，实得征之。"

如果说鲁国是保存天子礼乐的吹鼓手，齐国就是挥舞征伐大棒的打手。

作为一个拥有悠久历史的东方大国的国君，齐僖公敏锐地察觉到旧有的秩序正在发生变化，在这样的剧变中，国家必须与时俱进，及时调整自己，否则，就会在大国竞争中落伍，错失掉一个黄金发展机会，从一个大国沦为小国。

其时，天下局势方乱。周王室日渐衰落；秦国在西边站稳脚跟；晋国虽大，可内乱不止；被视为荆蛮的楚国正努力发展自身；邻国鲁国亦稳步发展。而中原腹地，地区形势变得紧张，宋、卫两国与郑国之间的摩擦不断升级。

在这样的乱局当中，齐僖公很快找到了迅速参与国际事务的切入点——郑国。

郑国国力强劲，但被邻国敌视，周王室排斥，急需国际上的支持与帮助。帮助一个处于困境中的强手，无疑将会得到丰厚的政治回报。

于是，齐僖公将郑国作为其中原之行的第一站。

论起来，齐、郑两国并不是第一次接触，大概在郑武公时代，两国就曾经在齐国的卢建立了互利合作的友好关系。于是，史书将齐、郑两国的元首会面称为寻卢之盟，意思是重温卢地的友好盟会。

姬寤生与齐僖公在会盟地石门见面了，两人谈了很多，可见，这次双方谈得都很开心，对结果也都很满意。因此，结盟也就是顺理成章的事情了。

郑、齐两国的结盟在国际社会上引起了不小的反响。中原各国都各怀心事，第二年，宋、卫、陈、蔡就联合攻郑，除了前文所说的种种原因外，郑齐结盟也是其中一个隐秘的原因。

而鲁国作为跟齐国相邻且素有嫌隙的国家，也对这件事情做出了一些反应。第二年，鲁隐公跟宋殇公正式举行会面，以鲁宋联盟来对抗齐郑联盟。当然，作为文化大国，鲁国在反制手法上总要有些文化含量的。

对于齐郑会盟，左丘明记录道："冬，齐、郑盟于石门，寻卢之盟也。庚戌，郑伯之车偾于济。"

翻译过来就是，这一年的冬天，齐、郑两国在石门结盟，是重续当年在卢结盟的友好关系。他们结盟没多久，郑伯就出了交通事故，他的车子翻到了河里……

这就是你和齐国结盟的下场！

同为东方大国，齐国率先和郑国结盟，鲁国有些酸葡萄心理也是可以理解的，但其实没有必要。毕竟姬寤生的外交策略是很灵活的，他从来不会因为与齐国交好，就要与鲁国站到对立面去。相反，姬寤生十分迫切想跟鲁国搞好关系。这个愿望甚至大于与齐国建立友好关系。

与齐国交好，只是多了一个朋友，而与敌国宋国的盟友交好，则自己可以少一个敌人多一个朋友，而让对手少一个朋友多一个敌人，其外交成果是双倍的。另外，与鲁国交好还有一个很大的好处。

因为历史上的渊源，齐国是挥舞狼牙棒的国家，鲁国是拥有道德大棒的国家，道德大棒打起人来，外表看不出啥，造成的都是内伤。

在鲁国拒绝救援宋国的事情上，姬寤生看到了一丝希望。

姬寤生召集大臣，说出了自己的构想。他这个大胆的建议遭到了大家的一致怀疑，大夫们纷纷表示，要想跟鲁国人合作，除非太阳从西边出来。

郑国大夫们之所以做出这个判断，是因为鲁国的现任领导人鲁隐公在郑国有一段不太美好的回忆。

鲁隐公当年还是公子的时候，曾经率兵与郑国交战，不幸落败被俘，郑国并没有意识到这个人将来会成为鲁国的国君，只是随便将他囚禁在大夫尹氏那里。作为一名俘虏，鲁隐公发挥高超的口才，成功策反了尹氏，逃离了郑国。

作为姬寤生的手下败将，鲁隐公一直将这段经历当作耻辱。

大家回顾了这段历史，对郑鲁关系的前景表示担忧。可姬寤生却认为恩怨都是过去的历史，现在已经进入了一个全新的时代，郑、鲁两国应该重新认识和适应对方，努力重构大国之间的关系。

最后，姬寤生说出了他对鲁郑关系的判断：一个强大的郑国离不开鲁国，而鲁隐公也需要一个强大郑国的支持。

公元前722年，鲁国国君鲁惠公去世后的第二年，是《春秋》这本编年史的起始年，史书称为隐公元年。

这一年最具轰动效应的事情当然是姬寤生收拾了弟弟共叔段。这一年，也是鲁隐公正式执掌鲁国的第一年，但《春秋》里根本没有记载鲁隐公即位的消息，不是鲁国史官光顾着看郑国的热闹了，而是因为鲁隐公并不是鲁国真正的国君，他只是鲁国的摄政者。

鲁隐公，姬姓，名息姑，是鲁惠公的庶长子。他的母亲叫声子，不是正妻。鲁惠公的正妻叫仲子，是宋室之女。说起这位仲子来，鲁隐公就有些心酸，这位后妈原本是他的未婚妻。成年后，父亲鲁惠公给鲁隐公到宋国说了这门亲事，仲子是宋武公的女儿，据说生下来后，手掌上有鲁夫人三个字的掌纹，宋武公相信天意，将女儿许配给时为公子的鲁隐公。

鲁隐公的母亲虽然不是正妻，但鲁惠公本来就没有夫人，鲁隐公作为长子，将来自然继承君位，仲子嫁过去，以后就会像掌纹显示一样，成为鲁国夫人。

而等仲子到了鲁国，仲子成为鲁夫人的结果没有变，但过程发生了变化。

鲁惠公一看，这位仲子不但掌纹吉祥，模样还漂亮。儿子还年轻，以后有的是机会娶美女，自己就不同了。

鲁惠公也是实惠人，直接把儿媳妇升级成了媳妇，并立为夫人，这位仲子为鲁惠公生下了公子允，公子允因为嫡长子的身份成为鲁国世子。

鲁隐公悲剧了，他确实是庶长子，但仲子来之前，大家只注意到他是长子，现在鲁国有了夫人以及正宗的世子，大家都注意到他是庶子。

鲁隐公眼睁睁地看着老婆变成了后妈，老爸死了，后妈又成了太后，幸好，他的小兄弟因为年纪太小，大家又把他找出来，让他暂摄国政。

虽然家庭关系搞得有些乱，但鲁隐公烦恼的是自己的摄政王也当得不清不楚。

鲁隐公刚摄政没几个月，鲁国大夫费伯跑过来告诉他，郎那个地方不错，应该修一座城。鲁隐公本着团结的态度说，那就修吧！

大殿里空气突然有些怪，停了一会儿，费伯告诉他："我已经修好了。"

原来不是来请示，而是来通知的！

到了这一年的秋天，郑国攻卫，请求邾国帮忙，邾国跑来跟鲁国商量，鲁国大夫公子豫认为这个可以，但鲁隐公还记得自己在郑国吃牢饭这件事，没有答应，可过了一会儿，他就听到公子豫已经跟邾国、郑国在翼地搞了一次会盟。

对于大夫的越权行为，鲁隐公忍了，反正他不承认与郑国会盟所形成的文件。

又过了两年，鲁隐公离开宫城去散步，发现南边有堵墙被推倒了，一大群工匠正干得热火朝天。鲁隐公就跑去问："诸位这是干什么呢？"

对方回答："修南门啊！"

修南门？我怎么不知道。

在春秋，国都修城门这种事，向来是重大工程项目，可这么重要的事竟然不通知一下鲁隐公！

鲁隐公明白自己再一次被忽视了，他在工地转了一下，亲切慰问了施工人员，嘱咐大家在注意施工安全的同时，严把质量关，争取把南门建成鲁国的精品工程、标杆工程。

完事后，他回去了，什么都没说。

又过了两年，鲁国发生大夫公子翚私自带兵参与卫、宋、陈、蔡的郑地割稻行动。

这些事情折射出一个问题，鲁国的贵族们并不把鲁隐公这位摄政者当回事。

说到底，你也就是一代班的，宫里那位玩泥巴的小孩才是大家正式的领导，凭什么我们要听你的？

面对严峻的国内形势，鲁隐公做出了积极的努力。在跟鲁国各位贵族打交道时，他本人还是很低调的。

第四章 郑国的突围

前面我们提到周平王派人给死去的鲁惠公以及活着的仲子送丧葬费的事，周平王的人是七月来的，鲁惠公已经埋了，但周平王的人要是再迟到五个月就又合适了，因为鲁惠公又"出土"了。

当初鲁惠公刚去世时，国家正在打仗，葬礼办得比较简略。鲁国人是比较讲礼的，到了这一年的冬天，又把鲁惠公挖了出来，重新风光大葬。

鲁隐公没有到场哭丧。

鲁隐公也是鲁惠公的儿子，他不来倒不是对父亲有什么不满，他不来，是为了避位。

但凡新的领导班子出来，一般都要召开见面会，向大家介绍领导成员，以后大家好办事。鲁惠公的葬礼除了缅怀死者之外，也是一个新领导人的见面会，因为葬礼上，将会有各国使者甚至国君到场，是很好的一次将本国新领导人介绍给各国的机会。比如卫桓公就亲自来参加了葬礼。

但鲁隐公没有出现在葬礼现场，他把见面会的机会留给了世子允。

到了第三年，鲁隐公的母亲声子去世。他的母亲在世时，地位不高，现在他当上了摄政者，按理说应该提高一下母亲的政治地位，这也是人之常情。明嘉靖时，轰动朝野的大礼仪之争，就是因为嘉靖皇帝要给亲生父母提高政治待遇引起的。

鲁隐公显然没有嘉靖皇帝这样的魄力，母亲去世后，没有向诸侯发讣告，将母亲安葬后也没有到祖庙里哭诉，报告一下列祖列宗，更没有将母亲的牌位放到他奶奶的牌位旁边。

也就是说，他的母亲生不是鲁国公室的夫人，死也不是鲁国公室的鬼。进不了祖庙，就不算正式的鲁国夫人，史书自始至终也没有称她为夫人，也没有记载她的葬礼，标明她的姓氏。

在春秋时，女子的称呼比较复杂，一般采用下面这个方法，首先取娘家的姓，然后在这个姓前冠以娘家国家的名字，或者丈夫的谥号。比如齐姜就代表齐国来的姜姓女子，而姬寤生的母亲娘家姓姜，丈夫谥号为武，所以称为武姜。

没有记下声子的姓氏，等同抹去了她的过去，后人只能以君氏来称呼她。

而那位鲁国公室正宗前夫人，鲁国太子允之母仲子去世就不同了，鲁隐公不但大操大办，还特地为仲子修了一座陵寝。在陵寝的落成典礼上，鲁隐公亲自主持典礼。不过，典礼上发生了一件事情。

按规矩，典礼是要跳舞的，据考证，这种舞蹈颇似现在的广场舞，以人数多、声势大、音量高取胜。当然，鲁国是礼仪之国，而且跳舞这么高级的礼仪活动，参与人数是非常有讲究的。

鲁隐公十分虚心地问大家："要献多少羽，跳多少佾的数。"这个羽数、佾数比较烦琐，大家可以简单地认为是多少排的人数好了。

下面的人回答："天子用八佾，诸侯用六佾，大夫用四佾，士用二佾。"

鲁隐公心算了一下，仲子，诸侯夫人，用六佾。

"那就这样办吧！"

这个事情有两个不合规矩的地方。首先，鲁隐公只是摄政，仲子也不是他亲妈，他不应该来主持这个典礼。其二，这个舞跳错了。

下面的人在回答时，漏了一个级别：三公。

在天子跟诸侯之间，还有三公这样的高管，三公才能用六佾，三公一般由声望高的诸侯担当，比如现在的姬寤生位列司徒，天子上卿，他要是死了，郑国人可以跳六佾舞。

接下来，诸侯用四佾，大夫用二佾，至于士嘛，就不用跳舞这么铺张浪费了。鲁国官员故意漏掉了三公，又强加一个士，无形把自己的典礼规格搞了上去。

鲁国史官左丘明对这件事情还是比较客观的，特地在后面写道：于是初献六羽，始用六佾也。

不要以为这就是一句陈述句，实质上这是史官对鲁隐公以及鲁国提出了严厉的批评与自我批评，批评就隐藏在"初、始"这两个字上。

大家都说礼崩乐坏，原来礼就是从鲁国这个礼仪之邦开始坏起来的。考虑到孔子最狠的一句骂人话"始作俑者，其无后乎"就可以知道这是一句十分严厉的批评。

问题是，鲁隐公到底知不知道自己带头坏了规矩呢？

综合起来看，鲁隐公不知道的可能性是不大的，明知故犯的可能性是很大的。鲁国毕竟是礼仪之国，鲁隐公是鲁国长公子，在仲子嫁到鲁国之前，一直被当作鲁国接班人来培养，可以说是在礼的熏陶下成长的，他怎么会不知道呢？

他既然知道自己亲生父亲的葬礼不出席，怎么就不懂在后妈的典礼上回避呢？从后面一些事情来看，鲁隐公不是不懂礼仪，他简直是太懂礼仪了。

考虑到鲁隐公在国内的处境，就比较好理解这个行为了。鲁隐公特地主持仲子陵寝的落成典礼，还超规格使用六佾，无非是为了拉拢太子允以及他身边的支持者。如此良苦用心，左丘明却毫不体会。可想而知，鲁国的贵族也未必买账。

在家里夹着尾巴做人，只能博点国人的同情，但真正获得国人的认可，还必须在外面挺起胸膛做人。鲁隐公是深知这一点的。

摄政之后，鲁隐公积极展开了外交行动。他第一次外事访问的对象是邾国。

国家领导人的第一次外事访问向来被认为是一个国家外交政策的风向标，各国一般采取稳健的态度，邾国是鲁国的传统盟国，鲁隐公选择先访问邾国，也是稳重起见，但史书上有一个比较奇怪的描述。

《春秋》是这样写的："公及邾仪父盟于蔑。"按我们普通的理解就是：鲁隐公跟邾仪父在蔑搞了一次会盟。

但在另一本书里，却不是这样解释的。

我们前面提到，左丘明为了解释《春秋》写了一本《左传》，但《左传》不是唯一的解释性文件，还有一份很著名的解释文件叫《公羊传》，据说是孔子的学生子夏写的，子夏又口传给了公羊高，最后传到了公羊高的玄孙公羊寿手里，由公羊寿抄在了竹片上，所以称为《公羊传》。

这本《公羊传》不干别的，专门揣摩孔子先生每个字的用意。

《公羊传》这样解释这段记录，具体来说，是解释为什么用"及"这个字。

《公羊传》说，"及"就是"与"的意思。"会""及""暨"都有"与"的意思，为什么有的地方用"会"，有的地方用"及"，有的地方用"暨"呢？这是因为"会"就是平常聚会，"及"是很急切地参加，"暨"是迫于形势必须要参加。这里用"及"，表示鲁国迫切想与邾国搞好关系。

这个分析是靠谱的，鲁隐公确实是急于创造一个良好的外部环境，以便他在国内站稳脚跟。

在与邾国巩固传统友谊的同时，鲁隐公积极与宋国讲和，考虑到仲子是宋武公的女儿，这样的外交也利于拉拢国内的亲世子派。

第二年的春天，鲁隐公又与戎人在潜碰了个头，并于秋天与戎人在唐结盟。戎人是欠发达地区的少数民族，为中原各国所排斥，而且还喜欢打打杀杀，儒家子弟认为，鲁隐公的行为十分冒险，会面是戎人提出来的，时间、地点也是戎人定的。而一个国君要去见另外的诸侯，必须满足三个条件：有智慧的人替他谋划，讲信义的人负责实施，国内还需要有仁德的人守国。可鲁隐公没有这三种人，还敢跑去跟戎人搞见面会，能安全回来应该烧高香。

鲁隐公不是不懂这些道理，可他依然去了，可见他急于在外交上展现一国国君的能力和风采。

这一年，鲁隐公还把妹妹嫁到了纪国。

不能不说鲁隐公是十分努力的，他试图通过国际社会的认可来获得国人的尊重，但大家应该也看出来了，他结交的国家，除了宋国之外，都是邾国、纪国这样的小国。跟这样的小国家搞外交关系，对于提高他的国际声望，收效甚微。

到了鲁隐公四年，还有鲁国大夫不打招呼，私自带兵参与围郑抢粮行动。这说明，鲁隐公的外交策略不太成功。

国内贵族的不合作，成了鲁隐公的隐疾，他急需找到一个突破口，建立国君形象，树立国君权威。

这个东西，姬寤生可以给他。

公元前717年，郑宋大战第二年的春天。郑国的使者来到了鲁国，向鲁隐公传递了和好的信息，《春秋》的原话是这样的："郑人来渝平。"

"渝"在古语中是"变"的意思，"平"是"和解"的意思。

史书用"平"，不用"盟"，说明这不是一次结盟，而仅仅是郑鲁外交的一次破冰之旅。用现在的外交语言可以这样解释：鲁郑双方举行了大使级的会谈，两国大使就郑鲁关系进行了交谈，双方加强了共识，尤其是消除了历史上的一些遗留问题，也就是有关鲁隐公受俘于郑的一些误会，郑国取得了鲁国的谅解，鲁国也愿意忘记历史上的不快，以史为鉴，面向未来，开创新型的鲁郑关系。

可以说，这是一次非常成功的破冰之旅。

之所以取得这么大的突破，是因为郑国及时把握住了鲁国高层的新动态。自从去年鲁国拒绝宋国求救之后，鲁宋关系开始破裂，鲁隐公愤恨宋国不尊重鲁国，正欲结交郑国。而更重要的是，郑国提了一个让鲁国十分感兴趣的建议。

郑国建议用自己的祊地交换鲁国的许地。

祊地在泰山附近。泰山高耸入云，是中国政治第一山，中国的帝王自认受命于天，把到泰山祭祀看成是向领导汇报工作。数十年前，周宣王就曾经到泰山祭祀，而当时的上卿郑桓公因为陪同天子祭祀，获得了这块祊地作为上山前的汤沐邑。所谓汤沐就是洗澡。天子祭泰山，要是一身臭烘烘的，那工作报告上天可是不会批的。

这块地在泰山脚下，位于鲁国的国境之内，自从郑桓公上回跟着周宣王去那里洗过一次澡，以后就再没去过。

相反，许地在河南，比较靠近郑国，是鲁国国君进京朝觐天子时的汤沐邑，有点类似今天的驻京办。当然，鲁国好多年没到洛邑去朝觐天子，这块地皮也空了很多年。

于是，郑国建议，与其让两块地空着，不如咱们交换一下，大家以后管理起来也方便。鲁国迟疑了一下，表示这个问题不太好处理。因为许地还有鲁国祖先周公的庙。要是换了地，以后怎么去祭祀周公？

这个不是问题，郑国使者笑了。

"这好办，我们在许地祭祀周公好了。"

虽然郑鲁都姓姬，都是周文王的后代，但毕竟鲁国的祖先是周文王的四子周公，而郑国的祖先是周文王的次子周武王。这个家早在三百年前就分了。孔子曾说："非其鬼而祭之，谄也。"郑国跑去祭祀周公，这算怎么回事？

接下来，郑国的建议更让鲁国人吃了一惊："以后我们郑国不去泰山祭祀了，泰山祭祀的事情就交给你们了。"

周公是鲁国的周公，泰山却是天下人的泰山，郑国现在连泰山祭祀这样的荣耀都让给了鲁国。

鲁国人马上明白，这是郑国人在向自己示好，属于变相的政治贿赂。鲁国人愉快地接受了这个建议。两国的会谈也因此变得十分融洽。会谈结束时，两国还约定将来就换地之事进行详细的磋商。

两年后，郑国派出大夫宛前往鲁国，正式跟鲁国进行了祊地交割仪式。将事情办完之后，这位郑国大夫就拍拍屁股回家了。连鲁国土特产都没带，更不用说带许地的图籍回去了。

鲁隐公跟他的臣子惊呆了，半天才明白过来，郑国人没有要许地！许地还在鲁国的版图内。

送礼这种事情，说到底就是送面子。姬寤生准确察觉到了鲁隐公的困境，巧妙地用换地的方法给足了鲁隐公面子。这对鲁隐公来说，无疑是雪中送炭。

不费吹灰之力，鲁隐公就从郑国的手里搞到了一块地皮，鲁隐公的国内形象一下变得高大伟岸起来，鲁国人都对这位摄政王满怀佩服。

在这件事以后，鲁国再没有发生大夫不服君命，擅自行动的事情。以后不要说修南门了，就是修条水沟，也得先去请示一下鲁隐公。

鲁隐公自然不会忘记姬寤生的大恩大德，而且从这件事上，他很容易就得出一个结论：跟着郑国混，有前途！

顺便提一下，就在鲁郑会谈的这年秋天，宋国人再次发兵攻打郑国，并终于攻破长葛，只是冲进去后发现公子冯又跑了。宋国人之所以成功，是因为搞了一次突然袭击，其时，姬寤生正忙着四处进行外事访问。

孙子兵法曰："上兵伐谋，其次伐交，其次伐兵，其下攻城。"郑国已经玩起了伐谋，你还停留在原始粗暴的攻城阶段，这就是境界的差距啊！

第五章

霸主集团的雏形

第五章 霸主集团的雏形

与齐、鲁两个传统强国结盟，让郑国迅速摆脱了困境，不难看出，郑国采取了外交上很著名的一种方法：远交近攻。拉拢与郑国地理距离比较远的齐、鲁两国，专门对付接壤的宋、卫等国。

事实将证明，这是一个成功的选择，郑、齐、鲁的联盟很快成为春秋第一个铁三角联盟，从而建立春秋的第一个霸主时代。

在外交上做好充足的准备后，郑国再次拿起大棒，奇怪的是，姬寤生并没有朝宿敌宋国开火，而是把目标对准了陈国。

相比宋国，陈国国土面积小，实力一般，是个很好的热身对象。

在进军之前，姬寤生放低姿态，主动派使者到陈国要求和好，但陈国断然拒绝了郑国的示好。讲好话不听，就只有动武了。郑国发起数次攻击，俘虏了不少陈国人。

姬寤生本以为陈国会很快低头服软，但意外的是陈国十分顽强，屡败屡战，死不认输。

是什么让小国陈国硬挺着呢？

姬寤生仿佛看到了陈国身后那个威严的身影，那个一上台就要分他权的少年天子。

没有周天子的扶持，小小的陈国怎么敢跟郑国对抗？

郑陈交恶只不过是表象，周郑交恶才是本质。

姬寤生本人要对周郑关系的恶化负上很大一部分责任，毕竟是他吃了天子的粮，这种事情无论如何评判，也是姬寤生理亏。而且姬寤生也开始后悔起来，并重新认识到了跟周王室保持良好关系的必要性。

当初，要不是他爷爷郑桓公在朝中当司徒，虢国跟郐国怎么会让郑国从边远山区搬到中原地带来，还送了大片土地给郑国？他父亲郑武公在世的时候，连灭了两国，不但大家不谴责，周王室也不出手干涉，反而表扬他做得好。就是姬寤生自己没跟周王室闹翻以前，在中原这一块，还不是要风得风，要雨得雨？可一旦跟周王室闹翻，四国马上纠集起来围他的东门，割他的秋稻。

姬寤生现在才明白，自己郑国的稻子不好割，周王室的麦子更不好割。

早知如此，何必当初呢？

姬寤生最近这一两年，天天想着怎么修复周郑关系，可感情已经破裂了，大国关系又不是爱情买卖，岂是说翻脸就翻脸，说和好就和好的。

正当姬寤生为扭转周郑关系僵局苦思不得其解的时候，机会终于还是来了。

鲁隐公六年的冬天，郑国收到了来自鲁国的一份外交函件，在这份文件里，鲁国倡议各国发扬"一方有难，八方支援"的人道主义精神，卖粮食给周王室。

原来，这一年的冬天，周朝国内发生饥荒，出现了粮食危机。本来替周王室组织救灾是姬寤生的分内事，但周桓王绕开姬寤生，依旧找上鲁国，也是间接性地批判姬寤生。

收到天子的求助信后，鲁国立马组织各国赈灾，体现了一个负责任大国的风范，所以鲁国史官马上给了一个好评：礼也。

这对鲁国来说，是展现礼仪大国风采，提高国际地位的一件好事，对郑国来说，也是一次修复周郑关系的契机。

国与国之间，在发生灾难时进行援助，是一种非常得体的示好行为。

姬寤生马上意识到，他一直等待的机会来了。于是，他收拾了一下，亲自前往洛邑，这不是普通的进京。

史书记载："郑伯如周，始朝桓王也。"

这个意思是，这是姬寤生第一次正式朝觐周桓王。它跟普通的见面会有许多礼仪上的区别，但最重要的区别是朝觐不能空着手，是要带礼物的。

姬寤生是带着真金白银去的，顺便还带了救灾方案，主要内容是以平价卖给周王室粮食，以解决周王室的粮食短缺问题。

既然是正式的朝觐，周桓王百忙之中抽空接见了一下姬寤生，一开口，就让姬寤生吃了一惊。

周桓王问："卿国今年的收成如何？"

姬寤生愣住了，不是应该我询问贵国的受灾情形吗，这是抢台词啊！但天子既然问了，姬寤生就老实回答："托您的福，风调雨顺，收成还算可以。"

周桓王松了一口气："哦，幸亏你们收成还好，那温地的麦子、成周的稻，寡人可以留下来自己吃了。"

姬寤生的脸白了，自己不辞辛苦前来抗旱救灾，你不但不感激，反而提当年不愉快的往事。

天子毕竟是天子，气度不是一般人可以比的，在将姬寤生问得晕头转向、不知所措后，接着道：

"天灾无常，我送你十车粮食，你拉回去备荒用！"

你们郑国也别想看我们的笑话，我们不差粮，不但不差粮，还有余粮给你们备着，免得你们饿晕了，又跑到我的地盘来割麦子。

话说到这份上，还是怎么来的怎么回去吧！姬寤生的粮食外交完全失败，但姬寤生没有生气，更没有采取任何不理智的反制行动，反而感谢周桓王的赏赐，然后领着十车粮食回国了。

周桓王还是年轻，政治经验不足啊！他之所以不顾东道主的身份，对前来援助的姬寤生冷言相对，就是不想在国际上造成周郑和解的假象，以免姬寤生又打着周王室的旗号干坏事，可千防万防还是让姬寤生钻了空子。

回国的路上，姬寤生得意扬扬，宣称周天子令他征伐陈国，如果不信，大家请来看，天子连征战的军粮都赏下来了。

陈桓公彻底崩溃了，这两年，他一直被郑国的军队猛攻，损失不少，之所以还一直挺着，是相信周王室，相信天子，可现在，周天子竟然下令郑国征伐他。

是不是郑国给天子送了粮食，周王室吃人家的嘴软，真的背叛自己又投入到郑国的怀抱了？

想到这里，陈桓公出了一身冷汗，终于明白再跟郑国顽抗是没有前途的。于是，陈桓公主动派出使者前往郑国要求和好。郑国发挥大国应有的宽大胸怀，不计前嫌，与陈国修好，并正式结盟，为了表示建交的严肃性，两国搞了一次歃血仪式。

在歃血仪式上，出现了一个小小的问题，问题是由陈国使者陈五父引起的。这位陈五父是陈国国内的亲郑派，当初姬寤生主动向陈国表示议和时，这位陈五父就劝陈桓公答应郑国的请求，毕竟邻居之间打打杀杀不太合适。

派出陈五父来与郑国歃血，说明陈桓公还是很有诚意的，可不知道是不是幸福来得太快，这位陈五父有些发昏，在歃血的时候，思想开小差，好像忘记正在搞歃血仪式，一副心不在焉的样子。

姬寤生将这个看在眼里，没多久，跟鲁国的人进行会谈时，他说起这件事情。

对此，鲁国的大夫泄伯进行了一番点评："陈五父这个人一定要倒霉了，他盟誓竟然不专心。"

这里说明一下，八年后，陈桓公得了精神病出走，陈国大乱，陈五父死于战乱中。

陈五父要倒霉还是以后的事情，怎么补救才是眼下的问题。毕竟在歃血这个严肃的场合出现这样的态度，姬寤生很生气，生气的后果当然是严重的。

陈国也意识到了这个问题，并采取了补救措施，陈桓公于这一年的年底让自己的女儿妫氏跟姬寤生的世子忽订了婚，以巩固两国之间的友谊。

第二年的春天，郑国世子忽到陈国迎娶妫氏，史书详细记载了这次迎亲活动。世子忽六日出发，十三日由陈国大夫陈针子送亲，十六日抵达郑国。按理说，这次婚礼进行得很顺利，但负责送亲的陈针子却连喜酒都没吃就气呼呼地走了。

这一回错在郑国。具体来说，是郑国的世子忽办了一件不太合礼的事。

大概是世子忽对妫氏一见钟情，又想着反正都是自己的老婆了，在没有祭告祖庙的情形下，就跟妫氏睡到了一起。

但在春秋时期，这实在是一件丢脸的事情，陈针子走之前，丢下一句话："这两人不能算是真正的夫妇，这简直就是骗祖宗，太不讲礼了，这样的搞法怎么能够教育后代呢？"

虽然郑陈联盟出现了这样那样的问题，但两国关系还是朝着健康的方向稳步发展。当年反郑的五大金刚，卫国已经老实了；陈国成了郑国的亲家；鲁国收了郑国的地，正在四处宣扬郑国的高风亮节；蔡国嘛，还是别把他当盘菜吧！

那么，就只剩下宋国了。

看到盟友一个个与自己渐行渐远，对外部环境一向麻木的宋殇公也嗅到了危机，他感觉到，姬寤生马上就要收拾他了。在国内，他进行了广泛的动员，号召大家团结一致，保家卫国。可宋殇公刚把铠甲穿上，剑磨光亮，就收到一个消息，郑国人准备跟他讲和。

宋殇公的第一反应，认为这是一个骗局，无非是让自己放松警惕。但说和的人来头挺大，颇具国际声望，这让宋殇公不得不抱有一丝希望。

居中斡旋的是齐国国君齐僖公。说来颇有意思，这位有征伐权的大国国君却是一个和平爱好者，这些年经常穿梭于各国之间，为各国化解矛盾，不遗余力。他自己也做出了很好的表率，先是与郑国重拾旧好，后又跟素来不和的鲁国首次建立友好关系。

《第五章》 霸主集团的雏形

一时之间，各国领袖都知道齐僖公这个人好相处，热心肠，是个靠得住的人。

靠得住的齐僖公亲自替郑国传话，让两国讲和，还是值得相信的。而且，这位齐僖公手笔很大，不单单要调停宋、郑之争，还拉上了卫国，搞了个一揽子和平方案，彻底解决鲁隐公四年因东门之围而延续的诸国之争。齐僖公特地约了一个时间地点，要求大家坐下来好好谈一谈。

收到这个消息后，宋殇公半信半疑。最后，他决定先去问一下卫国。宋殇公派人给卫国送了礼，请求先跟卫国的卫宣公见上一面。

从这一点看，宋国虽然地广国富，军队也不少，但已经脱离一流大国的行列，连外交的事情都拿不定主意，要请教别人，怎么在这个尔虞我诈的世界立足？

面对老朋友的请求，卫国也没有拒绝，两国临时在犬丘见了一面，对齐僖公的建议先期进行了探讨，两人都认为可以相信齐僖公一次。

于是，在鲁隐公八年的秋天，在齐僖公的外交斡旋下，宋、卫、齐三国在温地举行了会谈，又一起前往瓦屋进行了一次誓盟活动。奇怪的是，郑国并没有参加，而是委托齐僖公全权处理。

对于这次瓦屋之盟，各国都给予了高度评价。礼仪权威发言国鲁国以"礼也"两个字干净利落地对这次会盟进行了公开表扬。齐僖公的国际声望高涨。虽然春秋第一个霸主时期的主角是姬寤生，但必须得说，这个时期最具智慧的人还是齐僖公。

在举办卫、宋与郑国恢复邦交之会谈并取得重大突破后，齐僖公专门派人到鲁国通报了会谈的情况，并询问鲁国的意见。鲁隐公也派大夫接见了齐国使者，并转达了鲁隐公对此事的看法。鲁国将承认并尊重瓦屋结盟的会谈结果，也愿意为维持地区和平尽自己应尽的力量。

按理说，齐国跟鲁国是平等的国家，齐国开个会没有必要向鲁国汇报，但齐僖公考虑到这次会议主要是化解东门之役的积怨，鲁国虽然没有参加东门之役，但在接下来的秋收之役中，还是参与了。而且郑、宋两国现在同时跟鲁国有外交关系，它们之间的和好对鲁国来说，当然也是一个好消息。

为了避免宋国猜忌，齐僖公先从卫国入手，谈成后，又不忘知会相关国家，做人做到这份上，齐僖公已经隐约有霸主（诸侯首领）的势头。

本来中原局势剑拔弩张，大战一触即发，但齐僖公以他高超的外交手腕以及闲人马大姐式的古道热肠，竟然达成了春秋史上第一个多国和平盟约，着实是一位天才外交家。

瓦屋之盟后，宋殇公大大松了一口气。自从与郑国交恶以来，年年打仗，国内怨声载道。因此，宋殇公早就想收手了。

可惜想打就打，想和就和，是超级大国才能享有的超级待遇，宋国显然不是。

据记载，春秋时结盟，首先要杀牲畜，然后与会代表各喝一点牲血，是为歃血为盟，合约一式多份，正文烧掉交到上天那里备案，其余各领一份回家。

宋殇公拿着盟约的副本，以为入了保险柜，却没有想明白，为什么郑国人不亲自参加呢？

这一年，又发生了两件说大不大、说小不小的事情，这两件事情本该引起宋殇公的警觉。

夏天的时候，周桓王再次邀请虢公忌父为周朝的卿士。

这是虢公忌父第三次接到周王室的邀请，后来的刘皇叔请诸葛亮也不过如此。想起上一次的失落，虢公忌父这一次没有犹豫，答应出任周朝的卿士。

听到这个消息后，宋殇公着实兴奋了一阵子。其他各国首领倒不像宋殇公这样幸灾乐祸，他们普遍担心周王室的安全。

第一回周朝要任命虢公忌父，姬寤生领走了周朝的王子，也就是周桓王他爸；第二回，姬寤生把周朝的麦子割了。那两次，还只是初步意向，并没有付诸实质行动，现在虢公忌父真的成了周朝卿士，姬寤生不知道又会干出什么。

事情的发展大大出乎大家的意料，姬寤生不但没有采取什么报复措施，反而在秋天引着齐僖公正式朝觐周桓王。

上回姬寤生前来慰问救灾，周桓王冷嘲热讽了一番，但这次齐僖公在场，周桓王终于克制住了自己的暴脾气，认真进行了接见。

消息传出来后，有人失望有人庆幸。鲁国作为文化大国，他们从礼仪这个角度进行了点评：礼也。

虽然虢公忌父被正式任命为周朝卿士，但郑国国君还是周朝的左卿士，依然有义务与权利履行自己的职责：督促各国及时朝觐天子，上交贡赋。姬寤生能够不计前嫌，忠于职守，值得表扬。

但事实上，这个表扬显得有点古怪，姬寤生不过干了分内事，有什么值得表扬的？当年姬寤生讨伐自己的弟弟，本已经做得仁至义尽，鲁国史官还是拐着弯把姬寤生骂了个狗血淋头。这一回，稍干了点本职工作，鲁国人就马上通报表扬。

联想到这一年，鲁国正式接收郑国送出的祊地。只能说，这块地没白给。

而真正的重点是，姬寤生引见诸侯朝觐天子这种事，早就该干了，史书上也没见姬寤生干过一回，这回怎么突然想起来了？

宋殇公当然不会想，也想不到这个原因，他本人对周、郑没有再起干戈相当失望，完全没有想到战火马上就要烧到自己的头上。

姬寤生突然良心发现，引诸侯朝觐天子，不过是演一场戏（齐国配合出演）。姬寤生通过这件事情，给天下人提了一个醒。

既然我还有权力引领诸侯面见天子，那我就还有权力征讨不去朝觐天子的诸侯。

第二年，宋殇公接到了姬寤生发出的通知，要求大家按时朝觐天子。算起来，这一年离周桓王继位已经过去了六年，按五年一朝的规矩，大家是该去见一见天子了。但宋殇公习惯性地没有把这个通知当回事，毕竟这么多年了，大家都不按这个规矩办，这一年，估计还是外甥打灯笼——照旧。

别人不听招呼没关系，宋殇公不去就麻烦了。

郑国突然宣布，因为宋国不去朝觐天子，将召集众诸侯进行讨伐！

瓦屋之盟的墨迹还没有干，郑国就撕毁条约开始动武。更让宋殇公气愤的是，连齐国也准备加入郑国的部队，对宋国进行武力干涉。

这是怎么回事？拉拢大家签和平协议的是你，要动武，你也来起哄？

齐僖公对此进行了说明：虽然大家签了和平协议，但违反了周朝礼制该打还是要打啊，宋国，你就忍一下吧！

齐僖公玩了一个小小的国际概念，朝觐天子是国际公法，和平协议是多边公约，国际公法的地位是要高于多边公约的。

《第五章》 霸主集团的雏形

宋殇公彻底愤怒了，原来一切都是骗人的。郑国人迟迟不动手，还忽悠着自己喝了生血，就是为了找一个冠冕堂皇的进攻理由。宋殇公也不含糊，马上联系了老朋友卫、蔡两国。这两国最近也比较烦，因为他们也收到了郑国的催款通知书。今天打宋国，明天就有可能打他们。他们马上表示，绝不坐视郑国入侵宋国，一旦有必要，必将武力干预。

宋殇公稍稍放了点心，而他紧接着犯了一个错误。

他没有将郑国将要进攻自己的消息通知自己的盟友鲁国。

鲁国才是他最应该争取的盟友。

首先，鲁、宋两国建立了高级别的军事合作关系，双方约定，一方受到攻击时，另一方有责任帮助防守御敌。

其次，鲁国人也没有去朝觐天子。而且从事实上来看，鲁国的犯罪情节比宋国还要严重。打开《春秋》《左传》，经常可以看到周天子派某某前往鲁国进行慰问，周天子派某某给鲁国送了什么什么东西……但鲁国从未派出使者对周王室进行回访，更不用提朝觐了。鲁国人不厌其烦地记载周天子的慰问，除了体现大国的自豪感之外，也是对本国国君的失礼行为提出隐秘的批评。

要是宋殇公及时照会鲁国，说明情况，至少可以将大家的目光转移到鲁国身上——大家看，鲁国作为执礼之国，他都没去，凭什么我必须要去？

最后，鲁国与齐国交好，要是拉拢了鲁国，齐国就不好意思参与进来，齐国不参与，郑国一支孤军就绝不敢贸然动手。

只需要一个小小的外交照会，就可以将郑国的攻势瓦解，可宋殇公就是不去鲁国打招呼，说到底，是一个面子问题。

当年，郑国打到宋国国都，宋国派出了使者求救，鲁国不但不支援，还冷嘲热讽了一番。每当想起这件事，宋殇公就气得睡不好觉，现在他实在不想再去浪费表情。

这是一个愚蠢的错误，前些年鲁国拒绝宋国求救，国际上对宋国还是抱以同情的。现在，你宋国率先不把鲁国当朋友，等于把主动权无偿送给了鲁国。

鲁国马上做出了反应，断绝与宋国的一切正常外交关系，撕毁与宋国签署的一切外交协议，并与郑、齐结盟，参与到对宋国的讨伐当中去。

宋殇公傻眼了，不过就是没通知一声，至于这样吗？

一般来说，不至于如此，但鲁隐公需要如此。

在国际关系中，所有的外交活动都反映着国内的政治需求。

这一年是鲁隐公九年，也就是说鲁隐公已经摄国政九年，他已经不是当年那个小心翼翼的摄政王。通过结交齐、郑两国，树立了声望跟权威，虽无国君之名，已具国君之实。他的国内政策也发生了一个变化，从最初即位时拉拢安抚鲁国世子一党，转变为压制世子一党。相信大家没有忘记，宋殇公是世子公子允的表哥，跟宋国断交，正是给公子允一个沉重的打击。

鲁隐公十年的开春，齐、鲁、郑三国元首在中丘开会，正式确定联兵攻打宋国，这是齐、鲁、郑这一铁三角第一次正式联合采取军事行动。

中原的第一个霸主时期拉开了大幕。

第六章

霸主集团小试锋芒

《第六章》 霸主集团小试锋芒

鲁隐公十年的夏天，齐、鲁、郑三国大军开往宋国，齐、郑两国由各自的君主带队，鲁国则派出了国内重量级人物翚，这位翚不是别人，正是当年不听鲁隐公招呼，私自带兵跟宋、卫、陈、蔡去割郑国稻子的那位。

东方两个传统强国跟中原新兴大国联手打一个还称不上一流的宋国，还是比较轻松的。六月七日，公子翚显然没有顾及当年跟宋国的战斗友谊，打起仗来毫不留情，率先在营地击败宋军，而郑国在姬寤生的亲自率领下，气势如虹，先是于十六日攻入宋国的郜邑，二十六日又攻占宋国的防地。

至此，第一阶段的军事目标已经实现，并产生了战利品——郜邑和防地。

这次军事行动，郑国是主力，齐国是联络员，鲁国是帮忙的。按理说，郑国出力最大，两地也是郑军攻下来的，齐、鲁两国也没打算分多少，只要郑国意思意思就够了。

可没想到，郑国太够意思了。

郑国提议将郜邑跟防地交给鲁国。

一位富豪谈合伙经营生意时曾说道，与人合作，拿百分之十的股份是公正的，争取一下拿百分之十一也可以，但我认为，我们还是只拿百分之九。他解释这样做的原因：只有让你的合作伙伴多赚钱，你才能赚到更多的钱。

郑国连百分之九都不拿，要全数送给鲁国。

听到这个建议，鲁国的公子翚惊呆了，见过大地主，但没见过不把地当地的大地主，难道这就是传说中的土豪朋友？在一番推辞之后，鲁国连声说这怎么好意思这怎么好意思，就把郜邑和防地装进了自己的腰包。

在将两块地皮无偿送给鲁国之后，姬寤生又表示这次军事行动是奉天子之令，齐侯去年跟我去朝觐天子时，就谈到了以后让诸侯国不要忘了周王室，这次军事行动之所以取得成功，跟齐侯的大力支持是分不开的。以后，我们还将以齐侯为中心，继续为维护周王室的尊严与权威而努力。

本来看到郑国把两块地都给了鲁国，齐僖公有些不满，但听了姬寤生的一番话，他马上笑呵呵地表示，这都是自己分内的事，征伐之任是从老祖宗那里就传下来的职责，自己只不过继承祖业罢了。

姬寤生对自己的两个盟友十分清楚，鲁国虽说掌天子礼仪，看上去要面子，实质上却爱贪小便宜，从换地上就看出来了。拿了郑国的地，一看郑国没有提许地，也就不吭声了。

而齐国国君齐僖公看上去大大咧咧，讲话三句不离好处、利益……但实际上很要面子。

本来两块地，三个人分，从数学到政治都是一个难题，但姬寤生准确把握了各方需求，顺利解决了分蛋糕这件困难的事。

鲁国人对这起事件的记载却有些让人哭笑不得。

首先，孔子先生在《春秋》里用超简洁的语言进行了记录：

> 夏，翚帅师会齐人、郑人伐宋。六月壬戌，公败宋师于菅。辛未，取郜。辛巳，取防。《春秋·隐公十年》

对照上面的介绍，大家想必猜得出来这个意思，看上去，这是一个平铺直叙的描写，但考虑到是孔子修订的，就不能一扫而过了，要知道，这位孔夫子有看家绝技：春秋笔法。

这一段，就用了骂死人不偿命的春秋笔法。在这个叙述中，孔子特地点出了攻取郜邑和防地的日期，这不是孔子常用的笔法，一般来说，孔子记载攻取城邑这样的事情，是不记载日期的，这次详细记载，是认为郑国乘着宋国大败之机，攻取人家的城池，这是违礼的。所以特地把日子记下来，让后人引以为戒。

但人家夺了城，并没有据为己有啊！于是，连左丘明都对孔子老师的道德洁癖有点不好意思，特地在下面加了一条注释，对姬寤生进行表扬。当然，左丘明老师也不好对着干，就借用了一个第三方人士的评论。

《左传》的原话是这样的：

> 君子谓："郑庄公于是乎可谓正矣。以王命讨不庭，不贪其土，以劳王爵，正之体也。"（《左传·隐公十年》）

翻译过来就是：君子认为，郑庄公在这件事情上做得光明正大极了，用天子的命令征讨不朝觐的诸侯，得胜之后又不贪图攻取的土地，而用它犒赏受王爵位的国君，这就是正道啊！

也不知道这位君子是哪里跑出来的，我们就权当他是左丘明的马甲吧！

综合《春秋》和《左传》的观点，那就是：郑庄公这个家伙趁着宋国被我们鲁国打败之机，占了人家两座城，实在算不得好汉，但好在郑庄公这个人比较知趣，把这两座城交给了我们，总算有救。

对于这两位的点评，姬寤生是不太在意的，他用两块地对鲁国弃宋联郑做出了最好的嘉奖，现在大家都知道，跟着宋国干，年年要挨打，跟着郑国干，年年有分红。

除了坚固鲁郑关系之外，姬寤生做出这样的分配方案还有一个比较隐蔽的原因，郜邑和防地离鲁国很近，离郑国很远，郑国就是拿了也管不了，不如索性送给鲁国。当然，齐国就离这些地皮更远了。这也是齐僖公没有对分配方案表示异议的原因。

这些东西，都是谈判桌面以下的东西，大家彼此心里有数就可以了，关键是大家都有好处。

郑国报了东门之仇，鲁国得到了地，齐国得到了面子，人人有奖，都不落空。

宋殇公是想哭却哭不出来。

在齐、鲁、郑三国攻进来时，宋殇公数了数战车的数量，很容易就得出了一个结论，拉着部队去硬碰硬，胜算不大。于是，他采取面对进攻时的常用手段，避开三国主力，另率大军绕道反攻郑国。

这说明，宋殇公虽然搞外交不太行，但在军事上还是有一些水平的，这大概也是练出来的，上任七年，有六年在打仗，剩下的那年还是在搞战备，想不熟悉业务都不行。

既然齐、鲁、郑纠合而来，宋国也没有以一敌三的雄心壮志，依然给自己的老伙伴们卫、陈、蔡三国发出了求救信。

卫国率先响应，大概卫国人过了两年好日子，也意识到郑国的强大对自己就是一个威胁，所以毫不犹豫地出兵参战。

陈国没有反应。宋殇公想了一下明白了，陈国已经成了郑国的亲家国，不来也是正常的，但实质上，陈国不来还有一个更重要的原因——陈桓公是周桓王的朋友。姬寤生虽然是报私仇，但毕竟打的是替天子讨不庭的旗号，陈桓公自然不好参与。可见这把天子之剑的厉害，颇有倚天不出，莫与争锋的味道。

陈国不来，给宋殇公提了一个醒，当年吆喝一声，大家给我上，就纷纷冲到郑国割稻子的盛况只怕难以重现了。要是蔡国也不来，宋殇公数了数手指，在参战国数量上，自己就要落下风了。为了确保蔡国能参战，宋殇公玩了一个小花招。

宋殇公给蔡国带信，邀请蔡国一起去攻打戴国。

戴国，一个弹丸小国，在郑国边上。

我们说过，蔡国也是一个小国，小国最喜欢欺负的就是小国。要是打郑国，蔡国实在不想参与，前两次就没占到便宜。但打戴国，那肯定会是一次愉快的军事活动，少不得能捞点好处。

于是，蔡国马上领着部队前来跟宋、卫会合。三国雄赳赳气昂昂，朝前进军。到了郑国边境时，宋殇公说了实话。

蔡国的朋友们，这次我们其实是去攻打郑国的新郑，怕你们有畏难心理，所以没有说实话，还请你们能谅解，但你们放心，这次打下新郑，我一定将最好的战利品分给你们。

这个玩笑就开大了，本来是打戴国的，怎么变成攻打新郑？至于什么战利品就更是骗鬼了，上两回就什么也没捞到（非要说有，那就是数袋半成品稻谷吧）！

国与国之间的外交来往，这种小聪明小把戏是最忌讳的，蔡国当场发了火，威胁马上退兵。

小弟来了脾气，大哥也罩不住，理亏之下，宋殇公只好承认自己的错误，并答应不去攻打新郑，还是按原来说好的攻打戴国。

对于这个结果，戴国感到莫名委屈。

我连酱油都没打，怎么就有人要来打我？

这个也怪不得别人，在弱肉强食的世界里，实力弱就是一种错。

戴国还没来得及喊冤，就被宋、卫、蔡给灭了，蔡国提着篮子等"分菜"，在分红大会如火如荼召开的时候，郑国的大军回来了。

姬寤生攻进戴国，将三国联军打得大败，抓了不少俘虏。接下来，姬寤生做了一件事情。

他将戴国吞并了。

从某种迹象看，姬寤生一直在谋求吞并附近的小国，但碍于道义，不太好下手，现在宋、卫、蔡三国将戴国灭了，姬寤生是从宋、卫、蔡的手里抢的戴国，官司打到周王室那里也不怕。

于是，这场战争的大致情形是这样：郑国带领齐、鲁两国，冲到宋国的家里，一顿打砸抢，最后还霸占了两块地。为了报复郑国，宋国不辞辛苦，号召同盟，昼夜奔袭，浴血奋战将戴国灭掉。在姬寤生回国的途中，宋国发扬风格，及时将戴国交到了姬寤生的手里。

完成了这一义举，宋国人连盒饭都没吃一个。搞了半天，宋殇公才是毫不利己、专门利人的真土豪啊！

齐、鲁、郑的组织展现了强大的军事实力，一出动就攻取了宋国两座城池。

但姬寤生并没有满足现有的成绩，在总结经验吸取教训（主要还是经验）后，他再一次召集齐、鲁两军准备再搞一次联合军事行动，这一次的行动目标是许国。

许国是地处中原的一个小国，国土面积仅有方圆三十公里，国君更是"公侯伯子男"五等诸侯中最末等的男爵。而它所处位置又很重要，在今天的河南许昌附近，是中原的中心。

一个小国还占着一块宝地，被人惦记那是迟早的事情。而且姬寤生攻打许国，还有一个不能说得太清楚的原因。

为了跟鲁国交好，他用自己的祊地交换了鲁国的许地，这只完成了一半手续，支付了祊地，却没有收取许地。这不仅仅是因为姬寤生大方，更是因为他操作上也不方便。许地离鲁国远，离郑国比较近，但离许国更近，就在许国都城不远处。

易地这场游戏只进行了一半，现在是时候进行下半场了。

鲁隐公心领神会，听说姬寤生要攻打许国，马上亲自前来与姬寤生会合，定下了相关的细节。当然，这样的好事，齐僖公是不会错过的。

在正式出兵之前，发生了一个小小的插曲，为这次本不具悬念的出征蒙上了一层阴影。

鲁隐公十一年的夏天，在跟齐、鲁两国谈妥之后，姬寤生正式在家里发放武器，郑国大夫公孙阏和颍考叔为争夺一辆兵车吵了起来。

颍考叔，大家都认识，是当年为姬寤生出黄泉主意，让姬寤生能够见着妈的人。公孙阏，名阏字子都，来头也很大，他是替姬寤生攻占京邑，脾气很暴的公子吕的儿子，典型的官二代。吕老爷子年纪大了，退居二线，让儿子出来任职，继续为国效力。

据说这位公孙子都还是位超级帅哥，在《诗经·郑风·山有扶苏》里有一句：山有扶苏，隰有荷华。不见子都，乃见狂且。

意思就是：山上有扶苏，水中有荷花，姐姐我心情好，特地去相亲，本想碰上子都那样的高富帅，结果来了个矮穷矬。

可见在西晋的潘安出现之前，公孙子都先生一直是帅哥的代名词。

帅哥跟孝子争东西，结果是孝子完胜。

子都兄弟大概顾及形象，下手慢了点，颍考叔直接将战车的辕木卸下来，夹在肋下就跑。古代战车是重型装备，相当于现在的坦克，辕木很重，不亚于一根炮管。可颍考叔挟起来，气不喘，脸不红。

公孙子都看对方不按规矩出牌，气得哇哇叫，操起一根戟奋起直追。无奈颍考叔马力足，提速快，等公孙子都追到大街上，已不见颍考叔的踪影了。

对于这件有损军队形象的事情，姬寤生息事宁人，没有关两位的禁闭，给子都安排了另一辆战车，表示不要抢，战车人人有份。

这是一个错误的开始，因为，帅哥的心眼一般都比较小。

这一年的七月，齐、鲁、郑大军杀进许国。

《第六章》 霸主集团小试锋芒

在攻打宋、卫这些大国时，姬寤生往往会做一些铺垫，营造一下国际舆论，寻找一个堂皇的理由，而在攻打许、戴这样的小国时，基本上是说打就打，毫不废话。所以，一定要让自己强大起来，强大之后，虽然有可能还是会挨打，但至少人家会给你一个挨打的理由。

关于这场攻许之战，《春秋》这样记载：

秋七月壬午，公及齐侯、郑伯入许。（《春秋·隐公十一年》）

自然，这里再一次使用了春秋笔法，注明日期以及使用郑伯、齐侯来称呼姬寤生和齐僖公，表示批评，让大家以后不要效仿他们攻打别人的国家。用"入"字，表示许国人民不接受三国军队翻他们的墙进来，三国联军进入得比较困难。

三国联合打人家，人家能不反抗吗？困难倒是出乎意料。

攻城本来进行得非常顺利，据说，姬寤生还特别跟齐僖公、鲁隐公约定，谁先攻上城头，谁就占有许国。

战斗中郑国的颍考叔再一次发挥神力，挥舞着郑国的军旗蝥弧率先登上了城墙。正要把旗插好，一支冷箭飞来，洞穿颍考叔，颍考叔摔下城墙，壮烈牺牲。

眼见着蝥弧就要倒下，攻城大业要遭受重创，郑国大夫瑕叔盈眼疾手快，抓起蝥弧再次冲上城墙，挥舞大旗，高声呐喊："国君登城了！"

这个举动鼓舞了郑国大军。郑军一鼓作气，悉数登上了城墙，从初一发起进攻，初三就攻下了许国，许国国君许庄公弃国逃向了卫国。

城既然已经拿下了，照例开了一个庆功大会，三巨头来瓜分一下胜利的果实。

这一次项目分红远没有上一次和谐。齐僖公第一个跳了出来，表示应该把许国交给鲁隐公。

上一回军事活动，已经把郜邑和防地给了鲁国，现在又把许国给鲁国，敢情大家都是给鲁国打工的？这大概是齐僖公的第一感觉。

可这就有点不讲究了，按理说，战事是郑国组织的，又发生在郑国边境，许国城墙也是郑军第一个登上去的，郑国为此还损失了一位大将颍考叔。分红这种事情，当然应该由大股东先提个方案，然后大家表决，可齐僖公却罔顾事实，率先提出一个不太靠谱的方案。

对于这些，齐僖公这么聪明的人是不会想不到的，他故意提出这样的方案，只是心里有些不快乐。这个不快乐还要从郑国和鲁国易地说起，当年郑国为了拉拢鲁国，送出了祭泰山的汤沐邑祊地。郑国的借口是这块地离鲁国近，可事实上，这块地离齐国也近，齐国也想得到这块祊地。齐、郑建交还在鲁、郑建交之前，可郑国为什么给鲁国而不给我齐国呢？

这件事情过去了这么久，齐僖公突然想起这件不太愉快的事情，是因为他站在许国的城墙上，望到了那块用来交易的许地。

于是，他在会议上丢出这个炸弹，而且还是一个巧妙的炸弹，他没说自己要，只是说送给鲁国，无形间把鲁国拉到了自己一方，给姬寤生一个小小的下马威。

鲁隐公吓了一跳，连忙拒绝："齐侯说笑了，当初齐侯说许国不交纳贡品，我才跟着齐侯讨伐它，现在许国既然已经服罪了，我的任务也完成了，就算齐侯你不要，我也不敢拿啊！"

解释一下，所谓的不交纳贡品，绝对是对许国国君的人格污蔑，以许国的实力，又有郑国这样的催款员，他哪里敢拖欠周王室的保护费呢？

鲁隐公之所以断然谢绝这份大礼，并不是良心发现，而是许国离他的鲁国实在太远，中间还隔了一些国家，就是给他，他也吃不下。于是，鲁隐公马上义正词严地拒绝了齐僖公的提议。

鲁隐公的主动拒绝，无形中给姬寤生出了一个难题。

鲁隐公不要，同理，姬寤生也不能要。

本来是一次胜利的大会、团结的大会、分享的大会，因为姬寤生一个小小的疏忽，导致齐僖公的情绪发作，使这一年的年终分红大会有点开不下去了。

姬寤生马上意识到自己的问题，也明白再按原定计划吞并许国已经不太现实，要是强行吞并，得罪齐、鲁两国不说，在口碑上也会有不好的影响。

而且，在这一年还发生了一件小事。郑国的邻国息国竟然向郑国发起了进攻，还打着征讨的旗号。息国是郑国边上的一个小国，息国打郑国，大概等同于鸡蛋碰石头。

结果可想而知，息国大败而归。但息国就是以鸡蛋碰石头的大无畏精神发起了进攻，不是息国国君患了精神方面的疾病，而是息国国君感到了强烈的危机感。郑国今天灭戴国，明年灭许国，大有将周围小国全部吞并的意思，迟早要被打，不如先下手。

这些小国虽然对郑国构不成实质性威胁，但要是群起而攻之就不好了。

许国已经不能吞并，但眼睁睁地看着胜利果实溜走，也不是姬寤生的性格。于是，他马上转变了思维。

"上天要降祸于许国，这是鬼神对许君不满，而借我的手来惩罚他。我怎么敢贪功呢？而且我内心也有愧啊，我只有一个兄弟，可兄弟关系也没搞好，现在我弟弟的后人还在四方乞食。我现在这个情况，怎么好意思占许国的地盘呢？"姬寤生声情并茂，终于打动了齐僖公跟鲁隐公两位盟友。

别看郑伯这个人挺严肃的，想不到内心这么温柔。鲁隐公想起了自己在国内不清不楚的地位，齐僖公想起了这些年自己的奔波。大家混得都不容易，何必相互为难呢！正当两位要安慰一下姬寤生，姬寤生说出了自己的分红方案。

"还是让许国人自己管理许国吧！"

姬寤生叫来了许国的大夫百里。

"你去把你们的大夫许叔找来，让他先住在许都的东部边邑，负责安抚许国的百姓。"停了一下，姬寤生继续说道，"我也会派我国的大夫公孙获前来帮助许国。如果我得以善终，许国国君又能回到礼的轨道上，就可以让许叔回都邑来。到时如果我郑国有什么请求，想来许国会把我们当作亲戚而同意呢，而且也不会有其他国家来抢许国的地盘，我们也巩固了自己的边疆。"

听了姬寤生的长篇大论，许国大夫百里的脑袋转了一百多个圈才明白过来，原来又不吞并我们许国了，但留了一个尾巴，郑国人扶持我们许国的大夫许叔，而且还只能居住在边境小城，郑国要派兵入驻，什么时候退军呢？要等姬寤生得到善终，还要鬼神允许，这就开玩笑了。

但百里明白自己没有讨价的余地，他接受了这样的安排，还要说一声郑君仁义，而齐、鲁两国更没有表示异议。鲁国的道德发言人君子发表通报，称赞郑公有理有节，对方有错就讨伐他们，服罪后就宽恕对方，以德服人，量力而行，伺机而动，还不连累后人，实在是道德标兵！

关于许国项目的分红就此画上一个不那么完美的句号。

在这次分红大会上，齐国玩起关系纵横，提醒三国注意，他才是事实上的领袖。鲁国抢占道德制高点。两位发挥都不错，似乎没有给姬寤生发挥的余地，但姬寤生还是另辟蹊径，大打感情牌，并及时转变方案，用驻军代替吞并，也达到了控制许国的目的。

在撤走之前，姬寤生叫来了自己的驻许总指挥公孙获，留下了一个驻军总方针。

"你的器具财物什么的不要放在许国，等我死了以后，你赶紧离开这里，我们的祖先在这里建起了城邑，但周王室已经衰微了，我们这些周朝的子孙总有一天会一个个丢掉自己的事业。而许国是四岳的后代，上天已经决定要抛弃成周，我们哪里还敢与许国争夺呢？"

所谓四岳是指尧舜时代掌管四岳的伯夷，他是许国人的祖先。但有一点，姬寤生没有跟公孙获说明白，他没有吞并许国，不是担心许国有什么人将来打击报复，许国就这点地皮，再奋发图强也上不了天，姬寤生是担心伯夷的另一脉传人。

伯夷不姓伯而姓姜，封为吕侯，子孙以吕为姓。其后代最有名的就是齐国的第一任国君吕尚（姜子牙）。

齐僖公突然发难，除了因祊地不满，可能还夹杂着同宗的复杂情绪。

而姬寤生已经看清了他的这位盟友，这位盟友人缘极佳，国家又地大物博，假以时日，一定会成为强国。

在别人欢呼胜利、沉醉荣耀之时，姬寤生已经看到了危机，并做出了安排。这样的智慧，不愧为时代的最强者。

顺便再提一下颍考叔跟公孙子都的事情，后来经过调查，发现颍考叔是死于友军误伤，当然，这个友军很容易就指向与颍考叔有争车嫌疑的公孙子都。

但姬寤生没有继续查下去，他让人收葬颍考叔，又让颍考叔的手下凑份子，一百人出一头猪，十五人拿一条狗和一只鸡，用来诅咒射死颍考叔的凶手。

对于这件事，鲁国的著名发言人君子进行了批评，认为郑国发生暗箭伤人的事件是因为郑庄公失掉了政刑，破案基本靠鬼神，这是没有前途的。

现在终于可以说，齐、鲁、郑开创了春秋第一个霸主时代，这份霸业不是一个人创造的，它是团队合作的成果，在这个团队中，齐僖公是外在领袖，鲁隐公是精神领袖，姬寤生是核心领袖。三人分工合作，配合默契。齐僖公负责外事联络，鲁隐公负责舆论宣传，姬寤生则挥舞大棒，一时之间，所向无敌。

连上帝也意识到这个组织的存在会破坏大国游戏的平衡，于是，上帝做出了他的安排，将其中的一个人从游戏中踢了出去。

从许国回来之后，姬寤生马不停蹄地向宋国发起了进攻，报复宋国在去年竟然敢自卫反击，纠集蔡、卫进入郑境。因为宋国已经基本被打残，所以他没有再麻烦齐、鲁两位老大哥，而是拉着虢国的军队一起讨伐。事后他常想，要是自己找上鲁隐公，事情的发展会不会不一样？

在大败宋军的回师途中，姬寤生收到了一个令人震惊的消息。

第六章 霸主集团小试锋芒

鲁国发生政变,鲁隐公死了!

鲁隐公常常感叹上天捉弄,自己年长,却偏偏出身卑微。自己的弟弟公子允年纪轻,却偏偏身份尊贵。

当年,父亲将他作为世子培养,他雄心壮志,感到前景一片光明,可生活跟他开了一个残酷的玩笑。父亲娶了本是他未婚妻的仲子,生了弟弟公子允,公子允夺走了他的世子之位。

失去了妻子,又失去了世子之位,想来鲁隐公有些欲哭无泪。他的政治前景也因此一片黑暗,鲁隐公或许有过抱怨,但他从来没有表露出来,他只是告诉自己,世子之位本就不是自己这位庶子所拥有的,上天的这种安排,也许是一件好事。

于是,鲁隐公调整心态,看着自己命运的轨道朝另一个不那么宽广的方向驶去,但他没想到的是,他的命运总是受到无情的戏弄。鲁隐公刚坐稳,命运的车头又是一个猛拐,将他甩到了另一条道路。

他的父亲去世,而原本的接班人公子允还没长大,于是,他又被请了出来,担任摄政者。

他不追逐权力,可权力依旧选择了他。

对于这个改变,鲁隐公同样没有欣喜,反而感到一股无形的压力。他清楚地知道有不少人对他心怀猜忌,质疑他的合法性与能力。

但既然我已经坐在了这个位置上,我就不会允许别人把我赶下去。

平心而论,鲁隐公不是一个强势的命运创造者,但他是一个高超的命运适应者。

他拉拢国人,展开外交,甚至不惜以身犯险,进入戎人的地盘,与戎人接触，缔结盟约。他的努力渐渐得到了回报，等他与齐、郑结成联盟，对外屡战屡胜，鲁国不断收获实利时，原先质疑他的人闭上了嘴，原先违抗他的人低下了头，国人甚至忘了他是一个摄政者。

鲁隐公没有忘。他在菟裘修建了一座宫殿，准备到时候把君位还给自己异母的弟弟公子允，然后自己到菟裘过普通人的生活。

这到底是不是鲁隐公的真实想法，无人能够猜测出他的真实内心。权力就像魔戒，连生性善良、与世无争的霍比特人都无法抵挡它的诱惑，何况已经尝过权力美味的鲁隐公？当他看到臣民对他俯身、鲁军所向无敌、诸侯对他恭敬有礼时，他会想到，这一切都是国君之位带给他的荣耀。

可以放下一切，安心去菟裘做一个平凡人吗？

鲁隐公无数次问过自己，最后连他自己都无法给出准确的答案，他总是安慰自己，我会的，只等时机成熟。

当他这样想的时候，权力已经将他操纵在掌心，他甚至忘了时间的流逝，忘了他的弟弟、那位正宗的鲁国接班人正一天天长大。

他摄政以来已经过去了十一年，公子允已经十四岁了，在这个年纪，郑国的姬寤生已经在领导岗位上干了一年。鲁隐公没有及时交出君位，他告诉自己应该再等等看，等鲁国的形势更稳定些，等公子允再大一些。

这个"等等看"就是一种态度，这个态度终于被人猜觉了。

公子翚捕捉到了鲁隐公的思想浮动，并意识到这是自己的一个机会，只要帮助鲁隐公彻底坐稳君位，还怕自己当不上鲁国的上卿？于是，他做出了一个冲动的决定。

公子翚找到鲁隐公，提出了一个可行性建议。

"不如由我干掉公子允，这样你就不用把君位让出来了。"说完以后，公子翚满怀期待地望着鲁隐公，自己替国君杀人，国君提拔自己，这是一个双赢的局面，可他收获的却是鲁隐公诧异的表情。

"胡说！"鲁隐公厉声呵斥，并说出了他的打算，"以前是由于公子允年轻，我才代为摄政，我正打算把君位让给他，等我在菟裘的房子修好，我就去那里养老！"

鲁隐公警告公子翚这种事绝不能再提。

从鲁隐公那里回来，公子翚吓出了一身冷汗，他这才发现自己做了一件愚蠢的事情。

自己把一切想得太简单了，根本没想到人心是世界上最复杂的东西，自己以己推人，想当然地以为国君会赞成自己的计划，哪里想到鲁隐公还想当周公。

公子翚意识到自己处境不妙，自己已经把犯罪计划告诉了对方，虽然对方不答应，却难保他不说出来。要是以后公子允上了台，去菟裘看自己的老大哥，两人要再喝点黄酒，说不定鲁隐公就会搭着兄弟的肩膀：

"当年那个公子翚要求干掉你，我马上拒绝了，咱们兄弟谁跟谁，怎么会受他挑拨！"

轻易迈出的第一步，往往会带来许多无法控制的第二步、第三步。公子翚一不做二不休，马上找到公子允，告发鲁隐公让自己刺杀他，自己不忍下手，特来告密。

十四岁的公子允慌了。他三岁的时候死了父亲，四岁的时候又死了母亲，这两年，大表哥宋殇公又跟鲁国天天打仗，他的日子也不好过。鲁隐公要杀他，也不是没可能的事。他抓着公子翚的手，惊恐地问道："那怎么办？"

"要想活命，只有先下手为强。"公子翚做出一个斩杀的手势。这个动作吓坏了这位少年，但生的欲望战胜了恐惧，他点头同意了这个建议。

当然，刺杀国君不是杀鸡杀鸭，操作起来很复杂，但公子翚马上拿出了一套方案，他本来是想杀公子允的，可被否决后，在短时间内拿出了另一套杀国君的方案，不得不说，他实在是这个领域的专家。

公子翚的方案是在鲁隐公去祭钟巫的时候下手。

说起这个钟巫，并不是鲁国的神，而是鲁隐公从郑国引进的，当年鲁隐公被俘关在郑国大夫尹氏那里，为了说服尹氏帮助他脱逃，他在尹氏的家神——钟巫之前发了誓，承诺以后在鲁国祭祀钟巫。

从郑国逃出来后，就算当了国君，鲁隐公每年年底都要去祭祀钟巫，他并不信仰钟巫，他信奉的是承诺。

十一月，鲁隐公按计划去祭祀钟巫，住在了鲁国大夫寪氏的家里。公子翚派出刺客将鲁隐公刺死，又拉寪氏做替死鬼，将寪氏全家杀死。不久后，公子允接任国君之位，史称鲁桓公。这原本是他的位子，但他以这种方式得到，不得不让人深感遗憾。

鲁隐公的故事就此结束。

鲁隐公死后，鲁桓公没有按国君的规格去安葬他，作为一位霸主集团的成员，这样的待遇是不公平的，而鲁桓公还在第二年的正月搞了一个隆重的即位大典，这也是不合乎礼的，因为前任国君如果死于非命，继任者为了表示尊重是不能办即位大典的，毕竟刚办完丧事，大家眼泪还没擦干，怎么好意思欢天喜地办典礼呢？但鲁桓公显然顾不了这么多，即位以后还特地给哥哥一个隐的谥号，来提醒大家那是一个山寨国君，现在正式的国君即位了。

但鲁国人有自己的看法。

在《春秋》这本鲁国史书里，鲁隐公的十一年，有十年没有记载正月，而只有第一年记载了正月。据大家分析，这样写是有深意的，十年不记载正月，是因为鲁隐公没有把自己当国君，而第一年又记载正月，是鲁国人承认他是鲁国真正的国君。

鲁隐公一生都在争取他人的认可，他终于达到了这个目的。

《第七章》

姬寤生的辉煌时刻

《第七章》 姬寤生的辉煌时刻

听到鲁隐公的死讯，姬寤生不禁愕然，这一年的秋天，大家还在许国的城头把酒言欢、指点江山，何其快哉，冬天就变成生离死别了。

姬寤生的脑海里不由得浮现出鲁隐公的音容笑貌，这位鲁国好人没有半点礼仪大国国君的架子，虽然有些爱占小便宜，但信守承诺，为人正直，对朋友也够义气，说话办事处处以礼为先。在大大咧咧的齐僖公和阴阳怪气的姬寤生之间，正是因为有了鲁隐公这样的厚道人存在，才让三国联盟变得牢靠。

现在，铁三角突然缺了一角，让姬寤生产生了霸主大旗还能打多久的疑问。鲁隐公死得不明不白，似乎跟现任鲁国国君有说不清的瓜葛，要是新的鲁国国君一上来，就改弦易辙——特别是他跟宋国的宋殇公是表兄弟，要是鲁国又重新回到与宋国联盟的老路上去，那姬寤生这些年的苦心布局就等于打了水漂。

想到这里，姬寤生再也没有心思去缅怀战友了。

第二年的春天，姬寤生给鲁国去函，提了一个要求，请鲁国把许地移交给郑国。

这不是什么过分的要求，这块地是郑国用祊地换的，虽然郑国不提，鲁国也装糊涂，但合同在那里，赖是赖不掉的。

　　但这又是一个比较蹊跷的要求，早不提晚不提，公子允刚上台，就跟人家要地，要知道去年秋天，郑、鲁两国国君还在许国城头看风景，正好能望到许地，那时，郑国完全可以向鲁隐公提出来。以鲁隐公刚得郜、防两城的良好心情，是断然不会拒绝的。

　　难道是姬寤生想改变对鲁政策？

　　事实上，姬寤生做出这个变化，正是为了确保不变，他提出完成许地、祊地的易地手续是有深层意思的。

　　这个协议是当时鲁隐公跟他签的，现在他提出完成这个协议，正是试探鲁国会不会认鲁隐公的账，如果认，那郑、鲁两国这些年签署的友好协议自然延续，如果对方回绝，那也给了姬寤生一个进攻鲁国的借口。

　　姬寤生收到了满意的答复。鲁桓公马上答应了郑国的要求，并表示可以亲自见一面，把这个早该办的手续办了。

　　于是，在鲁桓公元年的三月，一个鲜花盛开的日子，姬寤生与鲁桓公正式以国君的身份见了一面，因为是第一次见面，为了稳妥起见，见面地点安排在第三国卫国的垂，也正因为是初次见面，姬寤生还给鲁桓公带去了一份见面礼——玉，表示这是用来交换许地的。

　　许地是早该交给郑国的，郑国不但不挑礼，还额外送了一块玉。细节体现人品啊，年轻的鲁桓公当场被前辈的高风亮节折服了，事实上，他比姬寤生更想确定鲁、郑之间的盟友关系，更担心这位世叔质问他鲁隐公的死因，甚至以天子上卿的身份干涉鲁国内政，在东周的历史上，就发生过天子上卿起兵为被弑的君王讨公道的事情。可见了面之后，这位世叔相当和蔼可亲，不但没有质问鲁隐公的死因，反而对他说了很多鼓励的话。

感动之下，鲁桓公当场表示鲁国十分重视与郑国的盟友关系。自己也会继承先君的遗志，使鲁郑关系更上一个台阶。

姬寤生也有些喜欢这个年轻人，他似乎在这位少年身上看到了自己当年的影子。

自己当国君时，也是这样的年纪吧！当时不也危机重重吗！

第一次会面在愉快轻松的气氛中结束了，两国君主还约定了下次见面的时间，以便就两国共同关心的问题展开更深入的交谈。

于是，一个月以后，应鲁桓公的邀请，姬寤生跟鲁桓公在越地见面。这一次，双方正式歃血结盟，并庄严发誓：背叛盟约，国破人亡。

为了答谢鲁桓公的邀盟，在这年的冬天，姬寤生亲自前往鲁国，正式对鲁国进行访问，这是姬寤生第一次以国君的身份到鲁国访问。

从道义上说，姬寤生实在不怎么地道，作为鲁隐公的朋友，不说为朋友兴兵讨伐，至少也该以天子上卿的身份对鲁隐公的非正常死亡表示关注，并希望鲁国能尽快查明真相，给周王室一个交代。

然而，朋友鲁隐公尸骨未寒，他就已经跟杀死朋友的嫌犯成为忘年之交。这是因为姬寤生不仅仅是鲁隐公的朋友，还是郑国的国君。

想起当年三兄弟并肩作战，现在鲁隐公魂游地府，姬寤生还是很心酸的，但要说替死人鲁隐公复仇，跟活人鲁桓公翻脸，那就太不成熟了。在国家利益面前，这点私人友谊算什么？

继往开来，再谱新章吧！

鲁桓公元年，是姬寤生继位的第四个十年的开端，头两个十年，他隐忍以行，解决了内乱，第三个十年，他面对强敌奋起反击，连横合纵，连打带削，一举确定了霸主的地位。现在似乎该是收获的季节。

这个十年的开局就显得不错，在盟国鲁国发生内乱的情况下，他主动出击，恩威并施，巩固了郑国和鲁国的友谊，把许地划到了国境内，老对手卫国也没有什么不规矩的举动，甚至还肯借地方给郑、鲁开会。其他各国也没有什么异常举动。但姬寤生没想到，好日子还在后面。

鲁桓公二年，又一位国君非正常死亡了，如果说想到鲁隐公的死姬寤生偶尔还会唏嘘一下的话，这位的死就让姬寤生拍案叫好了。

死者就是他的死对头——宋国国君宋殇公！

作为传统强国，在春秋的一开始，宋殇公就走乱了步伐。横挑强邻，强索让位于自己的公子冯，还不注意搞好国际关系，对大国鲁国不坦诚，对小国蔡国玩欺骗的游戏。这种智商，就是他的老祖宗商纣王看了都要气活过来。

一件事情的结局往往是必然的，但走到结局的方式却是偶然的。

以宋殇公的智商，他倒霉是迟早的事，但他倒霉的方式却是一个偶然。

这个倒霉源于一次偶遇。

在姬寤生跟小朋友鲁桓公互生好感之时，在宋国国都商丘的街头发生了一场不那么光彩的会面。

那一天，宋国的最高行政长官太宰华父督上街散步，无意中看到一个美艳的少妇从一辆车子里探出了头。顿时，华父督被吸引了，直勾勾地望着对方，直到她的身影消失在转角处。

半响，华父督长叹一口气，发出了由衷的赞叹："啧啧，真是个美丽又性感的尤物啊！"

《第七章》 姬寤生的辉煌时刻

此刻，华父督的感觉大概跟西门庆被潘金莲的棍子打中脑袋，抬头相望时的感觉差不多。

如果华父督没有偶遇这个少妇，姬寤生的郑国估计就没办法成为中原第一个超级大国。

华父督偶遇的这位美女不是一般的美女，而是宋国主管军事的实权人物孔父嘉的妻子。

宋国最高行政长官看上了最高军事首长的妻子，只能说，这就是缘分。

华父督自从见过别人的老婆后，跟西门庆一样，天天没事就想把别人家的老婆弄到手。可问题是，华父督虽然是西门庆，孔父嘉却不是武大郎。

孔父嘉官居司马，是掌管宋国兵马的第一号人物，还是前任宋国国君宋穆公指定的托孤大臣。当年，宋穆公去世的时候，专门把孔父嘉叫来，让他扶助宋殇公为君。孔父嘉虽然建议奉公子冯为君，但在宋穆公下定决心后，他严格执行了宋穆公的托付，将宋殇公扶上了君位。

华父督虽然身居宋国第一高官太宰，主管政务，但在宋国，地位反在孔父嘉之下。要说孔父嘉抢华父督的老婆还有可能，华父督要抢孔父嘉的老婆，难度太大。

但是，华父督还是找到了方法。

很快，宋国国内掀起一阵"宋国是否需要战争"的大讨论。国内的反战情绪日益高涨，矛头直指主管军政的司马孔父嘉，渐渐地出现了一些不利于孔父嘉的言论，大意就是国君本不想打仗，但司马大人一直怂恿国君开战，目的就是为了巩固自己的地位。

常年打仗就算了，郑国这些年打的仗更多，但姬寤生的支持率越打越高，原因大家都懂的，有人将宋殇公即位十年来，打的十一场战争进行了列举：

一战，伐郑，围其东门；

二战，伐郑，取其禾；

三战，取郜田；

四战，邾郑伐宋，入其郛；

五战，伐郑，围长葛；

六战，郑以王命伐宋；

七战，鲁败宋师于菅；

八战，宋、卫入郑；

九战，伐戴；

十战，郑入宋；

十一战，郑伯以虢师大败宋。

除了第一年跑到郑国白割了点稻子，第二年占了邾国一块田，其余的都没讨到什么便宜。在宋国群众眼中，是孔父嘉将宋国拖入了战争的泥淖，长此下去，国将不国，民不聊生。

这股反战浪潮越掀越高，最终，反战人士做出了实质性的行动。

《东周列国志》这本小说里，以半虚构半史实的笔法描写了整个案件。

在鲁桓公元年的年底，孔父嘉照常检阅车马，完全没有意识到华父督已经在军中安排了奸细，扬言司马检阅兵马，是准备再次进攻郑国。

前一年攻打戴国，结果被郑打得大败，不少人死在了戴国，还有不少人在郑国当俘虏，现在又要打，还让不让人过年了？

宋国军士愤怒了，许多不明真相的军士在一小撮别有用心的人带领下，纷纷涌到太宰府，要求太宰出面为大家主持公道。华父督添油加醋，使人宣言国中，陈述孔父嘉的战争"罪行"，并扬言："我且杀孔父以宁民！"

大军在华父督的率领下冲向了司马府，孔父嘉完全没有意识到危险。最近宋国街头出现如此汹涌的反战浪潮，作为军界第一人，竟然不知道提高警惕，实在是一个错误。

华父督冲进了司马府，斩杀孔父嘉。本来手无一兵的华父督战胜了握有兵权的孔父嘉，究其原因，不过是孔父嘉是一个要脸的，华父督是一个不要脸的。

接下来，又据《东周列国志》讲，孔父嘉的妻子被华父督盯上，但是在最后关头，表现了贞节烈女的本质，不愿忍辱偷生，上吊自杀了。不过，这个细节在史书上是无迹可循的。《东周列国志》这本书虽然是小说，但在大的方面还是比较尊重历史、尊重事实的，它之所以这么写，是有原因的。

在乱兵冲进来时，孔父嘉的家臣抱着孔父嘉唯一的儿子木金父逃了出去，最后，他们逃到了鲁国，在鲁国定居下来。

一百六十年后，孔父嘉的六世孙叔梁纥在七十岁的高龄跟一个十七岁的少女结合，最后还生下了一个小孩，这个小孩以孔父嘉的字"孔"为姓，名丘，字仲尼，也就是伟大的孔子。

孔子为尊者讳、为贤者讳、为亲者讳，修订《春秋》时煞费苦心，我们后人当然也要替孔子老师遮挡一些。

这起事件让宋殇公愤怒了，在自己的眼皮子底下，大臣竟然发生火并事件，而且杀人凶手华父督的借口更让他无法容忍。

说孔父嘉穷兵黩武，其实就是说宋殇公穷兵黩武，因为孔父嘉不过是执行者，宋殇公才是真正的总策划师。

宋殇公感到权威受到了严重的挑战，决定借召华父督问询的机会擒拿华父督。但是，在杀人这个领域，华父督是他师傅。听到风声的华父督先下手为强，再次运用高超的宣传手段，鼓动军士冲到宫里，请宋殇公跟孔父嘉聚会去了。

宋国的动荡太出人意料了，姬寤生又惊又喜，喜的是自己的对手宋殇公和强硬派孔父嘉都死了，惊的是事情发生得太突然，怎样应对才能为郑国争取最大的利益呢？

华父督弑君属于性质最为恶劣的大逆不道，孔子说春秋"礼崩乐坏"，最主要的标志就是弑君事件频发。据统计，春秋一共发生了三十六起弑君事件。华父督弑君案是春秋的第三起。

作为天子上卿的姬寤生自然不能坐视不理，进行道德谴责是不够的，出兵讨伐是必须的。

《春秋》里记载姬寤生以及各国领袖的反应：

> 三月，公会齐侯、陈侯、郑伯于稷，以成宋乱。（《春秋·桓公二年》）

大意就是，三月份，鲁桓公跟齐僖公、陈桓公、郑庄公在稷开会，在这次会议上，鲁、齐、陈、郑四国就宋国的内乱达成了共识，总的来说，他们对宋国的弑君事件表示遗憾，但理解宋国人民对和平的渴望，尊重宋国人民的选择，希望宋国能够尽快结束内乱，恢复和平。

至于死去的宋殇公怎么办，那就不要扫兴提这样的问题了，人都死了，谈又何益？大家把活人的问题谈妥，才是最重要的。

宋国对这次会议结果表示满意，宋国太宰华父督发表讲话，感谢各国君主对宋国的关心，也请各国放心，宋国有能力解决国内的问题。

一场看起来硝烟弥漫的大乱竟然以大团圆结局，取得这样的效果，与宋国积极的外交努力是分不开的。

为了避免国际社会的声讨，华父督展开危机外交，派人去鲁国要求和好，作为和好的条件，宋国人提出送一个大鼎给鲁国。

这个大鼎叫郜鼎，是宋国灭郜国之后，从郜国搬回来的。鼎是宗庙祭器，是礼的重要物质体现，宋国人把国宝级的礼器送给鲁国，也算是投其所好。

齐国则比较好拉拢，齐僖公这个人好交朋友，啥都不用送，一句"哥们儿你真仗义"就能跟他称兄道弟。

难办的是郑国，但最好办的也是郑国。

华父督找到了最关键的点，他给姬寤生去了一封信，请求他把在郑国流亡的公子冯送回宋国继承君位。

当年姬寤生收留公子冯，就是当作一场政治投资，他管吃管住，还为这个公子冯打了十年的仗，投入不可谓不多，现在总算是到了有回报的时候。

姬寤生叫来了公子冯，跟他说明了情况。

"车驾已经给你准备好，你可以回国当国君了。"

公子冯呆住了，不一会儿，泪涕俱下。这些年他活得很苦，本来该继承君位，可父亲发扬风格将他送到他乡，堂哥宋殇公还不肯放过他，数次进攻郑国找他，有一次，堂哥攻破长葛城，差点将他捉住。

公子冯明白自己能有今天，完全是姬寤生一力扶持。

公子冯朝姬寤生跪拜于地，真诚地说出了自己的承诺："我公子冯能够苟延残喘，完全是国君的恩赐，这次侥幸能够回国，一定不会忘记你的大恩大德，我当终世为郑国陪臣，不敢有二心。"

他的这番言论的确发自肺腑，但不是人人都有鲁隐公那样守诺十年如一日的精神。

姬寤生扶起了他，告诉他：不必如此，不必如此，你这次回去能够化解郑、宋两国的宿怨，使郑、宋两国实现睦邻友好，我就满足了。

带着对姬寤生的感激之情，公子冯回到了宋国，成为宋国第十六任国君，史称宋庄公。

华父督经过大力运作，弑君这种犯罪行为竟然没有受到任何惩罚。而各诸侯通过宋国内乱，猛敲了宋国一笔竹杠。可到了春秋末年，各国被国内大夫控制甚至瓜分，其原因或多或少要追溯到这件事情上吧！

最后，再介绍一下鲁国的情况，把郜鼎搬回曲阜后，鲁桓公十分高兴，这毕竟是他外交史上的一次伟大胜利，他将郜鼎安置在太庙里，以展示自己的工作成绩。

列祖列宗，爷爷爸爸，还有那啥，谥隐的，你们瞧，我给鲁国挣东西了。

鲁桓公毕竟还是年轻啊，他的这个行为马上受到了国内大夫的批评。

这种弑君者的贿赂器物你留在卧室自个儿玩玩就行了，怎么好意思搬到太庙里面来？

《第八章》

来自权威的挑战

《第八章》 来自权威的挑战

姬寤生的声望达到了一个新的高度，但是，他知道自己还没有消除所有的威胁。

这些年来，一个阴影一直在姬寤生的心里浮现，他一直避免与这个阴影做正面的冲突，但他明白，回避永远解决不了问题。

要想成为真正的霸主，这是一个必须要战胜的对手，但又是一个不能去挑战的对手。

这个让他陷于两难的对手，就是周天子周桓王。

自从东门之围后，姬寤生就意识到了这位周桓王身上的力量。周桓王的土地不如诸侯国宽广，兵马不足千乘，可他的身上有其他任何人都不具有的力量，这种力量来自他的名分。

天子，天下共主，似乎自带一股力量。姬寤生深切感觉到，与他同行，仿若劲风灌满船帆，与他背道，仿若逆水行舟。

姬寤生想努力修复与周桓王的关系，周桓王指使陈国与他为敌，他忍了；给周王室送救济粮却遭到嘲笑，他也忍了；周桓王提拔虢公忌父，他还是忍了。

他忍得越多，发现周桓王离他越远，有一次，姬寤生差点忍不住了。

鲁隐公十一年，姬寤生邀请齐、鲁灭许，本来想玩兼并，结果变成了主权托管，这本就让他比较生气，可刚回到新郑，他就接到周桓王的一个消息。

周王室要跟郑国交换一些地皮。具体方案如下，用京畿的温、原、绨、樊、隰郕、欑茅、向、盟、州、陉、隤、怀十二块土地换郑国的邬、刘、芳、邗四块地，十二块换四块，还是京畿的土地换郑国的土地。

难道周桓王脑子烧糊涂了？

周桓王虽然做事有些冲动，但智商却实在不低，他提的这个换地方案其实是在坑姬寤生。

周桓王拿出来的十二块地虽然地处京畿，但并不是他老人家的自留地，而是苏忿生后人的地。这位苏忿生大家听着陌生，可提起他的亲妹妹大家都很熟，那就是闻名遐迩的狐后苏妲己。

因为在西周建国时，苏忿生立下功劳，被封了这十二块地。拿别人的地去换第三方的地，这大概就是空手套白狼吧？周桓王之所以这么做，是对郑、鲁易地的一个回应。

郑、鲁易地是一个成功的外交事件，但不是一件光彩的事情。在郑、鲁易地时，就曾经有道德评论家跳出来，指责这件事情办得不合礼。

而周桓王听到这个消息，气得两天没睡好觉，他深深体会到这里面含有的羞辱。

郑国把泰山的汤沐邑送给鲁国，言下之意，反正周天子也没什么机会去泰山祭祀了，我们留着也没啥用。

鲁国把朝天子的汤沐邑送给郑国，言下之意，反正我们也没空去朝觐天子，留着也没啥用。

愤怒之下，周桓王抛出自己的易地方案，姬寤生你不是喜欢换地嘛，来，跟寡人换一换。

不管姬寤生答不答应，签不签字，更不管姬寤生拿不拿得了苏氏的十二块地，周桓王就直接把郑国的四块地给划走了。

面对这个强抢的举动，姬寤生也忍了。

当然，我们知道姬寤生是个很善于忍耐的人，他的忍不是宽容别人，而是趁着别人欺负他时，他正往道德这块高地上努力攀登。

为了名正言顺地揍弟弟，他忍了二十年；为了名正言顺地揍周桓王，他可以再忍二十年。

周桓王紧接着又做出一件刺激姬寤生的事情，不过，这次刺激得有点大了。

鲁桓公五年，周桓王炒了姬寤生的鱿鱼，宣布从现在起，姬寤生不再担任周王室上卿的职务。

姬寤生感觉受到了羞辱，他这些年拿着这把天子剑，玩得不亦乐乎，一下子不让他玩，他还接受不了，恼怒之下，他马上采取了报复措施。

既然你不仁，我就不义了。姬寤生也给各国发出通报，表示自己一向尽心为周王室效力，这么多年东征西讨，都是为了维护王室的尊严。现在周天子无故撤去我的职位，我实在无法忍受，我郑重宣布，我再也不朝觐周天子了。

这无疑是一份断交宣言，但姬寤生并没有做好真正断交的准备，在他看来，周王室眼下还离不开自己，只要自己宣布不去朝觐天子，那些小国自然会向他看齐，等周王室发现自己的财政状况又恶化时，就会主动来跟

大国游戏

他谈和。

这个想法是正确的，如果此时的周天子是暮气横秋的周平王。

但今时不同往日，永远不要忽视一位青年的企图心。

鲁桓公五年的秋天，姬寤生收到一个消息，周桓王在洛邑搞了誓师大会，对郑国不来朝觐一事进行了批判，并宣布将亲自率领虢、蔡、卫、陈四国前来讨伐姬寤生！

周桓王没有经历过犬戎之乱那些烽火连天的岁月，也没有经历王室东迁的动荡，他生下来时，就已经安稳地躺在了洛邑的宫殿里，在他成长的过程中，他听到的是自己的先祖周文王、周武王率领诸部推翻暴君商纣王的伟大功业，是周公旦讨伐不庭的热血传奇，是成康两王治理天下、四海咸服的光辉往事，是穆王远征四夷、开疆拓土的英雄故事。

这些辉煌的往事激励着他，列祖列宗的光辉照耀着他，当他站在祖庙里，看着祭台上那些闪闪发光的名字，他的内心热血沸腾。

天下人都说周王室的光荣已经属于过去，他们忽视我们，嘲笑我们，戏弄我们，欺压我们，但我不会认输，总有一天，我会让他们再次看到周王室的威严。

这是少年天子的意气，很多人也欣赏这样的雄心壮志，但雄心壮志如果没有足够的能力去实现，那就不过是一个笑话。

周桓王认为他已经有了这个能力，在去年的冬天，周桓王接到秦国的一封求救信，请求周王室派兵一起攻打芮国。说起来这件事情是秦国的不对，秦国为了控制近邻芮国，粗暴干涉芮国内政，悍然出兵，结果被小国芮国打败。

这种事情，周桓王本不该参与，但秦国的请求让他有了一种被重视的感觉。于是，他派出军队，并成功将芮伯抓了回来。

秦国办不好的事情，周桓王办好了。这让他的自信心爆棚，决定再玩一次大的。

姬寤生不幸成了他的目标。

周桓王不会忘记这位高邻，他还记得姬寤生那年进入洛邑，质问爷爷的嚣张气焰，还记得父亲在离开国都前往新郑时那屈辱的眼神和落寞的身影。他更知道天下人都认为周王室不过是姬寤生手中的玩偶。

一定要讨回公道，一定要证明他们都是错的。而能够证明这个的就是郑国的鲜血与弯曲的膝盖。

周桓王召开讨伐大会，顺利召集了四位征郑成员——虢、蔡、卫、陈。

虢国自然不会缺席，刚被提拔上来，总该表现表现。

卫国是郑国的老敌人，这些年迫于郑国的实力，消停了一阵，但听说周天子挑头，感觉有戏，立刻加入到这一"讨郑大军"当中来。

而蔡国作为一个小国，平时能显示自己存在的机会实在不多，这次机会终于来了，岂能错过？

至于陈国的参加倒有些奇怪，陈国早就跟郑国建立了裙带合作关系，按理说不该跟郑国对着干。一个国家的对外政策发生变化，多半是因为这个国家的内部发生了变化。陈国确实发生了动乱，而且乱子还不小。

据史书记载，鲁桓公五年，陈桓公突然得了精神病。活在礼崩乐坏的春秋，身为一个小国的国君，经常受到大国的威胁，生存压力特别大，脆弱一点的难免精神崩溃。得病之后的陈桓公竟然莫名其妙地离家出走，陈国在外面贴了寻人启事，又派人四处寻找，十多天后，发现陈桓公死在了野外。

作为一个曾经帮助卫国擒拿国贼的陈国国君，他的死是让人唏嘘的，他的死对陈国的冲击也是很大的。

在陈桓公披头散发在野外游荡时，他的弟弟陈陀杀掉了太子，自立为国君，史记陈废公。

老一辈的国君死去了，新任的国君急于在天子那里得到认同，听到周桓王的召唤，立刻起兵响应。

与周桓王广撒英雄帖、齐聚天下英雄不同的是，姬寤生只能一个人战斗了。

仗义豁达的齐僖公表示自己很忙。

曾经被姬寤生收留的公子冯，也就是宋庄公，没有任何帮助的意思。

一向亲切称姬寤生为世叔的鲁桓公不但不来，鲁国还利用礼仪之国的身份发表宣言，表示周桓王率领四国讨郑是合乎礼的。姬寤生一开始还有些困惑不解，打听后才知道，就在这一年的夏天，周桓王派了一位大夫出使到鲁国，想必已经就伐郑一事进行了私下沟通。

在郑国最需要盟友和声援的时候，大家默契配合，共同采取了"一方有难，八方围观"的态度。

姬寤生没想到，一夜之间，郑国就回到了十年前。姬寤生不禁想起了那个炎热的夏天，自己站在东门的城头，望着四国的军队在自己的城下耀武扬威的情形。

此情此景，仿若再现。

不同的是，他已经不是十年前的姬寤生，郑国也不是十年前的郑国了。

鲁桓公五年的秋天，姬寤生率军在长葛附近与天子联军对垒。

前面多次提到长葛这个地点，它曾经是姬寤生安置公子冯的地方，数次受到宋国的攻击，还有一次被宋国攻破。这个地方具体的位置就在今天的河南长葛，在新郑以南。

周桓王心情非常好。联军长驱直入，只要打赢这一战，他就可以回去祭告列祖列宗，周王室重振雄风了。

姬寤生也在等待着这一战。以他的实力，他完全可以拒敌于国门之外，郑国的国门制，也就是虎牢，就在郑、周之间，他放弃了制的险关，一步步后退，将天子率领的大军引到了郑国的腹地。他这样做，不光是为了让周桓王骄傲轻敌，更是要表明一个态度。

他要让天下的众人看到这样一个事实，如今，不是姬寤生要以下犯上，实在是周天子逼得太急，自己被逼后退，再退，就要退到宋国国境去了，不得已，只好勉强一战了。

他的这一姿态赢得了大众的广泛同情，跟周天子私下接触的鲁国人不太好意思马上改口，只用了"御之"两字。而太史公司马迁则直接表示这是"发兵自救"，既然是自救，那就是正当防卫，打死个把人，顶多算防卫过当。

姬寤生的确是以退为进的高手，周桓王跟他直接接触得比较少，但像卫、陈、蔡这三国，有着长年累月吃败仗的教训，难道一点也不长记性？其实这三个难兄难弟心里也在打鼓，后来的事实也证明了，他们其实早就做好了两手准备。

周桓王为这一战做了精心的准备,自己亲自坐镇,统率中军,虢公林父率领右军。介绍一下,这位虢公林父是虢公忌父的接班人,周王室三顾茅庐请出山的忌父已经仙逝了。为了给虢公林父打气,周桓王特地调了蔡、卫两军听从他调遣。周朝大夫周公黑肩率领左军,陈国大军归其调遣。

相信大家也看出来了,周桓公还是相信自己人,虽然叫了卫、陈、蔡三国,但不信任他们。

此刻,姬寤生正密切观察着五国联军的排兵布阵,对方布阵严密有致,井然有序,似乎看不出破绽。

看来只有打一场硬仗了。在准备下令分列三阵时,他的儿子公子突走了上来,告诉他不要用传统的阵法去攻击对方,应该根据敌人的实际情况来安排进攻。

姬寤生叫住了传令官,颇有兴趣地问道:

"说说看,敌人有什么不同?"

"陈国刚发生动乱,必定缺乏斗志,如果先进攻他们,他们一定会逃跑,那么周王就会调动中军去救援,中军也会乱了阵脚,而蔡、卫两国看到中军乱后,一定支撑不住,到了那个时候,我们再集中兵力攻打中军,就可以获得成功。"

姬寤生露出了欣慰的笑容,当年的东门之围,自己也是这样逐一分析自己的敌手,寻找其中的弱点,现在,自己终于后继有人了。

姬寤生同意了这个建议,将军队分为三阵,却不是传统的强调中军、两翼偏弱的阵型,而是强化两翼,弱化中军,将兵力强大的两翼推到前面,中军后缩,让两翼先发起进攻,这个阵法被称为鱼丽之阵。

《第八章》 来自权威的挑战

当郑国的令旗挥动之后，战斗打响了，由郑国世子忽率领的右翼以及大夫祭仲率领的左翼率先发起了攻击，这次的变阵发挥了奇效，但率先崩溃的不是家里还在闹腾的陈国人，而是周桓王的铁杆朋友——虢国来的虢公林父。

后人推测，这位虢公林父大概跟姬寤生私底下有接触，属于高级卧底，这个推测不能说毫无道理，几年前，虢国的军队还跟着郑国军队去打过宋国。但有人认为还是虢国军队心存畏惧，看着这些年在中原无敌的郑军率先朝自己冲了过来，一下没站稳立场，率先就跑了。

有心也罢，无意也罢，他一跑，还是给姬寤生立功了，卫、蔡两国早就不满，尤其是卫国来的兄弟，论国家实力，他们在虢国之上，竟然给虢国打下手，这要是传到国内，只怕自己又要被冷嘲热讽。

于是，虢国刚提起左脚，卫国就抬了右脚，而蔡国这位千年跟班在占上风时是盖世太保，落下风后比谁都跑得快。

左军在郑军右翼的进攻下，也迅速崩溃，陈国人如公子突所料，到这里来只是为了得到天子的认同，没人会为了别人的认同而丢掉自己的性命，况且陈国人是有恐郑症的。而作为左军的领军人物大夫周公黑肩也没有拿把剑上前督阵。

黑肩先生一直是周的亲郑派，在姬寤生那年搞赈灾外交时，他曾经劝告周桓王趁机与他和好。

周桓王带了这么一帮乌合之众出来跟姬寤生决战，却连他们的背景都不调查清楚，实在是大错特错。

周桓王大概也只剩下勇气了，在两侧溃散以后，他没有逃跑，反而迎难而上，收拢部下，发动反扑。他甚至冲到了最前面，直到一支箭迎面射来。

射中周桓王的是郑国的勇将祝聃，这一箭射在了周桓王的肩上。

这是一支具有历史意义的箭，它正式宣告周王室的衰败，明代史学家李贽曾用"桓王肩上箭，夷王足下堂"来论断周王室的衰颓。

一百多年前，周夷王为了感谢扶持他继位的诸侯，一改天子立于堂上接受诸侯朝拜的惯例，亲自下堂接见诸侯，与诸侯打成一片。这一改变将天子的权威性破坏，礼家多认为这是周王室衰败的开始。

与"夷王足下堂"相对应的另一标志性事件就是这次周桓王被射伤。

周桓王立志振兴周室，可没想到，周王室的衰败伴随着他肩上的剧痛得到了确认。

周桓王伫立在战车之上，秋风扫过他的战袍，扯动着带血的箭杆。他发出震天的怒吼，拒绝了护卫的救助，指挥着残余的军队，意图发起绝地反击，可当看到四散逃窜的友军，以及席卷而来的郑军，他终于意识到自己的失败已经无可挽回。

在那一刻，周桓王甚至想到自己马上就要去见列祖列宗，不知到时怎么开口。周桓王眼里泛起绝望，准备起草个遗嘱什么的。但他发现了一个奇怪的现象，郑军突然停止了追击。

郑军要放自己一马？周桓王不敢相信自己的眼睛，作为一个年轻人，他无法理解这样的行为。

停击追击的命令是姬寤生亲自下的，在射中周桓王后，祝聃请求乘胜追击。

姬寤生否决了这个请求，下令收回大军。

"君子不愿欺人太甚，何况是欺凌天子呢？我们能自救，社稷不致倾

《 第八章 》来自权威的挑战

覆,这就够了。"

这天夜晚,周桓王收拢余众,扎下营地,恐惧的气氛笼罩着营地。

年轻人会想出一百个庆祝胜利的方式,却不会准备一个失败的对策。当初为了战胜姬寤生,勇往直前,恨不得将姬寤生赶到东海去,失败之后,才发现自己已经远离周境,深入到郑国的国境里。

怎么率领自己的这些败阵之兵撤回去?周桓王想不到办法。

而当他陷入失败的羞愧与绝望之时,下面报告,郑国的人现在正在营外请求觐见。

这是胜利者前来验收战果?那就让他来看看我这个受伤卧床的天子!

周桓王决定用更大的耻辱来惩罚自己的失败,可接下来的会见完全出乎他的意外。

郑国来的使者是上卿祭仲,他是带着慰问品来的。

祭仲转达了国君郑伯对天子伤势的关心,对白天发生的流血冲突表示十分遗憾,并恰到好处地提出周、郑同宗同源,一衣带水,血浓于水,虽然过去有一些不愉快的回忆,但一切都是误会,郑国作为周王室分封的诸侯国,绝不敢逾越礼制,以下犯上。希望周天子能成全郑伯的一片赤诚之心。

谁会想到这个低声请求谅解的祭仲是刚取得大胜的郑国的大夫?

周桓王本来憋了一肚子气,准备撒到这位祭仲身上。这种事情他干得出来,当初姬寤生送粮食时他就干了,但这一次,他实在挑不出对方的毛病,只好闭着眼睛不答话。

祭仲放下礼物,嘱咐天子好好养伤,如果有需要,郑国愿意提供一切帮助。说完，祭仲恭敬地退下。

在病榻上，周桓王想了很久，他搞不懂姬寤生的葫芦里卖的什么药。最后，他决定把自己的大夫们召来商议一下。

等把自己的疑惑说出来后，周桓王发现了一个奇怪的现象，自己的大夫们纷纷替郑国说起好话来，仿佛一刻间，他们全部成了"亲郑派"。

这个夜晚一定发生了什么事情，周桓王望着部下，部下的眼神躲闪。

"你们收了郑国人的礼吧？"

在那些臊红的脸上，周桓王得到了答案。

事实的确如此，在慰问过周桓王后，祭仲马不停蹄，接连拜访了周王的左右，送去了亲切的问候与实惠的慰问品。

周桓王长叹一口气，明白自己也许永远都无法战胜姬寤生。

那就与郑国交好吧！周桓王做出了这次出征唯一正确的决定。

这一天，是周室衰败的证明日，也是姬寤生霸业的顶峰。

姬寤生的霸业在十年前就开始了，在他的大军横扫宋、卫、陈，在他的使者往来齐、鲁之间时，他已经被视为这个时代的最强者，但更多的观点认为，他之所以成为霸主，不是他战胜了多少对手，夺了多少城池，拉拢了多少盟友，而是在这一天，在他下令停止追击周军时，在他派出祭仲慰问手下败将时。

蛮横不会让他成为霸主，退让却可以。

孟子先生曾经对霸主下了一个定义：以力假仁者霸。力量只是手段，用力行使仁义才能称为霸主。

姬寤生具备了霸主的力量，他本可以追击周军，彻底消灭这伙入侵之军，可姬寤生却选择了放手，此时，他不再是那个愤怒说出"多行不义必自毙"的少年，也不是夺取周平王之子的热血青年，这一年，他五十岁，正处于一个男人心智最为成熟的时候。他懂得了为霸的真谛。

不能为亦不为的是懦，不能为而为的是愚，能为且为的是蛮，能为而不为的才是霸。

《第九章》

南来的争霸者

《第九章》 南来的争霸者

姬寤生没有一举拿下周王室，除了道义上的考虑，更因为他与周王室的血缘关系，周王室祖庙里那些让周桓王热血沸腾的名字，同样也是姬寤生的祖先。

虽然不是大宗，但他的血管里流的同样是周文王、周武王的血，周王室的衰败对他来说，不是一件值得庆幸的事，他依然记得爷爷当年的担忧。

周王室就是一棵大树，当这棵大树倒下，姬姓子弟可以去哪里避难呢？

姬寤生遗传了他爷爷的悲观，在攻下许国时，他站在许国的城头，望着四方，空气中残留着战火的硝烟味，在凌厉的冬风里，他感到了一丝寒意。

天下没有永远的主人。上天已经在抛弃成周，而成周的替代者就潜伏在帝国的四周，等待着崛起的时刻。

可到底是谁？

姬寤生听过爷爷郑桓公与太史伯的那段对话，他记得里面的每一个字。

公曰:"周衰,何国兴者?"

对曰:"齐、秦、晋、楚乎?"

姬寤生看了看身边的齐僖公,这位兄弟正谈笑风生,指点江山。齐国的姜氏当年是周王的创业伙伴,时过境迁,他们还会愿意保护周王一脉吗?

秦国会是下一个威胁?姬寤生无法肯定,远在西边的秦国很少参与中原事务。

那会是晋国?但愿是晋国吧!至少晋国也是姬姓诸侯国。

还有一个选项。

姬寤生从许国的墙头南望,八百里外,在那条奔流不息的大江岸边,就是这个叫楚的国家。

公元前299年,楚国怀王受秦昭王之约前往武关相会,结果被秦王扣押,威胁他割地相让,楚怀王毅然拒绝。三年后,楚怀王死在秦国。秦国将楚怀王的遗体送还。当载着尸体的马车进入楚国境内时,楚国举国悲怜,如悲至亲。

楚国阴阳学家楚南公悲愤之下,说出了一句论断:

"楚虽三户,亡秦必楚!"

九十年后,楚人陈胜在大泽乡振臂一呼,建政张楚,敲响秦帝国丧钟,楚人项羽率江东子弟渡江北上,横扫秦军,楚人刘邦紧随其后,亡秦建汉。

至此,楚南公的预言得到了证实。楚南公做出这个预言,应该源于他对楚人的特质有深刻认识。

《第九章》 南来的争霸者

当年鲁隐公在世的时候，姬寤生经常跟他以及齐僖公聊起南方的楚人，一般就会发生如下的对话。

齐僖公以哈哈大笑开场："那简直就是一群野人嘛，听说他们在身上文一些乱七八糟的东西。"

姬寤生冷笑："身体发肤，受之父母，乱涂乱画，实在不妥。"

鲁隐公摇着头叹气："非礼啊，非礼啊！"

齐僖公："头发也不束，披在肩上，像个长毛鬼。"

姬寤生："教育水平还是低。"

鲁隐公："非礼啊，非礼啊！"

齐僖公："楚国人会玩巫术，两位信其有乎？"

姬寤生："唉，这就是文化水平太落后的恶果。"

鲁隐公："非礼啊，非礼啊！"

齐僖公："我听说他们还流行穿大红袍。"

姬寤生："我无语了，衣服岂是乱穿的！"

鲁隐公："非礼啊，非礼啊！"

齐僖公："这些倒还算了，据说他们信仰鸟啊蛇啊等东西，对了，还吃人肉！郑公，你怎么看？"

姬寤生："这太让人吃惊了。"

鲁隐公："非礼啊，非礼啊！"

三位在交谈中，对中原文化产生了极大的自豪感，对楚国人还活在水深火热的原始社会产生了极大的同情。可事实上，要是翻翻族谱，谁能有资格嘲笑楚人呢？因为八百年前，人家楚国也是文明社会的一员。

几百年后，楚国著名浪漫主义诗人屈原做自我介绍，说楚人是高阳氏的后人（帝高阳之苗裔），高阳氏是三皇五帝中的一帝：颛顼。颛顼的后人吴回，担任帝喾的火正，被赐为祝融氏，也就是传说中的火神。据记载，祝融跟他的部落当时就居住在姬瘱生的都城新郑附近，是正宗的中原人。

后来，因为中原战火连天，变得太危险，祝融氏不得不举族南迁。

因为战事而离开家乡另辟天地的事情在中国屡有发生，现在居于南方的客家人就是从中原迁徙过去的。据说客家人一向不与外人通婚，这样做的好处是保持了纯正的中原血统，缺点是无法与原住民融合，容易发生一些不必要的冲突。

当祝融氏的后人离开熟悉的家乡，来到陌生的长江流域，就看到许多警惕的目光。他们知道，要在这片土地上扎根落脚，就必须做出改变。

从一些史料上看，祝融氏并没有封闭自己的族群，而是与原住民进行交融。他们给这片经济欠发达、文化较落后的地区带来了中原先进的文明，与此同时，也学会了原住民的一些生活习惯，久而久之，搞不清哪些是原汁原味的原住民，哪些是搬来的祝融氏人。到了后来，中原的老乡都认不出他们，干脆统称为楚人，当然，这是比较礼貌的说法，通常中原人都叫他们荆蛮。

对此，楚人毫不在意，毕竟他们生存了下来。渐渐地，他们不但没有自卑感，反而为自己独特的楚文化而感到骄傲。

这是值得赞许的态度，世界是多元的，文化亦是多元的，对自己的文化自信，才会拥有族群的未来。

强大的适应性，这是楚人的第一个特质。

《第九章》 南来的争霸者

在最初的岁月里，楚人的生活十分艰苦，他们经常受到商朝的进攻，国人被俘虏而去，成为商朝的奴隶。这其中，大概又属帝辛先生干得最过分，帝辛就是商纣王。

作为一个亡国之君，商纣王经常被大家误会。很多人以为他天天跟妲己鬼混，结果导致亡国。这是不太准确的。事实上，商纣王是一个比较勤劳的国君，尤其喜欢打仗，楚地就是他重点光顾的地方。商纣王的胜率很高，每次都能抓不少俘虏回来，后人分析，商纣王就是抓的俘虏超过了需求，最后管理不当才亡的国。

在商纣王的打击下，楚人的日子很难过，直到他们听到了有一个叫姬昌的人有圣德，有人望，人们争相归附。

楚人的酋长鬻熊意识到这是弃暗投明的好机会，马上起程前往镐投奔姬昌。

因为交通不像中原那么发达，等他赶到会场时，很多人都已经到场了。

他怀着激动的心情，迈着疲劳的双腿走向会场。在大门口，他被拦了下来。侍卫们拒绝他进入会场。

之所以出现这样的情况，也不能怪门卫有眼不识泰山，实在是鬻酋长不像个与会者。

他的年纪太大了，据史料记载，鬻酋长这一年九十岁了。他能够一个人从荆地来到镐，不得不说是一个奇迹。

经过一番解释后，鬻熊终于获得了入场资格。会议是振奋人心的，各地来的部落首领纷纷控诉商王的暴虐。受这股情绪的感染，鬻熊分开众人，走到姬昌的面前，表示自己也要跟随他推翻商纣王。

看了看鬻熊，姬昌不禁摇头，都这么一把年纪了，哪里敢指望他去杀敌？当然，这份精神是可嘉的。

鬻熊知道姬昌在想什么，就诚恳地告诉对方："的确，如果让我去行军打仗，追逐麋鹿，我的确太老了。但要是让我坐论国事，出谋划策，我还是个年轻人啊！"

老人坚毅的眼神打动了姬昌，姬昌恭敬地从高台走下来，认真地向鬻熊行礼，拜他为师。

从此，这位九十岁的楚人成为姬昌的智囊。在姬昌被商纣王抓住后，鬻熊积极组织营救，建议姬昌之子姬发向纣王进献兽皮、黄金、美女，最终成功救回了姬昌。

这件事情成了楚人最大的政治资本，借着祖宗的光，后来楚人常常向周王索取各种荣誉。三百年以后，楚武王仍然振振有词地介绍自己的祖宗："吾先鬻熊，文王之师也。"

楚人永远不会忘记，是那个九十岁的老人不辞辛苦，积极参与到讨伐商纣王的行动中，才让楚人赶上了时代的末班车。

永不服老，勇于开拓，这是楚人的第二个特质。

数十年后，又一位楚人首领向北进发了，他是鬻熊的孙子熊绎。此时，这位楚人领袖的身份已经不是酋长，因为爷爷也算是周朝创业的合伙人，周朝第二位天子周成王没有忘记老功臣，特地封熊绎为楚国国君，级别有点低，只是一个子爵。

这一年，周成王在岐阳召开诸侯大会，熊绎受邀参加，他的心情还是很激动的，也做了精心的安排，因为国内也没有什么太值钱的东西，就准备了国内的特产苞茅,这个东西可以滤去酒中渣滓,值不了多少钱,算个心意吧!

怀揣着对天子的敬意和会见诸侯的激动心情,熊绎来到了岐阳,跟他爷爷一样,他离得比较远,到达的时间也比较晚,来时,其他诸侯已经到了,比如齐僖公的祖宗、齐国的第二任国君齐丁公,卫前废公州吁的祖宗、卫国第二任国君卫康伯,还有鲁隐公的老祖宗、鲁国第一任国君伯禽,以及晋国第二代君主晋侯燮正准备入场。

熊绎洗了洗手,准备进场吃饭。上回他的爷爷被挡在了门外,这一次他刚出现,就有人热情地迎了上来,"哎呀,您终于来了啊,就等您了!"

来人满脸堆笑,朝他招手:"快快,把你的苞茅发到食案上去吧,马上就要开席了,要这个东西来滤酒。"

想了想,自己来得迟,干点活也是应该的,他老老实实地解开苞茅,划成数份,认真发到每一张食案上。

苞茅终于摆好了,熊绎伸直了身子,准备找自己的位子入座,会务又热情跑了过来,递过来一大堆木牌。

"来,麻烦你一下,把这些牌子摆好。"

熊绎一看,这是用来安排座位的名牌,以区分天子与诸侯的尊卑席次。熊绎有些纳闷,但他毕竟初来乍到,不好多说话,只有多干活。于是,他认真摆好了名牌。当放下最后一块名牌时,他终于意识到一个问题,没有他的名牌。

也就是说,这宴会堂中,没有他的座位。

那我干吗来了,敢情就是来打杂的?

熊绎的座位在外面,在庭院中燃烧的火柱边。

会务将他请了出去，嘱咐他一定要看好这堆火，千万不能熄灭了，过一会儿，天子与诸侯盟誓要用的。

说起来，熊绎的祖上是火正，火正主要有三个工作：观象授时、点火烧荒、守燎祭天。现在让熊绎干的就是守燎。虽说是个祖传技艺，但人家毕竟转行升级成国君了，竟然还把人家当火正，真是令人啼笑皆非。

天子与诸侯终于进场了，没有人注意到熊绎，鲁公伯禽倒是望了他一眼，然后下意识地往旁边移了两尺。

站在火柱旁，熊绎脑子有点蒙，会务又领来一个人，说是帮他一起看火的。

两人一寒暄，哦，你是楚国国君，我是东夷族鲜牟国的国君。

熊绎明白了，原来我还是蛮夷要服啊！

宴会开始了，厅上觥筹交错，气氛热烈异常。厅外冷冷清清，一蛮一夷坐在火柱边发呆。

熊绎没有喝上酒，也没有吃上肉，更没有列席后面举办的诸侯大会，他只是安静地坐在火柱边，盯着那团血红的火焰腾飞跳跃，正如他内心燃起的热火一般。

等会议结束，照例，主办方会给与会者发点纪念品之类的东西。齐、晋、鲁、卫各国都领了珍玩宝器，熊绎连陶罐都没捞到一个。

这件事情让楚国人耿耿于怀。五百年后，楚灵王提起这件事情还愤愤不平：当年开会，他们都领了东西，就我们没领到，今天我这暴脾气上来了，干脆派个使者到周室把他们的鼎要过来作为分封的宝器。

熊绎没有进行申诉，当年他的爷爷九十高龄到中原去，带回了荣耀，他带回了耻辱。

第九章 南来的争霸者

回国后，熊绎召集群臣，讲述了自己所受的不公待遇，这引起大家的愤慨，纷纷大骂周成王。

熊绎示意他们静下来，告诉他们，要改变别人对我们的歧视，先要改变自己，让自己强大起来。

接下来熊绎率领楚人驾着简陋的车，穿着破烂的衣服去开辟山林，这在现代叫艰苦创业，史称筚路蓝缕，这正是楚国的立国精神。

过了一些年，熊绎的创业有了一些成就，他专门给周天子送了一把桃木弓和一些枣木箭（桃弧棘矢）——这些东西可以辟邪。周王室颇为感动：楚蛮子们经济这么困难，还想着送些当地的工艺品上来。

看来，他们没有理解熊绎的真正用意。

如果用来滤酒的苞茅不能替我们换来尊严，我们总有一天会用弓箭来争取。

知耻后勇，奋发图强，这是楚人的又一个特质。

周王室终于领会到了桃弧棘矢的意思，这一明白就已经是五十年后的事情了，有点迟钝，但总算反应了过来。

周王室对楚人采取了行动，周昭王亲自率兵南征，对付这个周室的火夫，史书《竹书纪年》记载了这三次军事行动。

> 周昭王十六年伐楚荆，涉汉，遇大兕。
> 周昭王十九年，天大曀，雉兔皆震，丧六师于汉。
> 周昭王末年，夜清，五色光贯紫微，王南巡不返。

第一次，周昭王领着士兵去讨伐楚人，渡过汉水的时候，碰上了一种类似犀牛的动物大兕，感觉不太吉利，就退回来了。

三年后又去了一次，可天气不太好，阴风突起，气候恶劣，兔子野鸡都吓坏了，结果六个师损失在了汉水。

第三次，周昭王再接再厉，夜色清朗，可以看到五种颜色的光直冲夜空中代表天子的紫微星座，我们的王南巡就再没有回来。

怎么看这也不像一份周王伐楚的记录，而像是野外科考发现珍稀动物的报告，又像天气突变造成重大人员财产损失的清单，也像天象观察记录以及失踪人口登记信息。做出这样奇怪的记录也是没有办法，因为周军三次南下，三次败北，直接写下来太没面子，只好用文学来修饰一下。

真相大概是这样的。

第一次，周昭王率兵讨伐楚人，结果刚渡过江，就被楚人赶了回来。可能楚人像潘多拉星球的土著一样，使用了犀牛部队，但也许跟大兕这种东西没一分钱的关系。

第二次，周昭王立志雪耻，率兵猛进，结果中了楚人引兵深入的诡计，楚人在恶劣的天气中猛然发起进攻，把周昭王打得大败。

第三次，天气真不错啊，月朗星稀，空中神秘的五线光束直冲紫微，我们昭王惨哪，一去就没有回来，淹死在了汉水里，连尸体都没打捞上来。

前两条事实清楚，无可争辩，第三条各方则有不同看法，中原的官方记录以及流行说法显示，周昭王晚年犯了严重的错误（德衰），南征的时候，船工厌恶他，给了他一条胶船，船开到中流，胶水溶解，船只解体，昭王掉到水里淹死了。但有人分析，周昭王的船是在河中被楚军弄沉的。

《第九章》 南来的争霸者

周王室宁愿吃哑巴亏，也要采用第一种说法，毕竟被楚蛮打败这种事情太丢人。

楚人也表示认同这种说法。

很多年以后，当中原人拿这件陈年旧事质问楚国使者时，楚国使者一脸无辜："你们的周王不是被你们自己的船工害死的吗？关我们什么事？"

经过这三战，楚国打出了信心，又过了五十年，楚人终于有人准备对周朝说不。

这个人是楚国国君熊渠。熊渠是一位传奇人物，力大无比，有一次夜出，发现夜色里有一只老虎趴着，熊渠引弓一射，老虎没有半点反应，下马一看，原来是一块巨石，箭羽深深陷进石头里。这个射虎为石的故事后来被汉代飞将军李广复制了一次。

楚国人对自己这位神射手国君相当自豪，而这种自豪当中，又带着一种充满底气的骄傲，经过数代人的努力，到了熊渠这一代，楚国已经显现出称霸一方的实力。熊渠得到了国内民众的热烈拥戴，进而兴兵对外，伐庸，扬粤，至于鄂。

国力的强盛让熊渠信心高涨，他终于发出了震耳欲聋的宣言：

"我蛮夷也！不与中国之号谥。"

意思就是，我蛮夷，我骄傲！你们瞧不起我们，我们也不陪你们玩了，我们自己搞一套谥号系统。

熊渠说干就干，分别册立自己的三个儿子为句亶王、鄂王、越章王。

从规则的服从者到规则的制定者，楚国走出了一条属于自己的路。这实在让人佩服，但如果让鲁国人来评判，只有三个字："非礼也。"

中原的政治体系是共王体系，天下共有一个王，就是周天子，下面的诸侯按照"公侯伯子男"五个等级来称呼。熊渠自我提拔，把儿子封为了王，自己当起了王他爹，这让周天子颜面何存？

自此之后，楚国把挑战周朝当作一种乐趣，直到今天，楚文化圈还用一句俗语来形容那些倔强不认输的人："你不服周！"

过了一些年，熊渠把儿子们王的称号去掉，天下人纷纷嘲笑。

看吧，我就说楚国人闲得慌，天下只有一个王，他折腾来折腾去的，最后还不是换回来？

其实，这正体现楚人的高明之处。在立儿子为王的时候，周王室衰微，诸侯多不朝王，还忙着相互打仗。熊渠判定自己就算称了王，周王室也不敢把他怎么样，中原各大成员国也没空对付他，先称个王过把瘾。

当然，熊渠也不是过把瘾就死的蛮汉子，在周厉王上台后，熊渠发现这位周厉王很暴力（暴虐），没事喜欢征伐诸侯国，为了不引发非必要的军事冲突，熊渠就把儿子的王号去掉了，反正也尝过当王的爹是啥滋味了。

敢于挑战权威，又勇于向权威低头，这是楚人的又一个特质。

如果你了解了楚人的这些特质，你也可以像太史伯阳父一样论断：楚必兴矣；如果你见过楚人的隐忍与奋起，见过楚怀王誓死不割地的气势，又见过这个有骨气的君王最后躺在一辆草车里被送了回来，你也可以像阴阳师楚南公一样做出"楚虽三户，亡秦必楚"的预言。

在周边众多国家里，姬寤生最讨厌的可能还不是年年跟他打仗的宋国，也不是没事找碴儿的卫国，而是小国蔡国。

《第九章》 南来的争霸者

蔡国国家不大，名堂很多，次次攻郑都有它的身影。打它吧，有些小题大做；不打吧，它又天天跳得欢，实在让人烦躁。

鲁桓公二年的秋天，姬寤生主动邀请蔡侯举行一次两国元首见面会，蔡侯也没有因为这些年的敌对而拒绝。于是，两国元首在邓地举行了一次会谈。两位放下成见的原因，是他们同时感到了来自楚国的威胁。

通过来往各地的郑国商人口中，姬寤生已经听到了那个名字，他知道这个人同他的楚人绝不会偏安南国。总有一天，他会北上寻求中原霸主的位置，而他一旦付诸行动，郑、蔡就会成为他前进的必经之路。

这个人是楚王熊通，一开始，对他正确的称呼是楚子。

三十七年前，熊通登上楚国国君之位。熊通继位三年后，姬寤生才接掌郑国国君之位。此时的楚国经过先烈们的艰苦奋斗，已经成为江汉流域的第一大国，完全具备从区域走向全国，参与到大国竞争的层面上的实力，但熊通选择了等待。

在《史记·楚世家》中，写到熊通继位之后，突然加入一些与楚国国内事务不太相关的事情，列表如下：

十七年（熊通继位的第十七年），晋之曲沃庄伯弑主国晋孝侯。

十九年，郑伯弟段作乱。

二十一年，郑侵天子之田。

二十三年，卫弑其君桓公。

二十九年，鲁弑其君隐公。

三十一年，宋太宰华督弑其君殇公。

写完这个之后，司马迁先生笔锋一转，回归正题：三十五年，楚伐随。

突然在《楚世家》中插述这么一段，应该是有理由的，司马迁这么写大致有如下的原因。

第一，天下的格局正发生剧烈的变化，这个变化在召唤着楚人加入其中。

第二，周王室的权威进一步被削弱，这对楚国来说，是一个重大的利好。

第三，中原大国频繁发生弑君事件，是该有个外人来教教这些礼仪之国了。

司马迁先生敏锐地察觉到，这些东西都是熊通特别期待和关注的。而在公元前706年，楚子熊通这位在汉水流域潜伏了三十五年之久的巨熊终于站起来，向北进发，正式参与到中原争霸的游戏当中。

具体的原因，翻看上一年的史册就知道了。当年，姬寤生在长葛大败周桓王的五国联军。"桓王肩上箭"的消息已经传遍了大江南北。周王室已经弱成这样，再不下场，就要清场了。

数年前，姬寤生不惜放下敌意，与蔡侯相会，就是怕这位楚国巨熊北上，可他没有想到，偏偏正是自己的行为让熊通下定了决心。

公元前706年的春天，熊通率领大军北上，开启北上的征途，他将第一站设在了随国。

楚国大军在自己的国境上集结，这个消息对随国国君随侯来说，既在意料之中，又有些出乎意料。他的随国位于楚国北面，是楚国北上的第一关。他也听说这位楚子野心有点大，一定不会安心于区域龙头的角色，但

第九章　南来的争霸者

他没有想到，楚国会直接进攻他，毕竟他的随国跟中原大国比起来，是个小国，但在汉江东面这一片，却是最大的国家。

然而，事情坏就坏在这里。

在出师之前，熊通召集大臣，对北上的事情展开了充分的探讨。大夫斗伯比认为，汉东小国林立，要是先从小国打起，虽然容易，但会打草惊蛇，引起其他小国警觉，不如直接进攻汉东最大的随国，只要拿下随国，其他小国自然俯首听命。

擒贼先擒王，熊通觉得这个说法有道理。于是，他领着军队来到了随国边境。熊通是下了血本的，拉出了楚国的精锐，在随国边境排兵布阵，可谓人强马壮、气势如虹。

斗伯比出去转了一圈，回到中军营帐叹着气对熊通说："完了，完了，这下，我们这下没办法在汉东达成我们的战略目标了。"

这令熊通大吃一惊。看着君主受惊不轻的面孔，斗伯比耐心进行了解释。

"是我想错了，我们扩张三军，配置铠甲兵器，想用武力让他们屈服，可这样一来，他们就会害怕，一害怕，他们就会抱团对付我们，所以我们就很难离间他们以便各个击破。"

"那怎么办？"熊通困惑了。打又打不得，不打人家又不会自动服软。

"我看只有骗骗随国人。"斗伯比说道。

"什么意思？"熊通问。

"让他们骄傲。"斗伯比神秘地说道，"只要随国人骄傲，就会抛弃其他小国，小国离散后，我们就好下手了。"

"随国人岂是随便可以骗的。"另一位楚国大夫熊率且比插嘴。他在一旁听了很久,再也受不了同僚的忽悠。

"随国的大夫少师这个人很狂妄,等会儿他来时,我们把精锐藏起来,请他看一些老弱病残,他自然就会骄傲。"斗伯比说出了他的办法。

原来,在随国国境屯兵后,熊通先礼后兵,派人进随国要求和谈。对拿着大棒来求和谈的楚国人,随侯给予了高度重视,派出国内大夫少师前来谈判。

熊率且比指出斗伯比计划中的漏洞:"随国人还有一个叫季梁的,有他在,只怕你的计策起不了什么作用。"

的确,为随侯效力的并不全是猪一样的部下,随国大夫季梁处事谨慎,在国内外享有盛誉。

"你说得对。"斗伯比先肯定了对方的意见,但并没有就此否定自己的计划,"但我们这样做可以为以后做打算,我认为,这位少师很快就会得到他们国君的宠信。"

熊通也没什么好办法,只好决定采纳斗伯比的意见。

在踏进楚军军营前,随国少师心里颇为忐忑,毕竟这些年,楚国的强大众所周知,这一次前来进犯,一定做足了准备,但在进入楚军军营后,目光所及,不是延迟退伍的老兵,就是提前入伍的新兵蛋子,就凭这样的实力,随国不去欺负楚国就是好的了,竟然还敢主动来挑衅。

想到这里,他底气足了不少。见到楚子后,他以干脆利落的外交语言对楚军的无理进犯进行了抗议。

在他的印象里,这些楚人都是蛮子,不讲道理,可意外的是,蛮子头熊通十分和气,连声说:先生误会了,误会了啊!我们楚国一向坚持与邻为善，巩固睦邻友好的外交政策，我们与贵国有着非同寻常的传统友谊，一向互信互助。我这次来绝对不是打仗的，不信你看我的军营，全是老弱之兵。"

"那你们来是干什么的？"少师糊涂了。

"这个嘛，有个不情之请。你看，我们楚国居住在蛮夷地区，可现在天下大乱，众诸侯背叛王室互相侵伐，我呢，正好有一些兵马，想帮助一下周王室，但地位太低师出无名。而你们随国是姬姓大国，在中原以及周王室有着很大的影响力，所以想请你们随侯到周王那里说个情，把我的爵位提一下。"

在熊通不露声色的吹捧中，少师的虚荣心得到了很大的满足，于是他点了点头，表示认可这个说法。

楚国最近发展不错，虽然比不上随国，但毕竟也是这一地区的大国了，国君现在还是子爵，跟他的实力确实有些不匹配，是该提一提了，不说提到与我们随国同等的侯爵，提个伯爵还是可以的嘛！

少师表示回去会转达楚君的请求，至于去不去洛邑，则要看随侯有没有时间了。

熊通连声道谢，然后包了些礼品，将少师送了出去，告别时，还一再拜托少师为他美言两句。

你放心，我会看着办的！

少师拱手告别，缓缓爬上马车，让车夫回城。转个弯后，楚人消失在视线之内，少师大喊："快，加鞭，我要马上回禀国君！"

"国君，好消息啊！"一回到国都，少师就气喘吁吁地跑向随侯，兴奋异常，兜头就是一句。

什么情况?

随侯疑惑地望着自己的大夫,少师深呼吸,将自己在楚营的所见所闻报告国君,建议国君趁楚国现在是羸弱之师发起进攻,将这一伙楚蛮子彻底消灭。

随侯大喜过望,深深地点了点头。周王分封天下,一共有一千八百个诸侯国,能入围《春秋》的,只有五六十个,而在这五六十个国家中,随国称为大国。在汉江这一带,更是地区领袖,可这些年,楚国埋头苦干,国力大增,对随国已经造成了威胁,现在他们送上门来,的确是一个不容错过的好机会。

但在此时,随国大夫季梁连忙站了出来,提醒随侯这可能是一个陷阱。

"楚国这些年打了不少胜仗,军队怎么会是羸弱之师?国君千万不要着急进攻。"

"这可是一个千载难逢的机会!错过了,随国以后怎么跟楚国抗衡?"少师大声说道。少师并非奸臣,因为他也是从随国的利益出发,随国已经渐渐赶不上楚国的发展步伐,错过这次机会,猴年马月才能将楚国打压下去?

季梁再次否认了这个分析,接下来,季梁详细讲解了治国的根本,认为百姓是神灵的主人,圣贤的君王只有办好了百姓的事,才有资格祭祀神灵,而只要为百姓谋到了福利,国家就会走上正道,对外我们只要亲近邻国,就是楚国再强大,我们也不至于害怕。

这个"以民为本"的思想比孟子先生的"民为贵,社稷次之,君为轻"还要早上三百年。

《第九章》 南来的争霸者

随侯的热血冷却了下来，而这一切，都是楚国料想中的事。

少师冲动，容易骄傲轻敌，但有时候也能把握住一些机会，而季梁谨慎，善于从长远的角度思考问题，但也会错过一些发展的机遇。楚国人来之前，就把随国这两位高官的性格特点摸得一清二楚。对随国来说，这实在是一件恐怖的事情。

随侯最终采纳了季梁的建议，没有贸然进攻。现在，他有时间来问一下，楚国人到底想干吗？

于是，少师汇报了楚君的请求，并鄙夷地表示，这位楚蛮异想天开，我们随国岂是受他们差使的，不用理他就是了。可季梁则建议随侯：如果不太忙，还是跑一趟吧！

平心而论，少师的建议是比较靠谱的。一国国君去给他国当跑腿的，实在丢人，可要是打不过人家，丢人也就不算什么事了。

季梁认为，楚国是下了决心要到中原玩一玩了，不带他玩的后果是严重的，荆蛮子向来不讲理，我们要不去，他一发火，就会把脾气发到我们随国身上。但我们要是去了，不管周天子同不同意给楚子升职，那是天子的事了，跟咱们没关系。

想了一下楚国这数百年来的野蛮行径，随侯决定年底到洛邑跑一趟。

对于江东来的随侯，周桓王还是很欢迎的，毕竟周王室在洛邑重开张以来，生意一直清淡，好不容易来个客，还是个远客，实在不容易。周桓王表扬了随侯千里朝王的精神，并亲切地问他有什么需要帮助的地方。

随侯想了半天，终于开口。

"我本人倒没什么事，受楚君之托前来请示一下，楚国想提升一下爵号。"

什么？这个熊通是不是吃了熊心豹子胆，竟然敢到我这里提升职！

周桓王当场爆发。

对于想升职的部下，老板总是有些抵触情绪的，何况还是年底了，但事实上，熊通并不需要周桓王开支，就是升了职，也不需要周桓王为他加薪，周桓王实在没必要发火。

但周桓王还是发了火，因为爵这个东西不是随便提的。

孟子曾说，天底下有三样东西最尊贵，一是爵位，二是年龄，三是道德。

在朝中看爵位，只要级别高，开会的时候都能往前坐坐。在乡里比年龄，只要你活得够老，人家见了得问候一声"老人家"。第三就是道德。

楚国什么事情都没干就想升职，这不是痴心妄想吗？周桓王不但否决了熊通的请求，还把这个不识趣的家伙骂了一通，这也不能说周桓王气量太小，实在是随侯来的时机不太好。

去年，周桓王刚在长葛被姬寤生收拾了一下，肩上的箭伤还没好利索，碰到阴湿下雨天，还隐隐作痛。

老子被姬寤生这个王八蛋欺负也就算了，你个荆蛮算哪根葱，也来威胁老子。老子就不给你提级，让你当一个千年楚子。

在周桓王的愤怒中，随侯要努力憋住气才能不笑场。

熊通的职升不上去，除了周桓王火气大外，也与随侯的"大力帮忙"脱不了干系。

在史书的记载里，楚国的升职理由是这样的："我蛮夷也。今诸侯皆为叛相侵，或相杀。我有敝甲，欲以观中国之政，请王室尊吾号。"

这实在不是什么好的升职申请书，尤其是"我有敝甲，欲以观中国之政"这句话，实在是大逆不道。递这样的申请书，不被炒鱿鱼才怪。

以熊通和楚国大夫的智慧，应该不至于提出这么嚣张的请求，估计这是随侯添油加醋了，原话应该是这样的："我有敝甲，欲以助周王。"

这说明，办不办得成事，关键看你求的人是谁。

周桓王的态度彻底激怒了熊通。在前面已经列举过楚人的特质，但还是漏了一点，楚人是很率真的，刻舟求剑、买椟还珠、沐猴而冠、画蛇添足都在说楚人很傻很天真。这种人被激怒了，后果是很严重的。

听到随侯转告周桓王对他的答复后，熊通就把老祖宗的老账翻出来晒了一下。

"我的祖先鬻熊当年是周文王的老师，死得早，没有赶上周武王的分封，到了周成王的时候，这孙子竟然忘了他爷爷是怎么逃出生天的，只给我们'子'的爵位，还分到这蛮夷之地，我们也认了，这么多年，把蛮夷治理得跟中原差不了多少，周王也不给我们加封爵位，那对不起了，我们只好自加尊号了。"

被拒绝的熊通，准备自我提拔，丰衣足食。熊通也不准备谦虚，一步到位就自立为王了。

这是楚国国君第二次自立为王了，当年熊渠就曾经过了一把王者的瘾。重温此景，感觉相当好，楚国人索性将这条路走到底，至战国结束，都一直自称为王。

发出这个通告之后，熊通大王忐忑了一阵子，怕惹恼了中原的传统强国，合起伙来讨伐他。但他把王位坐暖了，都没有人站出来对他称王这件事表示抗议，更别说讨伐他。连一向爱就各种诸侯事件进行点评的鲁国人都没有出声，《春秋》直接忽略这一事件，《左传》也只是过了半年才突然记了一笔:"楚子合诸侯于沈鹿。"

这等于熊通跟鲁国史学界发生了如下的对话。

熊通:"我现在称王了,请叫我楚王。"

孔子头都没有抬一下。过了半晌之后,左丘明答了一句:"知道了,楚子。"

熊通就像一个坏小子,自认为干了天大的事情后,到处宣扬,唯恐别人不知。可是,别人都是看了他一眼,摇摇头,不打不骂,转身走了。

这是为什么呢?熊通开始琢磨,越琢磨越感觉不对劲,最后他琢磨出了真相,中原诸强不来讨伐你,不是怕你,而是懒得理你。

楚人再一次体会到了被忽视的感觉。

一定要玩次大的!

急于证明自己的楚人再一次北上。

公元前704年,楚国大发英雄帖,邀请各大诸侯国前来沈鹿开会。虽然楚国没有说明会议主题,但大家都猜得到,熊通刚刚称了王,这一次开会多半是要诸侯承认他称王的合法性。

这一年离楚国陈兵随境已经过去了两年。

当年力图北上争霸,结果连中原的烟味都没闻到就被随国挡了回去。楚国退了下来,两年之后,终于等到了机会。斗伯比找到熊通,告诉他:少师在随国的地位已经超过了阻碍我们的季梁,现在是我们进攻的绝佳时机。

熊通同意这个看法,但他也提出了自己的问题。

用什么借口开战呢?

《第九章》 南来的争霸者

随侯虽然没有替楚国争来高级的爵位，但他毕竟还是跑了一趟，可谓没有功劳还有苦劳。而且随侯从洛邑回来后，立马跟楚国结了盟，对楚国称王也是举双手赞同。

这么好的盟友，怎么好意思打他呢？

熊通说："那我们就先开一个会吧！"

于是，沈鹿英雄大会在不那么热烈的气氛下不那么热烈地开幕了，齐、鲁、郑这样的中原大国自然是不参与的。连陈、蔡这样的小国也懒得搭理。但江汉流域的各国还是积极踊跃地参加了，与会成员国如下：巴、庸、濮、邓、绞、罗、轸、申、贰、郧、江。在这个楚国国君职称跨越式发展的研讨会上，江汉诸国代表进行了热烈的讨论，大家一致认为，楚君称王顺应民心，合乎时代发展需要。

楚国对众人的反应自然很感激，并向到会的国君每人都赠予了一份价值不菲的礼品。

至此，会议取得了圆满成功。

但这仅仅是开始。

会务很快报告，在江汉流域以及周边地区，有两个国家没来。

一个是黄国，黄国在淮水流域。黄国国君不来，也是有一点"山高皇帝远，有本事你来打我"的意思。楚国就此派出使者，约见黄国国君，对黄国无故缺席进行了批评，黄国认错态度良好，亲自派使者进行回访道歉。既然离得远，鞭长莫及，就接受黄国的道歉吧！顺便提一句，五十年后，黄国为楚国所灭。

另一个不来的正是随国。

随国不来就有些费解了，本来随国是第一个就熊通称王一事表示认同的国家，参加一次会议，不过是重申一下自己的立场，实在没必要缺席。他不来，只能认为随国还是有大哥大意识，单独给楚国服个软没问题，当着这么多小弟服软就太丢人了。

面子问题害死人，大家都来，你不来，那对不起，只好打你了。

在楚国大兵压境的时候，连随侯这样的好人都随和不下去了。随侯集结大军，准备与楚军一决高下，到了出战的时候，季梁再一次劝阻他，认为不如先向楚国请降，如果不答应，就会激起我国军士的义愤，另外，还可以麻痹楚国人。

听到季梁的建议，少师跳了起来，上一次就放走了楚国人，这回好不容易楚国人不长记性又送上门来，怎么可以再放过？他强烈要求马上出战，这一次，绝对不能再让楚国这块长腿肥肉跑掉。

想起这些年两面受气的委屈，随侯决定拼了。

季梁叹了一口气："如果国君一定要出战，请让我为你驭车。"

好吧，那我们出发。

随侯领着全国精英尽出，少师作为国内的主战派，亲自统率右军。随侯亲自出战指挥中军，季梁作为驾驶员陪在身边。

季梁主动要求担任国君的驾驶员，其目的之一，是想抓住最后的机会给国君献策，看到楚国来势之猛后，他判定如果直接交战，绝无胜算，于是，他给出了一个建议。

"楚国人崇尚左边，楚王跟他的精锐一定就在左边，我们不要与楚王硬碰硬，可以先攻击他的右边。我估计楚军的右边一定没有良将，等我们击败对方的右军，整个楚军就会溃败。"

这个建议总结起来，就是先集中兵力攻击对方的薄弱环节，这大概是

《第九章》 南来的争霸者

处于劣势的随军唯一的取胜之道。

在看到楚国的大军后，少师也倒吸了一口气，眼前的楚军军容齐整，跟两年前他所见到的截然不同。到了这时，他才知道自己上当了。可容易上当的人通常还有一个特点，就是打死也不承认自己上当。

听到季梁的建议后，他又投了反对票，作为朝中意见相左的两个人，抬杠已经成了习惯，可为反对而反对不奇怪，奇怪的是他反对的理由。

既然搞清楚了楚国国君就在左军，我们国君干吗要攻右军，国君不对国君，这不是降低我们随国的地位嘛，搞得跟楚国不在一个档次似的。

对于这个馊主意，随君还真是一个随便的人，竟然同意了。

既然决定了，那就打吧！两军击鼓展开对攻，楚国这些年南征北战，楚兵都是把实战当演习的老兵，而随国只怕连演习都没有搞过多少回。

在国君对国君的战斗中，随国大败。

随侯逃了回去，这应该是季梁的功劳，看到国君一意孤行后，他特地要求为国君驭车，时刻准备带着国君逃跑。就是这样还差点跑不出去，史书记载，楚国大将斗丹将随侯的战车缴获了，估计是季梁使用了偷梁换柱的招数，找了一个人当国君的替身，驾着国君的车子顶了包。

而那位英勇的少师则成了俘虏，这说明他是真的笨，不是奸。

楚国大将斗丹十分高兴地把少师抓到熊通的面前。可见到斗丹抓来的这位俘虏后，斗伯比大叫完了完了。

斗丹很不高兴，连熊通也大感不解，抓了对方一名重臣，怎么说完了呢？

斗伯比解释："要是把季梁抓来就好了，现在把祸害随国的少师抓来了，我们怎么灭亡随国？"

这个……少师当了俘虏，已经够伤心了，听到这话恐怕想死的心都有了。

听了斗伯比的建议，熊通放弃了趁势灭掉随国的打算，同意与随国议和。于是，两国再一次结盟后，熊通撤回了大军。

虽然没有灭掉随国，但熊通已经确认随国再也不会成为自己北上的障碍，中原的大门已经为他打开，下一站是郑国。

意气风发的熊通对上沉稳老道的姬寤生，这将会是一场真正的龙虎斗，但历史的剧本向来是你想象不到的。

楚国降服随国的两年后，郑庄公姬寤生永远离开了他无比热爱的中原。

第十章

霸主集团的新领袖

第十章

商王朝的固有疆域

《第十章》 霸主集团的新领袖

自从"误伤"了周桓王之后，姬寤生低调了很多。

长葛之战后的第二年，姬寤生见义勇为，在北戎进攻齐国时起兵相助，大败戎师。姬寤生高风亮节，把战斗中得到的战利品甲首三百献给了齐僖公，也算是给这么多年对他无私帮助的齐僖公一点回报。

下一年，周王室赏给郑国的盟、向两邑不服管理，姬寤生联同卫、宋两国的军队进行了武装收编，周桓王把这两邑的百姓迁到了别处。民众是土地的支撑，对于周桓王的釜底抽薪，姬寤生保持了克制，没有跑去跟周桓王要人。

之后的数年，姬寤生都没有发动军事行动，这几年，正是楚国在江汉流域搞兼并，欺负随国的数年。姬寤生大概正密切关注着楚国人的动向。

直到长葛之战的五年后，姬寤生又跟宋、卫攻打了鲁国，作为鲁国的传统盟国，姬寤生突然对朋友下手，也是有一些原因的，我们以后再说。这是他的最后一战。

攻鲁之战后，姬寤生回到了新郑，这个他出生、奋斗的地方，也将是他人生的归宿之地。这一年距离那个噩梦发生的日子已经过去了五十六年，他证明了自己的人生不是噩梦，他只是别人的噩梦。

想必武姜和共叔段也认同这一点吧！

他想起了儿时所受的不公正待遇，可当年的不平到现在已经成了感恩，如果没有那段人生的磨砺，他恐怕也无法成为今天的霸主。

这一年，距离他登上国君之位已经过去了四十三年，曾经的少年国君成为满头白发的老者。黑白之间，人生没有虚度。

他的一生是战斗的一生，先是隐忍后勃发，战胜了桀骜不驯的弟弟，然后合纵连横还击了侵犯的邻国，最后有理、有节、有度地挑战了天子的权威，将郑国送上大国的行列，自己也成为春秋史上第一位霸主。

这样的人生，了无遗憾。

公元前701的五月，姬寤生走完人生的最后一程。

关于姬寤生的死，《春秋》是这样记载的：郑伯寤生卒。

这是一个不太标准的写法，因为天子的死叫崩，诸侯的死叫薨，大夫的死才叫卒，鲁国的史官故意给姬寤生做了降级处理，原因大家都懂的，毕竟姬寤生去世的前一年还在攻打鲁国。

郑国人对自己的国君有自己的评价。

国君死了之后，除了挖坑埋了，还有一个重要的工作，给逝者一个谥号，来概括他一生的行为，相当于盖棺论定。

一般来说，春秋时的谥号是比较靠谱的，能坚持实事求是的原则，大家一看就知道他大概干了什么事情。比如摄了一辈子政的鲁隐公谥号隐；被家臣华父督弑杀的宋殇公谥号殇，表明他是个短命鬼；姬寤生的父亲开疆拓土，谥号为武。而且那时大家还比较奉行节约的原则，讲究用一两个字高度概括逝者的一生，可到了武则天，这位中国历史上第一位女皇给自己的丈夫李治谥号为天皇大帝，至此，字数不再是限制，到了慈禧时，这位老佛爷的谥号达到创纪录的二十五个字：孝钦慈禧端佑康颐昭豫庄诚寿恭钦献崇熙配天兴圣显皇后。

经过郑国大臣们的集体讨论，他们决定给逝去的国君一个庄的谥号。

兵甲亟作曰庄，睿圉克服曰庄，胜敌志强曰庄，屡征杀伐曰庄，真心大度曰庄，严恭自律曰庄，执德不矜曰庄……

姬寤生的一生配得上这个"庄"字。

姬寤生的霸业是集体努力的结晶，是以姬寤生为核心，齐僖公和鲁隐公辅助的霸主集团共同的事业。现在，鲁隐公薨了，姬寤生也卒了，霸主的宝座毫无争议地轮到了齐僖公。

齐僖公也是这样想的。

当然，要当霸主就必须有一两门绝活，齐僖公没有鲁隐公的道德武器，也没有姬寤生的雄厚实力，但他也有独门武器：女儿。

在中国的历史上，有不少人大搞女婿外交，最为成功的恐怕就是齐僖公了，因为他有一个得天独厚的条件，即两个绝色女儿：宣姜与文姜，其盛名不亚于三国的著名姐妹花大小乔。

在齐僖公看来，两个女儿就是自己手中的两张王牌，打好了这两张牌，无异于指挥好了两支千乘之师。他把第一张牌大女儿，打向了卫国。

事实上，是卫国的国君主动前来攀亲的。卫宣公派了使者前来齐国，请求齐僖公将女儿嫁给自己的世子急。

说起来，卫国跟齐国在婚姻上有不少渊源。卫宣公的父亲卫庄公的夫人庄姜就是齐国的公主，而且还是春秋第一美女。《诗经》里最著名的描写美女的诗句"螓首蛾眉，巧笑倩兮，美目盼兮"，就是描写这位庄姜的。可惜美人薄命，拥有至尊美貌的庄姜在后院战争中竟然输给了没留下名字的姬妾，也就是姬州吁的母亲。庄姜落败，自然也没有收获战利品——儿子。这才让姬州吁趁机作乱。

"岂其取妻，必齐之姜。"娶老婆就娶齐国的女人，这是当时春秋社会的共识，卫国对这句话有切身的体会。卫宣公在自己的儿子刚成年，就抢先到齐国提亲。

卫国是中原传统强国，齐国是山东大国，两国门当户对，可齐僖公却犹豫了，说起来，主要是卫宣公的人品太差。

那时候，卫国大夫石碏借陈国之手除掉姬州吁，迎公子晋回国继承君位，民众一片叫好，鲁国史官特地注明这反映了卫国人民的呼声，但群众的眼睛不一定是雪亮的。

这位卫宣公不是一个人回来的，他带着老婆儿子一起从国外流亡回来，按说这也不是什么问题，主要是老婆的身份有点特殊。他的老婆夷姜是他父亲卫庄公的小妾，他们俩生了一个儿子叫急。

春秋时，取名是个学问，据礼仪大国鲁国的大夫介绍，取名有五种方法：信、义、象、假、类。根据出生情况取名叫信，用吉祥的字取名叫义，用相貌取名叫象，从别的事物借字叫假，从父亲那里取字叫类。最常用的就是第一种，信。比如晋国晋穆侯的夫人姜氏生儿子时，正好打了败仗，就叫仇，等仇的弟弟出生时，又打了胜仗，所以叫成师。如果再生时打个平手，大概就叫和吧！而我们的郑庄公就是因为母亲生他时做了噩梦，结果被人寤生寤生地叫了一辈子。

卫宣公的儿子叫急，估计是卫宣公在老子还健在时，就跟自己的继母睡在了一起，还有了爱情的结晶，看着这个不太合礼仪的肚子一天天变大，不急才怪。

听到自己能当国君后，卫宣公屁颠屁颠地回来了，这下他不急了，还把夷姜立为夫人，把急立为世子，并请了国内的著名大夫右公子职给世子急当师傅。

这说明他的勇气还是可嘉的，但他的行为是受人鄙视的。社会反响一片哗然，鲁国史官特地开创性地用了"烝"这个字眼来形容这件事：卫宣公烝于夷姜。

跟这样的人攀亲家，实在是丢不起人。

卫国使者看到齐僖公的眼色有些不对，连忙补充了一句，我们卫君虽然有些不太讲究，但我们的世子急可是个好小伙子啊！

齐僖公的脸色和缓了下来，卫国的世子急确实是一个不错的少年。

世子急长得一表人才，而且忠诚老实，学识也很好，在国内好评如潮。

想了一下，卫宣公虽然有些声名狼藉，但儿子还是好儿子，本着布局未来的精神，齐僖公答应了这门亲事，还特地把自己的女儿叫出来给卫国使者看了看。

这被证明是个馊主意。

使者完成任务，满意地回去了。

没多久，卫国派人来接亲，齐僖公给女儿送别，嘱咐女儿要孝敬公婆，与夫君相敬如宾，更不要忘了你是齐国的女儿。

最后，齐僖公派大夫送女儿到了卫国，过了一段时间，大夫从卫国回来了，报告了他一个让他暴跳如雷的坏消息。

卫宣公直接把齐僖公的女儿娶走了！

这个剧情十分老套狗血，当年鲁国国君鲁惠公就干过，把鲁隐公的原配宋女仲子抢了去，但说起来，还是卫宣公的无耻程度要高了那么一点点。

在提亲的使者回来向卫宣公描述齐僖公女儿的美艳时，卫宣公就动了心，马上在卫国淇水边修建行宫新台。而等齐僖公的女儿到卫国后，直接被卫宣公送进了新台。

鲁惠公对儿媳妇是一见钟情，还算情有可原。卫宣公处心积虑，就至贱无敌了。

不知道当年接他回来的石碏石大夫还在不在世，就算活着，看到自己大义灭亲接回来的国君是这副德性，估计也会气死过去。

有了新人之后，卫宣公就住在了新台。

齐僖公的女儿应该是悲伤的，被人调了包却无可奈何，只好嫁鸡随鸡，嫁狗随狗了。史书用卫宣公的谥号与她的姓放在一起，称她为宣姜。卫宣公一直住在新台，直到让宣姜怀上孕才回到都城，大有将生米做成熟饭的决心。

卫宣公的名声一下臭到了底，本来，他跟父亲的小妾私通就影响不好，但还不至于臭名昭著，毕竟父亲老婆太多，照顾不过来，他抽空关心了一个，也无伤大雅。司马迁在《史记·卫康叔世家》中就记载："十八年，初，宣公爱夫人夷姜，夷姜生子伋（通'急'）。"司马迁用的是爱，而不是烝。

齐僖公本来想跟卫宣公攀亲家，结果却成了人家的老丈人。想到女儿的处境，齐僖公恨不得杀到卫国去。但在发过一通脾气之后，他还是冷静了下来。

第十章 霸主集团的新领袖

本来跟卫国的联姻就不是为了女儿的幸福，与卫国建立关系，进而利用卫国为自己创造利益才是他关心的。况且连外孙都生出来了，还能怎么办？

于是，齐僖公接受了这个结果。而卫宣公也是相当尊敬老丈人的，马上给老丈人面子，与郑国和谈，为齐僖公召开宋、卫、郑、蔡四国会谈打下了良好的基础。

自此，齐僖公成为中原外交领袖，一时之间，风头无两。而卫国一直以齐国马首是瞻。

从内心的感受来说，齐僖公认为这是一次失败的联姻，但从政治上来说，这又是一次无比成功的联姻，齐僖公更没有想到，齐国要受益于这次联姻很多年。

第一张牌打得不清不楚，齐僖公认真看看自己的小女儿，决定一定要打好剩下的这张牌，也就是要选一个心仪的女婿。

事实上，他已经有了一个绝佳的人选，对方就是姬寤生的儿子——世子忽。

世子忽的优秀是他亲眼看到的。

这位年轻人勇于承当大任，在郑、周交质中，以世子身份进入洛邑，为人处事宠辱不惊，获得了洛邑人民的一致好评。

而另一件事情更让齐僖公相中了这位郑国世子。

鲁隐公四年，郑国为了报复卫国的东门之围，率兵攻到了卫国都城的郊外，卫国请来燕军帮忙，两军对垒之时，郑国世子忽率领士兵绕到燕兵的后方进行攻击。最后，燕、卫两国被郑国击败。

世子忽曾打败自己的大女婿，齐僖公很高兴，世子忽比卫宣公强是没有疑问的，甚至比卫国世子急也要高出不少。

当然，把女儿嫁给世子忽也是有一些困难的，比如世子忽已经娶了正妻，就是陈侯的女儿，但齐僖公相信这都不是问题。他相信女儿的竞争力。

以自己女儿的美貌，以及自己和姬寤生的战友情谊，自己的女儿成为正室是迟早的事。

这个想法挺不错的，但现实给了齐僖公一个响亮的耳光。

在满怀希望地提亲之后，世子忽谢绝了，谢绝的理由还让齐僖公无法生气。

世子忽说齐国太强大了，不是自己可以攀上的对象。算起来，齐国是侯爵，郑国是伯爵，级别是差了一点点。

其实，世子忽拒绝迎娶齐僖公的女儿并不像他说的这么堂皇，而恰恰是他猜到了齐僖公的算盘。齐僖公想让自己的女儿成为他的正室，这是世子忽无法接受的。

世子忽是真的爱自己现在的妻子，当初没等到祭祖庙就睡到了一起，可见他是爱得多么急切，他当然不会愿意让另一个女人抢走妻子的位置。

爱美人的一般要在江山上吃点亏。

本来指望与三巨头之一的郑国联姻，没想到吃了闭门羹，齐僖公未免有些心灰意冷，小女儿的婚事就拖了下来，但女儿毕竟一天天在长大，再拖下去，女儿恐怕就嫁不出去了。

于是，齐僖公又把中原的适龄青年翻了翻，最后，他的目光落在了鲁桓公身上。

《第十章》 霸主集团的新领袖

论年纪鲁桓公刚刚成年，鲁国也是与齐国相当的大国，最关键的是鲁桓公死了父亲，不会再上演调包的闹剧。

打定主意后，齐僖公就上鲁国提亲了，鲁国很快就答应了。据推算，鲁桓公已经十八岁了，是该娶老婆了。

在鲁桓公三年的正月，鲁桓公跑到嬴地跟齐僖公举行了一次会面，算是相亲。齐僖公还是挺满意这个准女婿的。到了秋天的时候，齐僖公跟鲁国把这桩婚事定了下来。鲁国派出公子翚到齐国来接亲。

自从帮助鲁桓公刺杀了鲁隐公之后，公子翚如愿以偿地当上了鲁国的上卿，但因为弑了君，《春秋》全篇都称他翚，这次去接亲，是继承并发扬了鲁隐公跟齐僖公的友好关系，所以，他沾了齐僖公的光，终于"公子"了一回："公子翚如齐逆女"。

鲁国派上卿来接亲，说明还是很讲究的，可鲁国人没想到，齐国人更重视更讲究。

齐僖公亲自出马，将女儿一直送到了鲁国的讙地。

这一下讲究过头了。

鲁国史官马上就此事批评齐僖公不讲礼仪。

这算哪门子礼，你们鲁惠公娶儿媳妇，我都没说啥，今天我嫁女儿，多送了两步，就不讲礼了？

事实上，齐僖公这件事情确实做得不讲礼。

在春秋时，送亲是有严格规定的。如果是嫁到地位相等的国家，嫁的是国君的妹妹，就要由国家的上卿去送亲，以表示对前代国君的尊敬，如果是国君的女儿，就由下卿送亲。而如果嫁的是比自己地位高的国家，即使是国君的女儿，也由上卿相送。如果是下嫁给一个比自己地位低的，那就由上大夫送。但要攀上天子了，那就国家的卿臣全部出动去送。

无论怎么样，国君是不能送的，要送也只能在自己家里送。国君嫁女，先在祖庙拜祖宗，报告一下，咱们家要嫁女儿了，嫁到哪家哪户，女婿叫啥，祖宗以后多关照着点。然后送女儿出祖庙，父亲是不出祖庙的，由母亲送出祖庙，但也只限于送到祖庙的大门祭门。到祭门后由兄弟接力一直送出宫门。有什么要嘱咐的话，趁早在家里说了，别等女儿已经出城了，还追出去说一些嘱咐的话，就不太合礼了。

鲁桓公本来坐在床上等老婆呢，一听老丈人竟然送亲送到了讙地，赶紧爬起来穿上鞋，跑到讙地去接亲。鲁国史官特别介绍，本来接老婆，丈夫是不能跑这么远的，但既然齐僖公都来了，我们国君跑去见一下，是出于礼貌，是说得过去的。

在讙地，翁婿两人举行了欢快的会面，齐僖公亲自把女儿交到女婿的手里，祝他们幸福美满。

对于这件事情，虽然鲁国人仗着有点文化，不依不饶，但民众对齐僖公的奇怪行为还是理解的，毕竟齐僖公上回就被卫国人坑了一次，这一次送出来，亲自把把关验验货也就不奇怪了。

在这一年的年底，齐僖公又派弟弟仲年到鲁国访问，顺便看望了一下小女儿，发现小女儿在鲁国适应得挺好，鲁国人民对国母很爱戴，老公更是喜欢得不得了，这才放心了。

至此，齐僖公终于把小女儿也嫁了出去，完成了他战略布局的最后一步。而且齐僖公也不是只做光出不入的赔本买卖，他把女儿分别嫁到卫、鲁两国，自己从卫、鲁两国娶了两个老婆回来。这两个老婆分别为他生下了一个儿子，其中的一个儿子就是以后声震天下的霸主齐桓公。

《第十章》 霸主集团的新领袖

齐国军事实力不如郑国,国际声望不如鲁国,但在郑、鲁、齐的霸主集团中,齐僖公却被奉为盟主,这主要得益于他高超的外交手腕和神乎其神的嫁女技巧,现在齐既是郑、鲁、齐这一铁三角的骨干,又是宋、卫、陈、蔡同盟国中卫国的丈人国,两边都有他的人,论外交布局,他比姬寤生还要成功。

当然,外交上的成功最终还是要转化为实际利益的。这些年,齐国跟着郑、鲁东征西战,什么也没捞到,但不代表着齐国就是在瞎忙活,事实上,他早已看好了一块地盘。

齐国看中的是纪国。

纪国位于山东半岛的中北部,国都在今天的山东寿光市。国君据说是炎帝之后,跟齐国一样,也是姜姓。但两位家门关系不但不好,反而还是世仇。

周夷王时候,纪国国君纪侯仗着自己的女儿嫁给了周夷王,在周夷王面前打齐国国君的小报告。周夷王一生气,把齐国国君放到大鼎里煮了。

齐国人替自己的国君悲伤,给他起谥号为哀。

这件事情,也不能完全说是纪国国君的责任,《史记》记载这位齐哀公工作不认真,天天打猎,个人品德也差,还不尊敬领导。但就算如此,把人家煮了也不对,太残忍了。

从那以后,齐国就跟纪国结下了血海深仇,之后的一百多年里,纪国曾联合山东的各个小诸侯国用群狼战术打得齐国节节落败,现在又处处节制齐国。齐僖公早就想灭掉它了。

鲁桓公五年,《春秋》里记载了一件事情:

夏，齐侯、郑伯如纪。（《春秋·桓公三年》）

夏天，齐僖公跟姬寤生到纪国去了一趟。

这是一个奇怪的记录，因为《春秋》是鲁国的史书，鲁国的史书一般不记载与本国无关的首脑会晤，而且这也不是一次正式的会晤，但史官依旧记了下来，那是因为鲁国人明白，这不是两个老朋友闲得没事瞎逛，他们是去纪国踩点去了。

这么多年，齐国帮着郑国打宋国，攻陈国，灭戴国。现在，姬寤生是该回报一下齐僖公的无私帮助了。

齐僖公准备借郑国的兵马给纪国来个突然袭击，这个计划是很好的，但计划不如变化快，在这一年的秋天，周桓王突然组织五国联军进攻郑国，姬寤生只好跑回去处理家事。

长葛之战的结果大家都知道了，姬寤生完胜。齐僖公又找到了姬寤生，表示去年咱们地形也勘察过了，今年是不是该行动了？

姬寤生点头同意，但提醒齐僖公注意一个问题。

纪国这个小国，咱们打它太容易了，但要注意有人从中捣乱。

在外交上，齐僖公虽然有优势，但在对形势的研判上，他还是比不上老大哥姬寤生啊！齐僖生一拍前额。

对啊，我差点忘了他！

给齐僖公找麻烦的不是别人，正是他的乘龙快婿鲁桓公。

去年齐僖公和姬寤生去纪国踩点时，纪国就猜到了这两位的真正用意，这些年只要有这两人出现的地方，就有流血冲突发生。

察觉到不妙的纪国国君马上采取了应对措施，跑到鲁国进行外事访问。

鲁、纪两国元首在郕地举行了会谈，两国谈了什么，又达成了什么协议，史书没有记载，但很明显跟齐、郑将要攻打纪国有关系。

紧接着，在这一年的八月八日，鲁国举行了盛大的阅兵仪式。鲁国人介绍这是为了取悦国君夫人文姜，因为文姜女士怀孕了。为了让文夫人有个愉快的心情临产，所以鲁国特地检阅兵马，请文姜观看。

当然，鲁桓公也是迫不得已，齐鲁两国虽然建立了战略合作伙伴关系，但因为地域政治的关系，一直是竞争对手，而纪国的存在，就是鲁国牵制齐国发展的一枚重要棋子。而且，鲁、纪还有亲戚关系，纪侯的老婆就是鲁桓公的姐姐。

齐僖公也是考虑到这一层原因，所以到纪国踩点时就没有邀请鲁国，是想来个突然袭击，在鲁国干涉之前把事情办了。没想到鲁桓公突然发难，破坏了整个计划。

鲁国的态度彻底激怒了齐僖公，不说女儿的事，这些年来，齐、鲁、郑三国一起出去搞事业，鲁国每次分红都拿大头，齐国一句话都没说，现在齐国想办点事，鲁国就跳出来阻止，这也太说不过去了吧！

以齐僖公的智商，他是不会轻易发火的。毕竟齐、鲁、郑三国的联盟合约还在，就算要撕破脸皮，也要确定郑国将来会支持齐国。

于是，齐僖公冷静了下来，静静等待机会。机会没让他久等，就在这一年，机会来了。

这一年的夏天，北戎进攻齐国。齐国发出江湖救急令，凭着齐僖公这些年在各国之间积累的人品，诸侯纷纷前来援战。

中原联军齐心协力打退了北戎的进攻，战斗中，郑国的世子忽表现尤为突出，这让齐僖公不由得想起了那些往事。

当年要是把世子忽招为女婿多好。

当然，齐僖公别的缺，但女儿多得是。他又找到世子忽，表示自己还有一个小女儿，要不就嫁给你吧！也不要求当正室，当妾就行。

世子忽再一次谢绝了。

据世子忽自己解释，他当初什么都没有替齐国干，尚且不敢答应齐国的婚事，现在替齐国干了一点事，要是娶了老婆回去，那就是凭借军队娶媳妇嘛，郑国的老百姓会怎么看我？

对于这个理由，齐僖公无语了。

而世子忽又失去得到一个强援的机会。这个机会对世子忽来说不是天天有的，对齐僖公来说，他的女儿是很好嫁的。

齐僖公没有强求，转身去了鲁国的营地，倒不是又想嫁女儿了，这一次，他想求鲁国帮一个忙。

因为担心北戎去而复返，各国本着负责任的态度，集体决定留下来为齐国防守边境，作为东道主的齐国有义务安排大家的伙食。

于是，就产生了一个新的问题，怎么安排各位诸侯的吃饭问题，具体来说，就是排座位的问题。

这个问题说大不大，反正吃饭管饱，坐到后面也不会少一块肉，但说小也不小，排前排后，这是一个面子问题。

前些年，鲁隐公还在世的时候，滕国国君滕侯、薛国国君薛侯到鲁国进行访问，因为这是两个小国，所以鲁国摆大国姿态，记录时用了"朝"

第十章 霸主集团的新领袖

这个字，还特别表示，天子有事，我们就去朝天子，天子没事，他们两国来朝一下我，也是可以的。

鲁国倒是合适了，两国来宾不合适了，因为两国国君事先没有通气以错开行程，一下挤到了曲阜。鲁隐公请两位吃饭，两位为了座位的前后争了起来。

薛侯表示，我的薛国是先封的，历史悠久，我应该坐在前面。

滕侯则认为，自己是周王室的卜正官，而且薛侯是外姓（薛侯姓任），我则是正宗的姬姓，我应该坐前面。

面对两位争座位的国君，鲁隐公发挥自己深厚的礼仪知识优势，进行了劝说："我们周朝有句俗话，山上的树木，工匠来测量，宾客的礼仪，主人来选择。希望两位能够听从我的安排。"

两位停下争吵，鲁隐公继续说道："滕侯到我这里来，我又是姬姓，这算是周朝子弟会盟，异姓应该在后面。"

说完这一句，滕侯兴高采烈，而薛侯的脸色不太好看，鲁隐公马上补充："要是我到薛国朝觐，就不敢跟任姓诸侯争先后。如果薛侯给我面子，就请同意了滕侯的请求。"

鲁隐公的话有理有据，薛侯接受了这个方案。

由此可见，安排座位是一个文化含量很高的活，齐僖公自知有点搞不定，特地来请鲁国人出面安排座位。

帮忙不能白帮，齐僖公特地送了礼物。鲁国使者头脑一发热，就答应了下来。

第二天，诸国相会，齐僖公交代自己已经将排座位的工作全权委托给了鲁国的使者，请大家按照鲁国排好的顺序进场。

鲁国使者掏出花名册，开始唱名，郑国来的世子忽不知道排第几位，但从后面往前数，他是第一位。

名单出来之后，大伙儿都惊呆了，郑国实力最强，这一次出力也最多，郑国世子忽怎么会被安排到最后呢？

其实不难想象，整个过程差不多是这样的。

世子忽考虑到自己是主力，也没有发挥孔融让梨的精神，一屁股坐到了第一位上。过了一会儿，鲁国使者上来了。

"对不起啊，郑世子，这个位置要按爵位来排的。"

想了一下，世子忽明白了，这里的齐、鲁都是侯爵，自己的郑国还只是一个伯爵，按道理确实不该坐到前面去。于是，世子忽不好意思地站了起来，表示自己年轻，不懂规矩，请大家原谅。

看了看，按爵位，自己是挤不进前三名了，他只好找了一个比较靠后的位置。可鲁国使者又拿着花名册跑了过来。

"不好意思，不好意思，您又坐错了。"

"我旁边的都是伯爵啊！"看了看周围，世子忽确定自己没有认错人。

"都是伯爵没错，但人家都是国君，您看您，虽然将来肯定是郑国国君，但毕竟还是没继位嘛！"世子忽点点头，确实，旁边都是世伯世叔，自己自然不好意思坐到正职干部中间。于是，世子忽连忙站了起来，向世伯世叔歉意地点点头，又挪到后面去了。

这下总算找准自己的定位了，世子忽松了一口气，他已经坐到了末等集团，也就领先了两三个人。可鲁国使者依旧走到了他的前面，什么话也没说，只是遗憾地摇了摇头。

第十章 霸主集团的新领袖

我又坐错了？世子忽颤悠悠地站起来，几欲不支。朝后望去，后面这几位不是国君，也不是高爵位的世子，我不该坐到他们前面吗？

看到忽公子是真的不懂，鲁国使者只好叹了一口气。

"他们比您年纪大啊！"

天大地大，大爷最大。世子忽只好老老实实地又换了位置，他本想着成为大家的焦点，可在鲁国大夫别具匠心的安排下，结结实实地当了一回吊车尾。

这一餐，世子忽吃得应该没有什么心情。

会餐结束后，齐僖公专门见了一下世子忽，表示对这次的会议安排很抱歉，自己绝不同意鲁国的安排，但自己有言在先，就不好干涉，回头要亲自跟他父亲道歉。

世子忽还是明白道理的。

齐世伯，这个事情不怪你，我知道。

齐僖公拍拍世侄的肩膀转身离开了，转身的一刻，笑容浮现在他那张真诚的脸上。

我们知道，这是齐僖公故意给鲁国下的套，但奇怪的是鲁国人怎么就上当了呢？

安排座位是件荣耀的事，也是一件得罪人的事，深谙礼仪之道的鲁国人怎么会不懂？明知道这是个烫手的山芋，鲁国人还是接了过来，接过来之后，还故意发挥失常，将世子忽安排到了最后。

产生这样的结果，只有一个可能，鲁国人就是想杀一杀这位郑国世子的锐气。

齐僖公又跟世子忽提亲，触动了鲁国人那敏感又脆弱的神经，鲁国人想起自己国君的夫人曾经就被这位世子拒绝过——你可谓狂得可以，不治治你，你还真以为自己天下第一了。

替齐国守境的工作结束了，世子忽辛辛苦苦来帮忙，什么都没捞到，反而带回了一肚子的怨气。当然，他会把这个怨气发泄到鲁国人的身上。

而齐僖公成功离间了鲁、郑两国，从而在攻纪的大业上又迈进了一大步，接下来发生的一件事更让他确定了攻纪必先攻鲁的决心。

这一年的冬天，忐忑不安的纪侯又跑到鲁国，请求鲁国进行保护。这一次，纪国明显发现鲁桓公有些心不在焉。想了一下，纪侯明白了，这一年的确发生了一件足以影响齐、鲁、纪三国关系的事情。

在九月二十四日，齐僖公的女儿文姜生下了一个男孩。因为跟鲁桓公是同一天生日，所以取名为同。对于同的出生，鲁国人是很高兴的，专门用世子出生的礼仪来对待，鲁桓公在祖庙专门搞了高级别的祭祀太牢（牛、羊、豕三牲全备）来向祖宗汇报鲁国有了新一代，还专门请算命的选出的吉祥人把孩子抱到祖庙请先人们过目，又请吉祥人的妻子喂养他。

对鲁国来说，这当然是件喜事。可史书的记载比较怪，《春秋》里是这样记载的：

九月丁卯，子同生。（《春秋·桓公六年》）

虽然看上去比较平常，但依春秋笔法，特别注明日期多半不是什么好事情，比如这一次同的降生，这件事情就有一些可疑。

在《公羊传》里，孔子的学生是这样解释的，这样写是因为高兴鲁国终于有了嫡长子，而为什么这么高兴呢？因为鲁国很久都没有正宗的嫡长子了。这当然是在隐晦地批评鲁桓公，因为鲁桓公明明是正宗的嫡长子嘛，但因为他杀了鲁隐公，所以《春秋》没有把他算在内。

这个还算比较温和的解释，还有一本叫《榖梁传》的书，也是专门解释《春秋》的。这本《榖梁传》据说是孔子的弟子子夏口头传给了自己的学生榖梁俶，榖梁俶把它记录了下来。

《榖梁传》跟《公羊传》以及左丘明的《左传》，并称为"春秋三传"，是儒家经典。这本《榖梁传》对这句话的解释就有些石破天惊，甚至是危言耸听了。它竟然说，《春秋》特别标明日期是因为这位鲁国世子同长得不像鲁桓公。

鲁国的世子同长得像谁呢？本国史官不好意思说破，只好把出生日期记下来，大家好倒推一下怀孕日期，算出十个月前，孩子他妈跟谁见过面，那大概就知道这个孩子像谁了。

当然，这件事情也是鲁桓公许多年后才发现的，他也没有细看同到底像不像自己，更没有想太多。而他得到了文姜为他生的儿子，就又想到了齐僖公是他老丈人，处处跟老丈人对着干，似乎有点不太合适。

搞清楚了这个，纪侯明白了鲁桓公的心思。他的心情是凄凉的，但他并没有放弃，而是提出一个折中的请求。

鲁侯，你跟天子关系很好，你能不能去请天子出面，调解一下我跟齐侯的矛盾？

这么多年都没有想到给周王室上点香，现在有困难终于想起领导来了。

鲁桓公摇了摇头，去年，郑国连周王都射了，周王根本不管用，再说我也不好去周天子那里说情，毕竟齐僖公是我丈人。

于是，他告诉纪侯："这个办法行不通。"

会面到此结束。纪侯踏雪而来，迎雪而去。他已经看到了亡国的前景，周王建周时，分封天下，那时有一千多个诸侯国，现在一大半已经消失了，这个兼并的趋势还在加剧。

这是大鱼吃小鱼的时代，纪国无疑就是一条小鱼。

在纪国忐忑不安、准备迎接齐国的攻击时，他却意外地度过了平安的一年。

第二年，齐国没有进攻纪国。这一点，连鲁桓公也有些奇怪。

这一年的秋天，齐国调出了兵马，却一直向东，进入郑国，与郑国的军队一起攻打了盟、向两个邑。

当年周桓王为了欺骗姬寤生，用国内贵族苏氏的十块地去换郑国的四块地。周桓王把郑国的地划走了，却没有移交自己的。后来，盟、向两个邑主动表示愿意跟着郑国。

四块地皮换了两块，郑国吃了一个哑巴亏，可没想到，盟、向两地的人过了一段时间，又表示不再归顺郑国，还是跟着周天子有面子。那姬寤生就等于血本无归了。

于是，姬寤生又请来齐僖公、卫宣公，一起攻打了这两个城邑。随后，周桓王出面，将这两块地的百姓迁了出去，把地腾给了姬寤生。

接下来，又发生了一件事情。

这件事就是周桓王派祭公到鲁国访问，顺便去纪国为周桓王迎娶了纪侯的女儿。

周桓王娶个老婆，干吗跑到鲁国来呢？而且别人的女儿不娶，偏要娶纪侯的女儿？

这当然是有原因的。

在这一年的早些时候，郑、齐、卫三国攻打了他的盟、向两邑，在这三国中，可能周桓王最恨的未必是主谋的郑国，而是帮闲的齐国。

自己又没惹齐僖公，而齐僖公却帮郑国人来打自己，这是什么意思？

冲动的周桓王当然要采取反制措施，他知道最近齐国在打纪国的主意，只要把齐国的这件事情搅黄了，也算出了一口恶气。

于是，周桓王派祭公到鲁国，请鲁国做媒去娶纪侯的女儿。纪国成了天子的姻亲国，你总不能把他灭了吧？

当然，周桓王也有点不怀好意，偏偏请鲁国做媒，也是察觉到鲁国在这一地区的敏感身份，挖了一个坑，准备把鲁国也拉下水。

为了礼这个虚名，鲁国又扑通一声跳了下去。

在盟、向之战中，周桓王看到了耻辱，鲁桓公看到了危机。

在这一战中，齐国人还是一如既往地助人为乐，为郑国的事插周王两刀，更仗义的是，他不但自己去了，还叫了大女婿卫宣公一起去。

问题是，为什么没有叫小女婿鲁桓公呢？

这么多年，一向是齐、鲁、郑共进退，现在突然不带鲁国玩了。鲁国大概也意识到由鲁隐公参与创建的霸主集团分裂了，而鲁国的这个位置被卫国替代了。

这是一个危险的信号。

不是霸主集团的人，那就是霸主集团的对手。

到了这时，鲁桓公也管不上老婆是谁的女儿，儿子是谁的外孙了。他再次意识到鲁国面临的危机。自己有了危机，也就能清醒地认识到纪国的存在对于鲁国的重要性。

救纪国就是救自己！

于是，鲁桓公对周桓王的请求心有灵犀，热心为周、纪搭线，促成了这段美好的姻缘。

左丘明先生对这件事情的评定依旧是那么干脆利落：礼也。

事实上，这确是一个合乎礼节的行为，因为从礼法上来说，天子娶诸侯之女，是不能亲自派人去迎亲的，必须要找一个同姓的诸侯国出面进行牵线搭桥，由这个中间人去说亲，最后，还要由中间人把新娘接到自己的国内再转送到天子身边。

鲁国作为执礼之国，是干这件事的不二之选，鲁国也是按行规办了自己该办的事。

鲁国是"礼"了，但齐僖公发火了。

大家应该还记得，当年纪国国君就是仗着自己是周夷王的丈人，鼓动周夷王把齐哀公给煮了，现在纪侯又把女儿嫁给周王，难不成是想把齐僖公也给煮了？

这一年的冬天，鲁国派人去纪国说亲，把纪侯的女儿接到了鲁国，又送去了洛邑，这一转手，等纪侯的女儿到洛邑时，已经是第二年的春天了。鲁、纪两国高度紧张，提防着齐国的报复行动，可等了大半年都没有任何消息。但鲁桓公并没有放松警惕，他相信这不过是大战前的寂静，齐、郑两国一定会搞出点大动静来。

这一年确实出了一个大动静，但却不是齐、郑的大动静，而是卫国的大动静。

《第十章》 霸主集团的新领袖

这个大动静虽然发生在卫国,却是因齐国而起的。

鲁桓公九年,齐僖公给自己的大女婿卫宣公送了一封信,请他到齐国来一趟,主要议题自然就是接下来怎么进攻鲁国和纪国。

齐僖公是为了确保军事行动的胜利,可他没想到自己的这一道邀请函触发了卫国的一起变动。

接到齐国的信后,卫宣公找到了自己的儿子世子急。

"齐侯邀我,我有事抽不开身,你拿着我的白旄替我走一趟吧!"

父有事,子服其劳,世子急遵令而去。一路上,他的心情是比较沉闷的,不是因为要出使齐国,而是因为最近发生了一件很不好的事情。

他的母亲夷姜去世了,是上吊自杀。

夷姜是带着怨恨与绝望离开这个世界的。自从卫宣公得到齐国美女宣姜后,就对这位曾经患难的夫人产生了审美疲劳,继而感情破裂了。

当年礼之大防没有让他们分开,战乱没有让他们分开,流亡国外朝不保夕的生活也没有让他们分开。可是为了一个新人,那个誓言相守的人就变了心,而这个新人原本还是当自己儿媳妇的人,这让她情何以堪。

原来一切都是骗人的。绝望的夷姜用一根绳索结束了自己的生命,而把这个危险的世界留给了自己的儿子。

世子急无法追究母亲的死因,他同样处在一个比较尴尬的位置,本来是当自己老婆的人却成了继母,她生下来的儿子本该叫自己父亲,现在却是大哥大哥地叫。

离开这个混乱的家庭,到外面去散散心,是一个不错的选择,这也是世子急马上答应父亲的原因。

来到一条大河边，世子急登上船，刚要叫船工开船，后面一个人骑着马急奔而来。等骑马的人靠近，世子急看清了他的脸。

来者是他的小兄弟公子寿，公子寿的母亲正是那位本该与他成亲的宣姜。虽然这里面的关系让人难堪，但世子急与这位小兄弟的关系不错。公子寿这时赶上来，大概是来送行的。

于是，世子急叫停了船家，请公子寿登船。

公子寿见面就是一句："你不能去齐国！"

"为什么？"世子急大为奇怪。

"你别问为什么，反正你不能去！"公子寿十分着急。

"这是父命，我不能不去啊！"

"你去会有危险的！"公子寿脸色变红，这引起了世子急的好奇，他表示自己非去不可，除非弟弟有什么正当的理由。

无奈之下，公子寿冲口而出："父亲要杀你！"

世子急怔住了，他坐了下来，望着弟弟，示意他说出所有的细节。

原来卫宣公借世子急出使齐国之机，要杀掉这个儿子，他已经买通了一群杀手，埋伏在边界线，约定好了，见到有拿着白旄的人就杀掉。

国君要杀个人，完全可以动用军队或者刑罚，但卫宣公明白，自己的这个儿子虽然出身不太光彩，但因为忠厚仁义，在国内支持率比自己还高。想想，还是请"临时工"帮忙比较好一些。

虎毒不食子，卫宣公为什么这么做呢？

原来，宣姜一直在卫宣公的耳边吹枕头风，要求他除掉世子急。吹得久了，卫宣公终于下定决心，排除万难，消灭世子急，然后把世子之位交给宣姜的儿子，也就是给世子急报信的这位公子寿。

《第十章》 霸主集团的新领袖

听完公子寿的话，世子急陷入了沉默。

公子寿则不停地说着，一会儿建议哥哥逃跑，比如跑到鲁国，一会儿建议哥哥找个地方先藏起来。可世子急一言不发，良久，他脸色苍白，长叹一声：

"丢下父亲使命的儿子用来干什么？我又能往哪里逃呢，除非你告诉我这个世界上有不存在父亲的国家。"

很多人认为这体现了世子急虽死亦往矣的勇气，细细品味，这是一句浸透着绝望的离世之语。

老婆被父亲抢了，母亲自杀了，现在父亲要杀他，活着还有什么意思呢？

就让我成全父亲吧！

世子急对兄弟惨然一笑："靠岸后你就回去，齐国我是一定要去的。"

公子寿明白了，点点头："如果你非去不可，就请与我喝最后一次酒吧！"说罢，他从怀里掏出了一壶酒。

想了想，世子急坐了下来，如果说自己在国内还有真正的亲人的话，这位兄弟大概是其中的一位了，就当作是最后的离别之酒吧！

两位同父异母的兄弟在船上彼此敬酒，述说友情。

船终于靠岸，公子寿站了起来，而世子急伏在酒桌上醉得不省人事。

公子寿拿起白旄，登岸朝国境线走去。

据史书记载，公子寿出生后，卫宣公专门请了国内的左公子来教导他。卫国的国君一个比一个渣，但大夫们的素质还是很高的，他们也善于教育年轻人，教导他们忠与义。

公子寿的处境同样是一个悲剧，他的父母亲是凶手，杀的人还是他的兄长，更可怕的是他们还打着为公子寿的旗号。这样的人生同样是一个惨淡的人生，可他却不必死，也没有到绝望的境界。

公子寿毅然拿起了白旄，替兄长去赴这死亡之会。

公子寿来到边境线，强盗如约而来，见到白旄，挥刀冲向了公子寿。很快，公子寿被砍倒在地，死去时，他毫不后悔。

用自己的一命换回了兄长的一命，这是值得的。

世子急醒了过来，头痛欲裂，四下张望，弟弟公子寿已经不见了踪影，再一看，连白旄都不见了。他马上猜到了弟弟的意图。

世子急连忙上岸，向国境线跑去，他的人生中，行动第一次与自己的名字急相符合了。急匆匆跑到了国境线，他看到了执刀的强盗。

刀尖犹在滴血。

"你们住手，我才是你们要找的人，他没有罪。请杀了我吧！"他大喊。

强盗面面相觑，但他们还是搞明白了一点，自己杀错了人，眼前这个人才是真正要杀的。本来只收了一个人的钱，但杀错了是不对的，本着"职业精神"，就当"杀一送一"吧。于是，他们挥刀冲向了公子急。

这对兄弟用性命再一次捍卫了卫国"君子之国"的美称。

公子寿与世子急的故事在卫国传颂开来，善词的诗人写下《二子乘舟》来纪念这对兄弟：

二子乘舟，泛泛其景。愿言思子，中心养养！
二子乘舟，泛泛其逝。愿言思子，不瑕有害？

如果你行走在卫国，倾耳聆听，或许能听到忧伤的低唱：远游之子啊，你们顺江而去，你可知道，我常牵挂你们，忧虑你们会遇上危险。

卫国的事件传到齐国，齐僖公感慨了一阵，没想到自己的外孙是如此的仁义。当然，伤心归伤心，国家大事不能放松。到了第二年的时候，攻鲁的各项事宜总算妥当了。

鲁桓公十年的冬天，齐、郑、卫三国联军进攻鲁国，三国都很重视，齐僖公、卫宣公、姬寤生三位国君集体出动，一直攻到了鲁国国都附近的郎邑，三英来战，鲁国不是吕布，自然大败而归。

对于这场大仗，鲁国人分析起因是前些年排座位激怒了郑国，郑国纠集齐、卫前来寻衅报复。

这一年离当年排座位过去了四年，以姬寤生喜欢算陈年账的性格来看，倒也不是不可能。而《春秋》里为此还做了一个有趣的叙述：

冬十有二月丙午，齐侯、卫侯、郑伯来战于郎。（《春秋·桓公十年》）

想必大家都知道，《春秋》喜欢用日期来表示批判，"来战"也是值得注意的一点。这个来战第一说明这一仗首先是大家定好时间地点兵马来参战；第二，《春秋》对自己的国家一般不用"战"，说战通常就表示我们打输了；第三，不用"伐"，是因为这场战争是师出无名的，是齐、卫、郑悍然发动的侵略战争，是不得人心的，是天下人所共同的谴责的。

这些东西是老一套了，齐僖公和姬寤生跟鲁国打了这么多年交道，耳朵都听出了茧，可中间的那一段，才算是要了姬寤生的老命。

齐侯、卫侯、郑伯……

郑国人，你们不是认为上次我们鲁国排得不对吗？这次，就算是你郑国组织的，你郑国的兵力又是最多的，打得又是最猛的，我还是要将你排到最后，你看，前面是齐侯，比你地位高，其次是卫侯，地位还是比你高，因为你就是一个万年伯嘛！

当然，这也只能嘴上占占便宜了，齐、卫、郑联军攻到了鲁国国都附近，对鲁国造成了极大的震慑。在齐僖公看来，经过这一仗，自己的这个小女婿以后一定不敢再跟老丈人作对。

这又是一个错误的想法，鲁桓公并不是一个懦弱的人。

作为一个从小就失去父母的人，还有一个强势的摄政王在上面压着，鲁桓公依然能当上国君，而且顶着弑君的压力，取得了各诸侯国的认可，平复了国内的不满情绪，在国君的位子上一坐就是十多年。这样的人，远非别人想象中那么脆弱。

第十一章

鲁桓公的觉醒

《第十一章》 鲁桓公的觉醒

在"战于郎"这件事的两个月前,鲁桓公跑到了桃丘去见一个人,这个人是他的连襟卫宣公。在这个节骨眼上,鲁桓公跑去见卫宣公,显然不是认亲戚聊聊天这么简单,他应该是想跟卫宣公说一声,看在咱们还是亲戚的分上,能不能不参与郑国接下来要举行的攻鲁军事行动。

在萧萧秋风中,鲁桓公等到心都冷了,也没有等到卫宣公。

卫宣公不来自然也是有原因的,毕竟他刚死了两个儿子,心情不太好,更重要的是,宣姜坚决不允许他和鲁桓公会面。这样,借卫宣公一百个胆,他也不敢来见鲁桓公。

被卫宣公放了鸽子,鲁桓公终于认清了一个事实,鲁国已经没有朋友了。

这些年,因为在霸主集团中的分工问题,鲁国把自己的外交任务交给了齐僖公打理,自己甘于做时事评论员、道德鉴定师、礼仪演讲师、宴会引导员,这样做的后果现在出来了。一旦齐僖公跟他撕破脸皮,鲁国的外交关系几乎全断了。

郑国反目为仇,宋国积怨渐深,卫国成了齐国的跟班,陈、蔡失联已久，现在跟鲁国交往的也就剩一些虾米级别的小国了。

这些年，常有一些小国来鲁国进行国事访问，鲁国在这些访问当中，找到了大国的自我陶醉感。但一个真正的大国，是无法靠与小国交往而支撑的。一打仗，这些小国没一个跟着鲁国上的，就连跟这场战事有莫大关系的纪国都不来凑个人头。

没有朋友，鲁国也只好硬着头皮单刀赴了齐、卫、郑的会。

经过这一仗，鲁桓公终于认识到外交的重要性。可放眼天下，齐国的外交联盟极其稳固，郑国是齐国的老朋友，卫国是齐国的女婿国，而宋国又以郑国马首是瞻，他就是想撬丈人齐僖公的墙脚，也找不到下手的地方。

可功夫不负有心人，鲁国终于还是等到了属于自己的机会。

齐、鲁、郑"来战于郎"的第二年夏天，姬寤生去世了。姬寤生去世不是什么新消息，我们早知道了，但有一个消息是我们不知道的，姬寤生去世之后，郑国乱套了。

鲁桓公十一年的正月，姬寤生在恶曹与齐僖公以及卫宣公举行了一次会盟，当年的齐、鲁、郑三国，如今，鲁国已经被排除了出去，加塞进来一个卫宣公，对于这个安排，姬寤生是不太满意的，但从政治的角度来说，他是乐于接受的，因为一个好色的卫宣公显然比鲁国的国君要好控制得多。

三国君主对去年秋天的攻鲁大战进行了回顾，总结了经验与教训，认为经过这次打击，鲁国绝不敢对纪国的事情插手，接下来，就是三国灭纪了，谈好之后，姬寤生返回新郑。

《第十一章》 鲁桓公的觉醒

这是他的最后一次外事活动。在回来时，他就感觉特别地疲惫，这一年他已经五十六岁，在国君这个光荣的岗位上奋斗了四十三年，与母后斗，与弟弟斗，与天子斗，与强邻斗，其中滋味，只有他自己知道。但他知道，自己永远无法战胜时间。

他意识到自己的大限就要来了，他的一生做过无数次选择，其中有错误的，但大多数被证明是正确的，可接下来要做的这个决定将是他人生中最后也是最重要的决定，如果犯错，他数十年的奋斗将化为灰烬，郑国的霸业也将无力为继。

他要选择自己的接班人。

世子忽作为嫡长子，是毫无疑问的候选人，但姬寤生却有另外的想法。在与周桓王的长葛一战中，公子突精到的分析让他看到了自己当年的影子，如果把君位交到公子突的手上，是不是对郑国更好？

但世子忽又没有犯错误，当年自己的父亲没有因为个人的喜好另立弟弟段，自己要背道而驰吗？

最后，他实在选择不下，只好请来了大夫祭仲。

在当年他封弟弟共叔段于京邑的时候，就确定了这位祭仲对自己的忠诚。这么多年，这位祭仲也没有让姬寤生失望，在割周天子的麦、长葛大战周桓王、夜探天子行营以及许多对外事务上，祭仲都发挥了重要的作用。

祭仲来了，他的年纪比姬寤生还要大，可显然，精神跟身体状态要比姬寤生好。

姬寤生说："我的四个儿子个个都有贵相啊！"

说完，姬寤生叹了一口气。姬寤生的判断没有错，他的四个儿子确实都是一副贵相，能力也都不错，放到他国，都是当好一个国君的材料，但作为父亲的姬寤生不喜反忧，长长地叹了一口气。

祭仲懂得国君的叹息，儿子一个比一个强当然是好事，但扎堆在一起就不太好了，毕竟郑国国君之位只有一个。他同时也猜到，领导大概对接班人产生了一些想法。

姬寤生说出了他的打算："我想将国君之位传给突，你看可以吗？"

没用太多的思考，祭仲就给出了他的回答："忽是嫡长子。"

姬寤生点了点头，同意了祭仲的说法。

据鲁国的史官（也就是左丘明）说，祭仲在最关键的时刻投了世子忽一票，是因为他跟世子忽的关系比较近，世子忽的母亲是邓国的邓曼，而将邓曼从邓国迎回来的正是祭仲。

决定让世子忽继位后，姬寤生开始做进一步的安排，他对自己的儿子都是了解的，尤其是世子忽跟公子突，在他看来，他们都有点像自己，但又各有不同。具体来说，世子忽有些木讷迂腐，看上去比自己还要迟钝。而公子突冲动好强，永远都像长不大的小孩。

自己去了以后，一个冲动的下属跟一个木讷的领导，这大概并不利于郑国国内的稳定。于是，姬寤生安排公子突出国定居，地点选在了邻国宋国。

宋国的国君宋庄公，当年还是叫公子冯的时候，在郑国住了十多年，而且公子突的母亲就是宋国雍氏的女儿。让儿子突到宋国居住，至少衣食无忧了。

这个想法是很好的，可是这个决定是错误的。

姬寤生料到了世子忽跟公子突之间的矛盾，他立一放一的决定也是一个解决办法，但他选错了托付的对象。

姬寤生五月去世，世子忽继承君位，史称郑昭公。姬寤生七月下葬，九月的时候，祭仲去国内一个叫留的地方视察工作，半路上被宋国人劫持了。将祭仲抓到宋国之后，宋国威胁他，必须扶持公子突回国即位，不然就杀死他。

于是，祭仲就领着公子突杀回了国内，将还没坐热国君之位的世子忽赶了下来，扶持公子突为国君，史称郑厉公。

这是一起十分蹊跷的绑架案，《春秋》又写得十分简略，让后来的研究者们有些找不到北了。

《穀梁传》认为，这件事情的责任主要在祭仲身上，作为臣子，他应该为君主的危难而死，这是原则问题。可祭仲这个人在这件事情上立场不坚定，还没上大刑，只是恐吓了两句，就当了叛徒。

《公羊传》却给出了完全不同的评价，认为祭仲简直就是郑国的贤相，因为他被抓住后，宋国人威胁他，如果不服从他们的命令，郑国国君也会死，郑国也一定会灭亡，如果服从他们的命令，郑国国君可以以生易死，郑国也可以以存易亡。

祭仲面对宋国人的恐吓，明白不如先答应对方，先把公子突迎回国，等以后有机会再重新把世子忽接回来。当然，这样做的危险是万一以后没办法让世子忽重新回国，祭仲就要担当逐君之罪，但在国家利益面前，祭仲没有顾及个人的声誉，毅然答应了宋国的要求，而郑国也得到了保存。《公羊传》点评道，这就是传说中的权变了。

就表面上看，《穀梁传》的评价显得合情合理，祭仲要是不怕死，他就会大喊一声"打死我也不从",然后咬舌自尽,干吗把公子突带回郑国,引得郑国大乱?而《公羊传》就显得有些莫名其妙,明明是祭仲干了坏事,怎么还贤上了?

尽管观点不同,但这两本书都没有说清楚一个问题,为什么祭仲这样一个老狐狸级的人物,会心甘情愿听从宋国的摆布呢?被抓为人质时,他可能被迫写下了保证书,但回到国内之后,他完全可以撕毁合同,向世子忽坦白,然后把公子突抓起来,顺便拉上齐、卫两国,再把宋国饱揍一顿。

而祭仲没有这么干,他突然变成了扯线木偶,听从宋庄公的遥控,《公羊传》更说出祭仲不答应,郑国就要亡国,郑国国君就要死的话。

要搞清楚这个问题,我们首先要确定一下《公羊传》跟《穀梁传》的区别。

两本虽然都是《春秋》的解释性著作,多认为都是孔子的学生传下来的,但《公羊传》是齐国人传播与抄录的,号称齐学,《穀梁传》是鲁国人抄录并传播的,号称鲁学。也就是说,《公羊传》是外国留学生写的,《穀梁传》是本国学生写的。本国学生重视传统,外国留学生注重创新。

搞懂了这个,就容易理解这两本书为什么做出了截然不同的评价。《穀梁传》虽然知道祭仲有不得已的苦衷,但他毕竟干下了逐君的事情,所以说他是一个懦夫。而《公羊传》却认为,他虽然干了逐君的事情,但毕竟是从大局出发,值得表扬。

现在,我们再来看另一个关键的问题,为什么祭仲会听宋国人的摆布。要搞清楚这个问题,我们得搞清楚另一个问题。

第十一章　鲁桓公的觉醒

祭仲和世子忽的感情怎么样？要是祭仲和世子忽关系不好，说不定是故意跑到宋国求绑架求上刑，然后把公子突迎回来呢！

翻遍史书，你只能得出一个答案，祭仲跟世子忽的感情真的不错。

祭仲是世子忽的母亲的接亲人，他在最关键的时候投了世子忽一票，而在世子忽的成长过程中，祭仲也给予了高度的关怀，尤其是在世子忽的婚姻大事上。

祭仲屡屡劝世子忽把齐僖公的女儿娶了，他告诉世子忽，你要是没有强大的后援，将来一定当不上国君，而你的三个兄弟，个个都是有为之才。

当然，世子忽把祭仲的忠言当成了耳边风。

在史书中，还有一个小小的细节。

夏五月癸未，郑伯寤生卒。秋七月，葬郑庄公。（《春秋·桓公十一年》）

也就是说，姬寤生是五月死的，七月下葬的。看上去没什么，但如果你了解春秋的丧葬礼仪就会明白这里有个大问题。

在春秋，天子死了七个月后才能下葬，这是为了让天下的诸侯来参加追悼会；诸侯死了，要停五个月才下葬，以便盟国的诸侯来参加追悼会；大夫要停三个月；就是士这样的普通官员，也要停灵一个月。

堂堂的春秋第一霸，姬寤生先生死了两个月，他的老朋友们都没来得及瞻仰遗容，就匆匆埋了。这不得不让人怀疑，郑国国内局势比较紧张。

而打开地图就会发现，祭仲被绑架的留地在今天的开封市附近，离郑国的政治中心新郑很远，处在陈、戴、曹、卫国的交会点上，这种地方大家都知道，一向属于治安盲区。

作为姬寤生托孤的大夫，老国君刚死，新国君还不熟悉政务，国内的事情一大堆，他不好好留在新郑处理大事，跑到留地去视察什么工作？

了解了这些，再看宋国人的威胁：不从其言，则君必死，国必亡。

我们大概可以得出这样的结论，祭仲可能并不是去留地视察工作，他是去跟宋国人谈判的。之所以跟宋国人谈判，是郑国国内发生了动乱，具体来说，就是公子突到了宋国以后，并没有安心于流亡生活，而是与宋人勾结，以及利用在国内的势力，把他的哥哥忽，也就是郑国新任国君控制住了。祭仲这才去跟宋国人接头谈判。

在这次谈判上，因为宋国人跟公子突握有主动权，如果祭仲不肯扶立公子突，他们就会刺死忽。权衡再三，祭仲答应了宋国的要求。

当然，这只是一种推测，真正的历史真相已经淹没在时光的细沙里，也许永远都不会露出它的面容。唯一可以确定的是，回国之后，祭仲扶助公子突继位，而忽也保住了性命，逃到了卫国，等待着东山再起的一天。

公子突成了郑国的国君，即郑厉公。在鲁桓公看来，这是一个千载难逢打破外交困局的机会。

有老谋深算的姬寤生跟交游广阔的齐僖公左右夹击，鲁桓公很难找到着力点，现在姬世伯总算仙游了，对鲁国的压制自然就松了。

鲁桓公的判断没错，甚至超出了他的预期。没过多久，他就接到了郑国新君的示好，请求鲁桓公帮个忙。

事情还得从宋国帮助公子突回国当国君时说起，宋庄公又是搞绑架，

第十一章 鲁桓公的觉醒

又是搞威胁，还帮助公子突进行地下活动，比当年姬寤生帮助他还要出力。他这么做，倒不是为了报答姬寤生的恩情，说到底还是为了赚点钱。

在挟持祭仲时，宋庄公让祭仲跟公子突签了一个协议，保证事成之后，付给宋国一笔酬金。付出劳动取得相应收入天经地义，但宋庄公异想天开，搞了一个狮子大开口。

宋庄公开出的条件如下：

给宋国三座城、白璧百双、万镒黄金，以及每年给宋国交纳谷物三万钟。

这就不是收劳务费了，简直是要求郑国签一个丧权辱国的合约。大概是宋庄公想到郑国这些年东征西战、拔城掠地，战利品肯定堆满了仓库，自己不要白不要。

宋庄公想一夜暴富的心情是可以理解的，但他忽略了一个问题——方案的可操作性，当你要的超过别人可以支付的极限，那就等于逼对方毁约。

祭仲看到宋国开出了一个郑国无法兑现的要求，可他没有说一句话，连价都没还，就催着公子突在合约上签了字。他知道自己如果有机会重新迎回忽的话，希望就全在这张合约上。

果然不出祭仲所料，回到国内后，突立刻拒绝兑现。在突看来，这也不是钱不钱的问题，这是一个原则的问题。

当年你公子冯在我们郑国好吃好住十来年，还把你送回家当国君，我们要过一分钱没有？你当年哭着喊着要报答郑国的大恩，现在你就这么报答我们啊？

当然，一分钱不给也不对，毕竟签了合同嘛！于是，郑国找到鲁国，希望鲁桓公能以礼仪大国的身份出面，跟宋庄公商量一下。能不能不要这些东西了，或者要点其他的。

为什么突不找郑国人民的老朋友齐僖公出面呢？原因也很简单，齐僖公一直就喜欢世子忽，讨厌公子突。

齐僖公虽然没能当上忽的丈人，但他一直很欣赏这个年轻人，这个年轻人谦虚有礼，对长辈十分尊敬，在忽失去国君之位后，他马上安排听话的大女婿卫宣公给忽提供政治庇护。

这个突就不同了，为人心高气傲，眼高手低。齐僖公一向看他不爽。

而接下来发生的事情，更让突打消了请齐世伯出面的念头，其实准确的说法是，什么事情都不曾发生。在突上任的大半年里，齐僖公没有接触过郑国。在传统盟国更换领导人后，国君一般都要与新上任的国君搞个国事访问什么的，一来祝贺对方上任，二来确定一下双方关系是否照着目前健康的方向继续前行。当年鲁隐公去世，鲁桓公上任，姬寤生第一时间与鲁桓公会面，确保了郑鲁关系的稳定。

齐僖公迟迟不来与突会面，也就是表示他并不承认突这个国君，还准备等忽从卫国杀回来。

请不动齐僖公，只好请鲁桓公了，好在鲁桓公是礼仪之国鲁国的国君，请他来跟宋庄公讲礼也是不错的。

鲁桓公立马答应这个请求，拍着胸脯说"这件事情包在我身上"。

鲁桓公随即展开了外事活动，先派出大夫柔前往折地与宋庄公会面，为了缓和这么多年宋、鲁之间的紧张气氛，鲁桓公还特地邀请了陈、蔡两国。陈、蔡两国向来是酱油党，哪里热闹哪里有他们。陈侯、蔡叔（蔡国的大夫）如约而来。大夫柔、宋庄公、陈侯以及蔡叔举办了一场聚会。

第十一章 鲁桓公的觉醒

聚会上，话题从当年大家一起在郑国搞秋收会战开始，大家本来是出生入死的兄弟，后来出现了一些误会，大家产生了一些分歧，但时间兜兜转转，现在大家还是坐到了一张桌前。谈起当年的战斗情谊，陈、蔡两国唏嘘不已。不过，鲁国人还是发现了一些不对劲，宋国人的脸色不那么好看。

是不是嫌自己没去？听了使者的会议简报后，鲁桓公想道。毕竟，宋、陈两国都去了国君，自己只是派了一个大夫。而且史书记载，这位柔大夫还是一个没有被正式任命的大夫。

于是，在这一年的冬天，鲁桓公亲自出马，跟宋庄公在夫钟单独会见了一下，到了十二月，鲁桓公在阚地跟宋庄公又碰了一次头。

如此频繁地与宋庄公见面，可见鲁桓公急于替宋、郑讲和，以复制他老丈人齐僖公的成功。可老丈人的成功岂是容易复制的，他有两个绝色女儿，鲁桓公的女儿大概还在吃奶。

鲁桓公发现，宋庄公对他有些不理不睬，开会虽然来了，但就是不谈与郑国和好的事情。想了一下，鲁桓公明白了，这还是对鲁国有怨言啊！也不能怪宋庄公，这个责任主要还是在鲁国的身上。

春秋一开场，鲁、宋就确立了军事战略伙伴关系，但鲁国背信弃义，先是拒绝救援宋国，后又撕毁协议，投入到宋的死敌——郑的怀抱，还跟着郑、齐攻打宋国，把宋国两块地皮划拉走了。在宋庄公即位时，鲁国还趁机敲竹杠，宋国的皓鼎现在还在鲁国的祖庙里摆着呢！

伤痕历历在目，我们之间的恩怨还没化解呢，你还想替我跟郑国化解？

但鲁桓公也没有气馁，在第二年，又再接再厉地频频与宋庄公会面。

先在七月拉上燕国人与宋庄公在榖丘搞了一个会盟，八月的时候，又跟宋庄公在虚邑见了一面，十一月，再次跟宋庄公在龟邑见面。

可见鲁桓公的热情是很大的，算起来，鲁国已经跟宋庄公见了六次面了。奇怪的是宋庄公每次都如约而来。

宋庄公其实不想来的，但鲁桓公每次都说，宋公，你来嘛，郑国想跟你谈谈欠债的事情。

欠债的都是大爷，宋庄公想想三座城、白璧百双、万镒黄金，以及每年的三万钟谷物，就满怀希望地跑过来，希望多少能捞点回去，可每次鲁桓公都跟他谈人生，谈理想，谈朋友，谈礼仪，就是不谈金钱。

搞到最后，宋庄公实在火了。他火也是正常的，被忽悠了一年才意识到自己最后什么也没得到。宋庄公表示，你别叫我开会了，这两年，钱没捞到一分，车马费倒贴了不少。

鲁桓公也很生气，一年多来，双方见了六次面，腿也跑断了，嘴皮子也磨破了，就是块铁板也应该感动了，可宋庄公就是油盐不进。想了一下，鲁桓公干脆也不当调解员了，他跑到郑国，表明了自己的态度。

实在不行，咱俩合伙把宋国揍一顿吧！

同意！已成为郑厉公的突举双手赞成。祭仲更巴不得举双脚赞成。

鲁桓公十二年的十一月，鲁桓公在龟邑会见宋庄公，做了最后一次调解努力，被拒绝后，他就在这个月的十八日，跑到武父这个地方，与郑厉公结盟。十二月，两国联军进攻宋国。

> 十有二月，及郑师伐宋。丁未，战于宋。（《春秋·桓公十二年》）

《第十一章》 鲁桓公的觉醒

前面一句我们已经翻译了，就是十二月，鲁国与郑国军队讨伐宋国，奇怪的是后面这一句：丁未，战于宋。意思就是，十日，在宋国作战。

这是一个省略句，没有主语。是谁跟谁在宋国作战呢？按习惯，省略的主语一般是在上句出现过。也就是说，鲁国与郑国进攻宋国，十日，两国还没有与宋军接战，鲁、郑两个盟军竟然自个儿练了起来，在人家宋国的国境打了一仗。

鲁桓公跟郑厉公本来商量好了待会儿怎么揍宋庄公，可走着走着，鲁桓公先跟郑厉公打了起来，这就太戏剧化了。

鲁国史官也觉得太丢人，所以故意略去了战于宋的主角。

这个事情有点太不可思议，要搞清楚，我们必须要注意一点，就是冲突双方的性格。

就《春秋》这些主角来说，姬寤生城府深似海，心机重如山，你刚以为他忘了你，他转身就揍得你找不到北；鲁隐公礼仪口上挂，实惠怀中藏；齐僖公为人豪爽，不拘小节，但脸皮特薄，很要面子；卫宣公好色而惧内；宋庄公寡恩贪利；周桓王年轻气盛；郑昭公迂腐迟钝；郑厉公骄傲率性。至于鲁桓公嘛，大家知道的，他爹妈走得早，所以经常干些不靠谱的事情。

搞清楚了鲁、郑两国国君的性格，这件不好理解的事情就好理解了。我们可以做出下面这个推断：

鲁桓公大老远领着军队来跟郑军会合，在路上，鲁桓公想起来这两年替郑国来回奔波，外交努力毫无收获，除了宋庄公贪财的原因之外，跟眼前这位年轻的郑伯也有一些关系，毕竟你签了合同，就算毁约不想支付合同款，但多少也打发一点嘛，可郑厉公硬是捂紧腰包，一分钱也不想掏。矛盾双方都不让步，这让鲁国怎么去调解？

于是，一路上，鲁桓公少不得埋怨两句，但郑厉公这个人可不像他哥那么本分，哪里是听得了批评的主，马上就进行了反驳。一来一去，两方都有些上火，正好都带着家伙在身上，那就干脆打一仗吧！

论打仗，鲁桓公怎么可能是郑厉公的对手呢？火并以鲁桓公失败告终。所以鲁国史官对这场战斗感到羞耻，本来是帮忙去的，结果跟盟友打了一架，还打输了，所以就不好写明结果，只好出来一个"战于宋"的不伦不类的记录。

打完这一仗，自然也没有办法去攻打宋国了。包扎一下伤口，各回各家吧！

鲁、郑两国打起来的消息很快传到了齐僖公的耳朵里，齐僖公先生欢天喜地了好一阵。

他早就听说鲁桓公最近十分活跃，频频接触各国元首，准备抢他外交上的风头，进而在攻纪上制约他。

齐僖公为此还担心过一段时间，现在看来，完全是杞人忧天，外交这种高情商的游戏，岂是随便一个人可以玩得转的？

这也是齐僖公千载难逢的好机会，他本可以趁鲁国打败仗之机进攻纪国，但他本人也并不清闲，最近，他一直在忙着处理大女婿的身后事。

因为，卫宣公在这一年去世了。

卫宣公是自己郁闷死的，他一时糊涂谋杀儿子急，结果还搭上了另一个儿子寿的性命。杀手们还特别讲究，把两个脑袋都送到他的面前，请他

第十一章 鲁桓公的觉醒

验货。

两个血淋淋的人头摆在卫宣公面前时,色胆包天的他却无法恶向胆边生。悔恨第一次袭上他的心头,惊吓过度的他病倒了,强撑了一年,终于一命呜呼。

卫宣公的死再一次给齐僖公出了一个难题,虽然卫宣公死后,他女儿宣姜的另一个儿子公子朔继承了君位,史称卫惠公,但毕竟卫惠公还年少,能不能坐稳君位还是一个未知数。

卫国人的道德观念是很强的,世子急的事情传开后,宣姜跟她的儿子公子朔很不受卫国人欢迎。而卫国人十分想念他们爱戴的世子急。

要是卫国人突然暴动,将自己的女儿宣姜跟外孙朔赶跑,自己在卫国的投资不就竹篮打水一场空了?

为了解决这个隐患,齐僖公灵机一动,想到了一个绝妙的办法。

  初,惠公之即位也少,齐人使昭伯烝于宣姜,不可,强之。
(《左传·闵公二年》)

所谓的昭伯,是世子急的同胞兄弟、卫惠公的异母哥哥公子顽。翻译过来就是,当初卫惠公即位的时候年纪小,齐人就让公子顽烝他的小妈宣姜,公子顽不同意,齐人就强迫他去烝。

这里的齐人当然就是指齐僖公本人,因为他干下了这样的事情,左丘明连他的名字都不想提,反正就是齐国的那个人,你们知道的。

齐僖公的算盘打得很精,你们不是讨厌我女儿跟外孙,而喜欢世子急吗,我就让世子急的同胞兄弟去烝我的女儿,把你们卫国烝成一锅粥,看你们还分得清谁跟谁！

公子顽对这个政治安排进行了顽强抵抗，但在齐僖公的威胁下，只好硬着头皮顽强上床了，宣姜虽然是个美女，但那也是很多年前的事情了，现在美女上了年纪，到底还有多少吸引力？

结果让人惊掉了下巴。公子顽带着一肚子怨气上的床，却是乐不思蜀下的床，从此与宣姜打得火热，一口气生下了三个儿子和两个女儿，这些儿女分别是齐子、戴公、文公、宋桓夫人、许穆夫人——两个国君，三个国君夫人。日后齐桓公九合诸侯，称霸天下，不得不说跟齐僖公这件荒唐的事情有一些关系。

齐僖公也没白忙活，这件丰功伟绩也为他以后挣下"僖"这个光荣称号打下了坚固的基础。

忙完这些事情，这一年很快就过去了，齐僖公回过头，才发现自己错过了一个好时机，但还不算太晚，鲁、郑交战也给他提供了一个很好的机会去拉拢郑国，可想一想那个年少轻狂的公子突，再想一想流亡在外的世子忽，他毅然放弃了与郑国重修旧好的最佳机会，反而把目光投向了宋国。

齐僖公主动联系了宋庄公，双方举行了一次碰面会。

见到宋庄公，齐僖公首先对宋、郑之间的一些纠纷表示关注，认为郑国有义务、有责任履行合约。最后保证，如果宋国在收债这件事情上有什么困难，齐国愿意给予力所能及的帮助。

这个表态让宋庄公很满意，盛赞还是齐僖公讲信用，识大体。双方意见很快达成一致。

齐僖公从来不做亏本的买卖，他示好宋国当然是有目的的。侵吞纪国是他继位以来就策划的大型军事行动，但屡屡受到意外事件的打扰，先是踩点时被鲁、纪两国发现，接着被周桓王打乱计划，等他精心安排，离间鲁、郑，并与郑国进攻鲁国，给鲁桓公敲了敲警钟后，铁哥们姬寤生又去世了，他本人又不喜欢现在的郑国国君突。这让他一下失去了一个强援，为了弥补姬寤生的空缺，他只好拉上了宋国。

办完这一切，齐僖公隐隐感觉有什么不太完备的地方，但他已经不愿意再等了，自己的年纪一天比一天大，老战友都挂了，自己还能撑多久？在自己有生之年，拿下纪国，也算是完成了自己的心愿。

在鲁桓公十三年的春天，以齐国为首，宋、卫为辅的联军扑向了纪国。为了增加胜算，齐僖公还拉了北方的燕国。燕国虽然是战国七雄之一，但在春秋时还是一个小国，属边远山区。齐僖公叫上燕国，颇有些欲成其大，不择细流的气度。

在齐僖公看来，这是一次十拿九稳的进攻。

唯一没拿稳的就是郑、鲁的关系。

在历史事件里，有两个主要的东西决定事件的发生：一是历史人物之间的利害关系，这个决定事件的必然性；另一个是历史人物的性格，这决定了事件的偶然性。

郑厉公和鲁桓公两人由群殴宋国变成两人互殴，是由鲁、郑两位国君的性格特点造成的突发事件。但从长远来看，并没有影响郑、鲁两国的外交关系，毕竟郑、鲁交往不是交朋友，而是搞合作。鲁、郑双方的战略需求决定了他们最终还是会走到一起。

在齐僖公召集四国兵马时，郑厉公接到了鲁桓公的紧急约见信，去年冬天刚打了一架，这又要见面？郑厉公本不想去，但想想不去就显得自己太小家子气了，于是，他又跑去了。

一见面，郑厉公发现鲁桓公不是一个人，在他的身后，还有一位老大哥。

这位大哥就是面临亡国之祸的纪侯。

纪侯出现在这里，郑厉公马上就猜到了原因，纪侯脸上的焦急之色也证明着他的想法。

果然，鲁桓公告诉他，齐侯正在集结四国兵马，准备进攻纪国。

想起去年的事件，郑厉公还有些生气。

"这关我什么事？"

"齐国要是拿下了纪国，谁会是他的下一个目标？"

"那当然是你们鲁国！"郑厉公回答。

"不错。"鲁桓公点头承认，"但不要忘了，你的兄长忽在卫国，他跟齐侯的关系你是知道的。"

郑厉公的脸色变了，他也搞清楚了其中的利害关系，齐国一强大，说不定就要为世子忽出头。

保纪国不是为了主持正义，而是保鲁国，护郑国。

于是，郑、鲁马上达成了协议：抗齐援纪！

这次军事动员会议结束了，纪侯连日回国，组织守城，而郑厉公跟鲁桓公各自回家，搬兵救纪。

纪侯前脚刚回到自己的都城，齐僖公的四国联军就杀到了。

齐、宋、卫、燕对阵纪、郑、鲁三国，这次战役的参战国数量创了春秋以来的新高。

这次七国战役也是春秋第一个霸主时期的收官之战。齐僖公只要拿下纪国，就可以压过姬寤生，成为三人霸主集团的事实第一人。

胜利并不遥远，虽然纪国的城墙进行了加固，纪国在亡国的危机下也进行了顽强抵抗，但以一小国之力对抗四国，纪国实在没有胜算。

但纪国援军的到来给了齐僖公一个沉重的打击。

第一个来援战的竟然不是离得近的鲁国，而是郑国。至于其中的原因，还是跟国君的性格有关，郑厉公行事果断，雷厉风行，鲁桓公则要啰唆得多，何况鲁国是礼仪大国，出兵这么重要的事情，向祖宗汇报之类的工作是万万不能省的。

虽然只到了郑厉公一个，但这一个已经足够了，不要忘记，郑厉公最擅长的就是对付联军。当年，周天子的五国联军就是败在他的计策之下。

史书没有记载战斗的细节，但据推算，这一战不过是长葛之战的翻版，只是周桓王换成了齐僖公。

以郑厉公的眼力，一定看穿了这支联军的弱点。

卫国人最近死了国君，对齐僖公强行让卫国大夫烝他女儿的做法也十分不满，作战积极性不高。燕国就是北方的蔡国，而宋国刚跟齐国交好，感情还没到位。

四国联军大败，败退的时候，齐僖公无比后悔自己用个人的喜好来决定外交。

在郑、纪两国与齐、卫、宋、燕联军大战时，鲁国也出发了。之所以迟了点，是因为出征不是件小事，需要办很多事情，比如要到家庙上香、集中发放武器、进行战争动员等等，一样都马虎不得，缺了礼，可是打不了胜仗的。

一切准备好之后，鲁军雄赳赳气昂昂迈出国门，准备增援苦难兄弟纪国，可出城没多久，鲁军又急急忙忙地往都城跑。鲁军跑回来不是因为忘记了什么东西，而是齐国人杀来了。

从纪国撤下来后，齐僖公越想越气，自己苦心经营，最终还是一无所获，这一切都要算在自己的小女婿鲁桓公身上。

愤怒之下，齐僖公做了一个决定，没有退回自己的都城，而是直接杀向了鲁国。

在鲁国的都城下，鲁桓公与老丈人大打出手，也不知道站在城头观战的文姜女士要给谁助威比较合适。就实力对比来说，老丈人老当益壮，鲁桓公年轻气盛，齐、鲁两国又是实力相当的大国，应该会打得难舍难分，但结果出人意料。鲁国很快就被齐国打得节节败退，究其原因，还是平时没练过。

鲁桓公即位以来，只打过三仗：第一次是侵犯邻国杞国；第二次是齐、郑进攻鲁国，鲁桓公采取了避战；第三次，就是去年莫名其妙跟郑厉公打了一仗。

换句话说，齐僖公东征西战时，鲁桓公还在吃奶呢！

战火一直烧到鲁国的城门下。在最困难的时候，郑、纪大军出现在曲阜城外。

在齐僖公逃跑以后，郑厉公与纪侯没有忙于打扫战场、清理战利品，而是尾随齐国南下，终于在关键时刻救了鲁桓公一命。

齐僖公只好再次选择退去，他知道自己已经失去了最后的机会。

八年前的夏天，他带着老朋友姬寤生去纪国。指着那片土地，齐僖公深情地说，这片海风吹拂的地方总有一天会纳入我齐国的版图。

二十多年前，他收拾行李，走向中原。他藏着一个宏大的理想，相信自己的齐国一定会成为中原的领袖之国。

三十三年前，当他登上齐国国君之位时，齐国已经在诸侯中沉默了太久，他无法忍受齐国在新的时代沦为配角。

为了这一切，他做出过努力，但显然，他并不满意自己所取得的成果。

在攻纪失败的第二年十二月，齐僖公感觉到了姬寤生、鲁隐公的热情召唤，他知道自己是时候去见老朋友了。可现在老朋友的接班人一个比一个对他不尊重，他也不打算照顾老朋友的面子。在死之前，他还安排了一个活动，彻底将郑国从霸主的位子上推下来。

如果我无法让齐国在自己的手里强大，至少也要让齐国将来的对手衰弱。

在他薨的同一月，宋国率领齐、蔡、卫、陈进攻郑国。

　　宋人以齐人、蔡人、卫人、陈人伐郑。（《春秋·桓公十四年》）

这句话有两个需要注意的地方：第一，这一句分别用了宋人、齐人、蔡人、卫人、陈人这五个主语，说明这次进攻五国的国君都没有来。第二，这里用了"以"这个字，说明宋人是这次进攻的总指挥，齐、蔡、卫、陈四国听从宋国的指挥。

这个情节是不太合理的，在宋、齐、蔡、卫、陈当中唯一具有权威去指挥五国联军的当然只有齐僖公一人。如果宋国能指挥，也应该是出于齐僖公的安排。而齐僖公做出这样的安排，应该出自深层次的考虑。

郑厉公是以一打多的能手，要是让五国国君全部出场，反而会因为五国各自指挥，被郑厉公各个击破，所以齐僖公特地授意，五国首脑不要出战，而让宋国派大夫全权指挥。

鲁国人同样对这个行为进行了批判，《春秋》用"以"代替"用"来记述这件事情，认为宋国的人用别国的人去为自己拼命，是不讲究礼仪的一种表现。

当然，鲁国是郑国的盟友，有此表述不足为奇。这个安排虽然不合礼，但却合理。

二十二年前，齐、卫、陈、蔡四国就合攻过郑国，结果在新郑东门下暴晒了五天就回去了；第二次，又加上了鲁国，不过从郑国境内抢收了一些稻子。

这一次，从参战国上看，不过是把鲁国换成了齐国。同样的阵容，却取得了完全不同的效果。

五国联军长驱直入，先是在郑国国都新郑的渠门放了一把火。利用火攻，五国联军冲进了新郑城，一直杀到了新郑的大街上，最后又转攻东郊。大概是二十二年前，各国联军在东门外陈兵不得其门而入，现在颇有翻身做主人的感觉。从东门出去后，联军又攻取了郑国的牛首邑。

五国联军算得上横扫郑境了。

而宋国人想起十多年前，一直被郑国联合各国压着打的屈辱，一冲动，就干了一件不太讲究的事。

宋国人冲到郑国的祖庙，把人家祖庙的椽子拆了下来，还不辞辛苦地运回宋国，用作宋国城门上的椽子。这就有点过分了，以后宋国人进出国门，一抬头，就能看到郑国祖庙的木板。

这个耻辱性的事件，也正式宣告郑国的霸主时代结束了。

此刻，这一事件的幕后策划者齐僖公已经躺在了冰冷的棺木里。

如果齐僖公在天有灵，得知这一战果的话，除了能一解纪国之战的耻辱之外，只怕还是有些唏嘘吧！

郑国霸业的落幕同样意味着春秋第一个霸主时代的终结。

当年，齐、鲁、郑的集体霸业由齐僖公穿针引线一手促成。今天，这个霸业由他亲手摧毁，合情合理。

第十二章

世子的归来

第十二章　世子的归来

祖庙被人家强拆了，这对郑厉公来说是一件奇耻大辱。当他站在冒黑烟的祖庙前，从灰烬里捡起祖先的牌位时，心情是很难受的，尤其是捡起父亲的那块灵牌。

当年父亲对他的欣赏今天全变成了长鞭，狠狠地抽打在他的身上。

是什么让郑国沦落到今天的地步？

想了一下，郑厉公没有埋怨宋庄公，也没有埋怨齐、卫、陈、蔡四个帮忙的。他把目光移到了国内。

这个思维是正确的，如果一个人老是被别人欺负，就不能一味怪别人太蛮横，还得从自己身上找原因。

据郑厉公看来，郑国的毛病就在祭仲身上。

祭仲先生仗着自己是国内的上卿，以及郑厉公继位的引路人，在国内飞扬跋扈，事事专权。搞得郑厉公施不开手脚，这才让宋、齐等国乘虚而入。

要想郑国重振雄风，只有先除掉祭仲。从祖庙的废墟里走出来，郑厉公下定了决心。

决心是容易下的，但实施起来是有困难的，因为祭仲先生是郑国的重臣，又是前任国君重用的骨干，在国内德高望重。要是随便找个人去杀他，只怕这边还没布置完，那边祭仲就得到了消息。

要杀祭仲，必须找一个跟自己关系比较铁，而且在国内政坛关联比较少，下起手来没有多少顾虑的人。这样的人不好找，但郑厉公还是找到了一个。

这个人叫雍纠，是郑厉公的表哥，以前是宋国人，前两年刚从宋国迁到了郑国，在郑国根基不深，但这个人有一个问题，他是祭仲的女婿。

四年前，祭仲被宋国人绑架，签下丧权辱国的合约，宋国为了保证合同的顺利执行，强行让祭仲把女儿嫁给了雍纠，还让雍纠跟祭仲一同回到郑国，作为宋庄公在郑国的联络人兼催款员。

雍纠的款催得也不咋样，干脆就在郑国长住了下来。

经过分析，郑厉公认定这是自己可以拉拢的对象，一来是自己的表哥，二来他虽然成了祭仲的女婿，但祭仲对他并不感冒，也不提拔他，平时雍纠对老丈人颇多怨言。

于是，郑厉公找到了表哥雍纠，将自己的计划告诉对方，并承诺好处若干。想了一会儿，雍纠答应下来。

两人就此事进行了详细的探讨，最终拿出了一个行动的方案。

马上就要郊祀了，祭仲作为上卿肯定要到郊外主持仪式，到时让雍纠设宴慰劳一下祭仲，至于是上毒酒还是下刀子就具体情况具体实施吧！

商定以后，郑厉公嘱咐道："此事一定要保密。"

雍纠点头。

没多久，雍纠的老婆，也就是祭仲的女儿雍姬就知道了，泄密人正是

第十二章 世子的归来

雍纠。他一五一十地向老婆讲解了自己的计划。

这是一个让人百思不得其解的意外，雍纠为什么会告诉老婆呢？

出现这样的情况，我们只能认为雍纠精神上出了一点问题，这也可以理解，他的身份实在太纠结了！他是郑厉公的表弟、祭仲的女婿、宋庄公的驻郑代表，三方都要求他效忠，三方的要求又相互冲突，夹在其中实在痛苦。他在郑国又没有朋友可以商量，不告诉老婆告诉谁呢？

在听到这个消息后，雍姬犹豫了。一边是丈夫，一边是父亲，她也拿不定主意该怎么做。困惑之下，她做出了一个正常的举动，去请教自己的母亲。

回到娘家后，她迟疑好一会儿，还是决定问出来："父亲与丈夫哪一个更亲？"

母亲，你要是说丈夫亲，那我现在就回去，什么也不说。你要是说父亲亲，那我就去见父亲，告发雍纠的计划。

雍姬的母亲想了一下，说出了一句十分经典但被现代人误解的话："人尽夫也，父亲只有一个，丈夫怎么可能跟父亲比呢？"

雍姬听懂了，杀了雍纠，还有千千万万个丈夫，杀了父亲，那就是孤儿了。于是，她找到了父亲。

"我丈夫雍纠不在家里却跑到郊外去宴请您，我感到这里面有问题，所以过来告诉您一声。"

她没有直接说出丈夫的计划，而是提醒父亲注意，是想在贤妻与孝女之间达到一个平衡，既保护父亲，又维护丈夫，只要父亲不去参加鸿门宴就好了。这是一个美好而单纯且幼稚的想法。

不久之后，有人在一处池塘里发现了雍纠被泡肿的身体。

郑厉公阴沉着脸站在雍纠的尸体前。事情已经败露，但郑厉公没有逃避，也没有把表哥的死定性为一起意外溺水死亡事件，虽然这个可以让他跟雍纠撇清关系。

他亲自下了马车，确定了雍纠的尸体，然后把他抱了起来，放到了自己的马车上。在走的时候，还说了一句意味深长的话：

"跟妇人谋划大事，死得活该。"

他大大方方地承认了自己跟雍纠的谋划，这一切源自他的骄傲个性，可骄傲无法帮助他除掉政敌。在将雍纠埋了以后，他又驾着马车从容不迫地离开新郑，前往蔡国。

我还会回来的！对着新郑的城门，他许下这样的承诺。

郑厉公这个洒脱的动作被《春秋》认定为：出奔。

《春秋》中，对每一个动词的选择都是十分谨慎的，动词的本身兼有着评判的作用。就这个"出奔"来说，这是一个贬义动词。

郑厉公，不好意思啊，你逃离得有些狼狈啊，你作为国君，自己无法巩固国君之位，又不能信任上卿祭仲，反而跟小臣谋划这种低层次的伎俩。你虽然被赶走了，属于受害者，但还是要用出奔来标示你的罪过。

虽然郑厉公出走的方式不太优雅，但这个选择是对的。

按祭仲的想法，自己杀了雍纠，郑厉公应该会找自己摊牌，自己正好可以趁机收拾了他，可没想到，郑厉公堂而皇之地走掉了。而正当祭仲认为郑厉公会在蔡国过上流亡生活时，郑厉公又杀了一个回马枪。

郑厉公跑到郑国的栎邑，拉拢了栎邑的市民，将栎邑的戍守大夫给杀了。然后，就在栎邑住了下来。

他本可以逃到外国，寻找政治庇护，就跟他的大哥世子忽一样，这样

第十二章 世子的归来

显然要更安全、更省心一些，但他宁愿杀回郑国，抢一个小邑住下来，也不愿意寄人篱下。这就是他的骄傲。

而祭仲忌惮郑厉公的军事能力，竟然也不敢兴兵来战。于是，郑国出现了一个奇怪的现象，同时并存着两位国君。

世子忽从卫国回来了。

《春秋》的记载如下：

郑世子忽复归于郑。（《春秋·桓公十五年》）

世子忽虽然已经当过一段时间的国君，但《春秋》这次用世子来标称他，是特地强调忽是世子，是郑国的嫡长子，他回来当国君是天经地义的。联想到郑厉公的出奔，世子忽似乎该偷笑了。但世子忽也没什么可高兴的，因为《春秋》对他的回归之旅用了"复归"两个字。

在《春秋》里，离家出走又回来是有很多类别的，不同的情况使用不同的动词。比如用"归"，表示出去时没犯错，回来时没犯罪。用"入"，表示离家、回家都犯了错误。而用"复入"，表示离家时没犯错，但回家时犯了错。"复归"则表示回家时没有错，但他出去时还是有问题的。

世子忽的回归用"复归"，是因为他当年被赶走时是犯了错的。

没有巩固自己的君位，才被赶了出去，而没有巩固自己的君位，不是别人造成的，是他自己的原因。

当年他没有听从祭仲的劝告，娶齐僖公的女儿，错失了一个重要的外援，君子评价他："善自为谋。"不要认为这是一个表扬，事实上，君子先生正是批评他只知道替自己考虑，没有替国家的长远利益考虑。

作为世子，娶妻的事情不能完全由着自己的性子来，齐僖公的女儿该娶还是娶嘛！

不知道当世子忽重新站到新郑的街头，有没有想过，如果自己娶了齐僖公的女儿，还会不会有这么多的波折？

祭仲亲自前往迎世子忽回国。四年前，祭仲迫于压力从宋国领回公子突，将已经成为郑昭公的世子忽赶到了卫国，现在，他终于重新迎回了郑昭公，在这重重变故背后，谁能体会祭仲的良苦用心？

历史学家们就不太认同祭仲的付出，他们认为，郑国的衰败，祭仲要负上很大一部分责任。

在郑昭公"复归"郑国，郑厉公先"出奔"后"入"栎时，许国的许叔"入"了许国都城。

我们介绍过"入"表示出去、回家都犯了错。许叔离开国家，就是因为不朝贡天子，现在他回家了，也是一个错误的举动。

想必大家还记得，当年姬寤生联同齐、鲁攻破许国，在齐僖公不怀好意地安排下，姬寤生没有吞并许国，只在许国搞了一个主权托管，安排自己的大夫驻守许国都城，而把自己扶上来暂摄许国国政的许叔安排在乡下居住。当年，姬寤生定了许叔回城的两个硬性条件。

一是要姬寤生善终。姬寤生死时五十七岁，在春秋是高寿，又死在家里，算是善终了。

第二就有点不靠谱了，要鬼神收回对许国的惩罚。

这上哪里请示鬼神去？许叔显然办不下鬼神的回国批文，但《春秋》的评论家还是比姬寤生要讲道理，《穀梁传》认为许叔德高望重，是许国第一号人物，在乡下生活了十六年，是该回城了，但他回去之前至少应该

《第十二章》 世子的归来

请示一下周桓王嘛！

鬼神是死的，周桓王，嗯，其实也是死的。

周桓王是这一年三月十一日死的。周桓王的一生是比较悲情，这个悲情源于他在现实与理想之间没有找准自己的位置，他的晚年也是很凄凉的，因为常年收不到各国的贡赋，手头很拮据，死前两个月，还派人向鲁国索取车子。鲁国人给没给不知道，但《春秋》没忘了提醒周桓王注意自己的身份。而周桓王死后又没有钱下葬，拖了七年才埋。

周王室正忙着四处筹钱办葬礼，哪里有心情管你许叔返城的事情。于是，许叔就这么不合礼地"入"了许都。

郑国驻守许国的大夫公孙获逃回了郑国，因为姬寤生当年特意嘱咐他不要把器具什么的放到许国，所以公孙获也没有多少行李收拾。

姬寤生的担忧终于变成了现实，而祭仲看着自己跟老领导打下来的霸业正在土崩瓦解，他是否依然坚持自己所做的这一切都是正确的？

祭仲大概是问心无愧的，他认为自己做的这一切都是为了维护宗庙法制。而且在他看来，只要世子忽回来了，自己像辅助郑庄公一样尽心尽力辅助他，郑国一定会东山再起。

但祭仲发现自己可能不再有这个机会了。

郑昭公从卫国回来后，对他十分客气，但碰到国家大事，并不与祭仲商量。想了一下，祭仲只好露出了苦笑。

郑昭公有这种情绪并不奇怪，当年就是祭仲领着公子突回来抢了他的君位，现在虽然还给他了，但他的心里还是有一个心结。

这个心结只有等时间去解开了，但让祭仲没有想到的是，时间虽然是这个世界上最有效的药，但真正要用时，时间也是宝贵的。

左丘明在《左传》中记录郑昭公的回归时，在"复归"的基础上又用了一个"入"字：

六月乙亥，昭公入。（《左传·桓公十五年》）

表明郑国人对郑昭公的回归是不太欢迎的，郑国大夫高渠弥尤其不欢迎。

高渠弥，郑国大将，当年郑国跟周桓王在长葛大战，公子突提出了先攻偏师的设想，付诸实施的骨干就是高渠弥。

因为高渠弥在长葛之战中的优异表现，姬寤生准备提拔高渠弥为国家的卿士，听到这个消息后，世子忽马上跑去告诉父亲，高渠弥这个人有问题，不要提拔他。

不得不说，世子忽的眼光还是很准的，他不娶齐僖公的女儿，大概也是看出齐僖公家教太差。但有时候发现问题并不代表着会处理问题。

因为轻率地表达自己的意见，世子忽得罪了高渠弥。

祭仲意识到了这个问题，在郑昭公归来没多久，他就警告郑昭公小心高渠弥这个人，最好先下手为强除掉他。

郑昭公摇了摇头，在他看来，自己不过是从国家利益出发，提了一个人事任免的建议，而且也没有造成实质性的影响，父亲最终还是提拔了高渠弥，这么多年过去了，就算有什么不满也已经消散了吧！

郑昭公决定忘记过去，展望未来，但高渠弥并没有忘记，可他并不是怨恨郑昭公在自己提干时下绊子，真正影响他行为的是害怕。

身处政治斗争中的人，就像两个行走在黑暗森林的带枪猎人，他们屏

第十二章　世子的归来

息蹑行，希望能隐藏自己而发现对方，当发现对方时，为了确保对方不会把枪管对准自己，他们就只有先举起枪，把对方的要害纳入自己的准星。

这就是导致无数历史谋杀的最终原因：信任危机。

当年世子忽就反对我，现在他已经成了国君，迟早会对我下手，在他下手之前，我不如先下手——这就是高渠弥最真实的想法。

两年后的冬天，在一次狩猎中，高渠弥把箭头对准了郑昭公，然后松开了弓弦。

杀了郑昭公，高渠弥专门去拜访了祭仲，跟他讲了讲狩猎场上发生的意外，并表示现在国君已经死了，我准备拥立先君庄公的另一个儿子公子亹为君。

祭仲又面临了一次艰难的选择，是表示认同，与高渠弥同流合污，还是拍案而起，然后被高渠弥一刀砍死？

祭仲毫不犹豫选择了前者，只有保住性命，才能谋划未来。这是他从老领导姬寤生那里学来的隐忍之术。

高渠弥也松了一口气，他已经杀了国君，实在不想再杀一位上卿，说到底，他并不是一个杀人狂，甚至也不是权力狂，他只是作为一个行走在黑暗森林的猎手，做了自己认为正确的事情，在别人干掉自己之前先干掉对方。

一场本将引发大动荡的弑君事件在祭仲的不作为下，竟然悄然平息了。在数年的时间里，郑国国君从姬寤生到世子忽又到公子突再到世子忽再到郑子亹，郑国人换衣服也没有这么勤快，但显然郑国人也习惯了。

一切开始恢复平静，高渠弥也放松了警惕，只有一个人始终没有放松斗争这根弦。

这个人当然是祭仲。

第二年的七月，郑国接到了来自齐国的邀请函，齐襄公邀请郑子亹举行一次首脑会谈。

《第十三章》

齐国的怪才

第十三章 齐国的怪才

鲁桓公十四年,十二月底。

齐襄公跪在家庙里,铸银青铜油灯上火光跳跃。齐襄公又想起了父亲齐僖公去世时对他说的话,那是一句祖辈相传的警句——

不要忘了我们先祖哀公的血海深仇。

齐襄公迈出家庙,便着手走向中原。他做的第一件事,是跑到艾地跟鲁桓公见了一面。

虽然他跟鲁桓公是大舅子跟妹夫的关系,但这么急着去见鲁桓公实在有些不合适,毕竟去年鲁桓公大败齐国,让齐国并纪的大业泡了汤。齐僖公死在去年冬天,一半是年纪大了,另一半说是被自己小女婿鲁桓公气死的也不为过。

而且,齐僖公已经交代了下来,纪国是一定要消灭掉的。要消灭纪国,就得先制服鲁国。孔子教导我们说,三年不改父道可谓孝。齐僖公刚埋了不到半年,齐襄公就跑去跟鲁桓公握手言和了。

齐襄公的理由还特别充分,因为这一年,公子突谋杀祭仲失败,逃出郑国,而许叔趁着郑国内乱从乡下杀回了都城。许国托管一事,是当年齐、鲁、郑三国定下来的，现在许叔擅自回都城，郑国管不了事，齐、鲁两国总要过问一下。

可就实际进展来看，讨论的问题并不重要，讨论本身才是重要的。齐、鲁两国马上将交谈的重点从八竿子远的许国回归到两国自身上面来。双方决定摒弃前嫌，重修旧好。齐襄公更提议，为了改善双边关系，两国国君应该定期不定期地举行见面会，加强沟通与合作。鲁桓公表示认同。本来他还担心齐国会借机报复，没想到大舅子比老丈人亲切多了。

鲁桓公双亲去世得早，对亲情十分渴望，齐襄公的出现迅速填补了他内心情感的空白。

有兄弟的感觉真好！

到了第三年，也就是鲁桓公十七年，鲁桓公又盛情邀请齐襄公在黄地结盟，并提前打招呼，这一次，纪国的国君也要来参加。齐襄公明白了，这是妹夫想调解齐、纪之间的矛盾，彻底打消齐国吞纪的念头。

齐襄公欣然前往，并正式与鲁、纪结盟，但齐襄公也没有白来，他也带来了自己的要求，请鲁国帮忙解决卫国的事情。

在前年，也就是鲁桓公十五年，卫国的左公子泄和右公子职发动政变，驱逐了卫国国君卫惠公。这两位左右公子，一位是世子急的师傅，一位是公子寿的师傅，他们这样做是替自己的徒弟出一口气，在赶走卫惠公之后，他们另立了世子急的弟弟公子黔牟为国君。

这显然不是齐国所乐见的。

于是，齐国利用鲁国欲调解齐、纪关系的机会，提出了自己的要求，请求鲁国到时出兵支援齐国对卫的军事行动。鲁桓公毫不犹豫地答应了下来。

《第十三章》 齐国的怪才

这次会盟十分圆满地画上了句号，齐、鲁关系恢复到历史最好水平。

数年以后，齐襄公最终成功帮助自己的外甥杀回了卫国，这个数年有点久，但结局总算是美好的。

在不断接触中，鲁桓公终于认可了自己的这位大舅子，渐渐忘记了自己对老丈人干过什么事，也忘记了齐、鲁素来都是竞争大于合作的两国。

齐襄公用一个挑衅的行为确定了自己对这位妹夫的态度。

结盟后没多久，在齐、鲁边境发生了一起军事冲突。这起军事冲突是因为齐国军队越过边境线，进入了鲁国的境内，发生的地点还有些特殊，叫郎，就是当年齐、郑两国"来战于郎"的郎。这个郎据考证已经靠近鲁国首都，这要么是鲁国最近国土缩水，要么就是齐兵越境越得有点深。

守边的官吏紧急向鲁桓公汇报。鲁桓公奇怪了，刚签订三国盟约，大家都很愉快，怎么这么快，齐国就打我们鲁国呢？想了一会儿，他认定这不过是一次小摩擦。于是，他告诉守边的官吏，发生这样的事情，要注意守护好边疆，防备他国的突然侵犯，只要做好准备，敌人来了就狠狠还击，没有必要请示我。

果然，齐襄公很快派人前来说明情况，对边境上发生的冲突表示道歉，并解释这是一次意外的擦枪走火。齐襄公还表示，希望在明年能碰个头，就边境上的这些事情进行具体商榷，避免此类事情再次发生。

鲁桓公回复，我们十分期待接下来的齐、鲁会面。

事后来看，不只鲁桓公期待，有些人对这次见面都有些急不可待了。

公元前694年，鲁桓公十八年，鲁桓公三十出头，风华正茂，国内事务四平八稳，国际声望与日俱增，特别是击败齐僖公之后，隐然有小霸主的苗头。

在这一年的春天，万绿吐新，鲁桓公准备踏上与齐襄公约定的行程。这是一次计划中的出行，主要为了协调两国边境上的问题，另外还要办一件重要的事情。这一年，周王室要将女儿嫁给齐襄公，而鲁国在春秋的地位，相当于王室专用婚嫁仪式公司，自然要鲁桓公从中搭桥引线。

鲁桓公认为这将会是一次促进齐鲁关系，增进齐鲁友谊的最佳机会，更能提升鲁国在国际社会的地位。于是，他没有耽搁，春天刚到，他就准备好了马车。出发的时候，他的老婆文姜女士提出也要去。

夫人陪同国君进行外事访问，向来被称为冰冷政治中的一抹温情，文姜女士为了拓展鲁国外交，不辞辛苦，主动请缨，要求出国访问，这种精神相当可贵，可鲁国大夫申繻听到后，突然跑到鲁桓公面前，说了一句莫名其妙的话："男各有妻，妻各有夫，不互相亵渎，这就叫有礼，如果交换了，一定会有败事。"这算什么话，鲁桓公是偕夫人出国访问，哪里交换了？

鲁桓公把申繻呵斥了一顿。

他要是想明白申繻说的话，就不会带老婆出访了。

在泺邑，齐、鲁两国国君举行了气氛融洽的见面会，双方就去年国境上发生的军事冲突达成了谅解。鲁桓公也顺便跟齐襄公交付了周王室的婚事，恭喜了大舅子，让大舅子回去赶快准备迎娶天子的女儿。

会议结束后，齐襄公热情邀请鲁桓公到齐国访问。鲁桓公想起来，自己即位后还从来没有到齐国国都参观过，而他的夫人文姜也一直表示要回

《第十三章》齐国的怪才

娘家看看。于是,鲁桓公接受了这个邀请。

来到齐国国都临淄后,鲁桓公饶有兴趣地参观了临淄的都城,在回驿馆的时候,他得到消息说自己的大舅子刚才和自己的老婆卿卿我我,做出了出格的事情。

鲁桓公大概惊呆了。

她是你的亲妹子啊!

此情此景,鲁桓公实在难以接受,但这确实是真的。

据史书暗示,小说渲染,齐襄公跟妹妹文姜的不伦之恋是有着悠久历史的,这个历史可以追溯到文姜出嫁前。在那时,齐襄公就跟这个妹妹卿卿我我,搞起了不伦之恋。

鲁桓公嘴张得像一条离水的鱼,他想起了以前发生的不正常事情。

当年,齐僖公亲自送女儿文姜到鲁国,原来不是不懂礼,也不是防止女婿调包,而是怕文姜闹情绪。

原来大夫申繻跟我说的什么男各有妻,妻各有夫,就是这个意思啊!

鲁桓公又想起来自己的儿子同刚生下来时,有人风言风语说同不像自己,现在终于知道同像谁了。

气愤之下,性格懦弱的鲁桓公抡起巴掌狠狠赏了自己一耳光:我怎么到现在才发现啊!

然后,他看着对他爱理不理的文姜,脱口而出责问道:"你说,同儿是不是你跟姜诸儿的野种?"诸儿就是齐襄公的名字。

夫妻吵架,先找娘家。文姜就在娘家,当然摔门而出,找到了她的哥哥齐襄公。

听说事情败露,齐襄公惊慌了一阵,但他不愧为齐僖公的儿子,在传统礼仪方面先是敢于惊世骇俗，出事了更敢于一不做二不休。

想了一下，齐襄公说："请妹夫过来吃个饭，我们谈谈。"

鲁桓公如约而来，主宾双方难免尴尬，但齐襄公毕竟是齐僖公的儿子，谈笑风生，嬉笑如常，仿佛没发生什么事。鲁桓公一度想掀了桌子，上前揍大舅子，但他知道如果冲动起来，自己占不到什么便宜，还是忍一忍吧，一切等自己回到鲁国再说。

因为没办法发泄，只好喝闷酒，很快，鲁桓公就喝得东倒西歪。看着脚步踉跄还大喊自己没醉的鲁桓公，齐襄公十分关心，叫来了大夫公子彭生，让他扶一下鲁桓公。

彭生一扶就将鲁桓公扶薨了。

夏四月丙子，公薨于齐。《春秋·桓公十八年》

自己的国君发生这样的事情，还死得如此窝囊，《春秋》都不好意思记，而一向善于补充要点的左丘明老师也不好意思多说，只加了一句："使公子彭生乘公，公薨于车。"

还是司马迁公正客观，在《史记》里详细介绍了事情的经过。在将鲁桓公抱上车时，齐襄公下了一个命令（可能使了一个眼神）。彭生一使劲，就将鲁桓公的肋骨给折断了。

鲁桓公是带着美好的憧憬出使齐国的，结果却冰冷地躺在马车里被运了回来，而鲁国人竟然对此事反应冷漠！

鲁国继任国君鲁庄公，也就是世子同给齐国发了一份文件，表示我的父亲为了跟齐国重修旧好才出去的，结果一去就没有回来，事情发生在你

第十三章 齐国的怪才

们齐国，我们没办法捉拿罪犯，这件事情在诸侯中影响很坏，请齐侯赶紧杀掉彭生来消除影响。

这个要求合情不过分，合理好操作，齐襄公马上送上了彭生的人头。

让你扶一下桓公，你就把人家扶死了，你不死谁死？

鲁国人满意了，但显然，这种娱乐事件，不是当事人说了算的。作为一国之君，和自己的亲妹子乱伦，最后还把别人的国君都杀了，真是惊世骇俗。齐国的声誉一落千丈。为了挽回自己的声誉，齐襄公做出了一个决定，在召开诸侯大会时，邀请郑国新任国君郑子亹前来参会。

收到这个消息，高渠弥十分高兴。因为弑了君，他在国内国外的处境都很困难，而且他扶立的郑子亹一直得不到国际社会的认可。

春秋有一个惯例：如果诸侯不是正常继位，而是篡立的话，要得到其他国家的认可，有一个最直接的办法，就是参与诸侯会盟，开完会后就可以称他为国君了。如果一次诸侯会面都没搞过，那就不能以爵位来称呼他。

郑子亹即位以来没有一个人请他进行国事访问，现在齐国肯主动邀请郑子亹参加诸侯大会，无疑是一个天大的好消息。

国君与会，作为卿士的高渠弥自然需要陪同，但高渠弥很讲究，并不想独吞这份荣耀，他登门拜访祭仲上卿，向他汇报了齐国的邀请，请祭仲出面主持大局。

祭仲以一声咳嗽回应了他，稍稍平复呼吸之后，祭仲表示自己身体太差，可能出不了这趟差。

望了望祭仲苍老的脸，高渠弥表示理解，祭老年纪确实大了，经不起舟车劳顿。

"那我就全权处理这件事了?"

祭仲点头,表示以后郑国的事情还需要高渠弥挑起大梁来。

高渠弥兴高采烈地应承下来,告辞而去。

在高渠弥离开之后,祭仲想了一下,决定还是去找一下国君郑子亹。他告诉对方,这一次你不要去,让高渠弥代表你去就可以了。

郑子亹很奇怪,他继位以来,还从来没有参加过高层次的外事交流,这次这么好的机会怎么可以放弃?

"为什么?"他问道。

"您忘了当年您跟齐侯的过节吗?"

郑子亹沉默了一会儿,他确实跟齐襄公有一些不愉快的往事。当年齐、鲁、郑三国组成霸主集团,姬寤生经常领着儿子们去跟齐、鲁两国互访,为了在下一代中培养友谊,三巨头在他们中间举行一些诸如摔跤打猎之类的友谊赛,齐襄公就曾经跟郑子亹交过手,结果郑子亹完胜。

"你现在去,只怕齐侯会趁机羞辱你。"

听到这一句,郑子亹摇了摇头:"齐国强大,现在公子突又在栎邑,要是我不去,齐国就会借机率领诸侯攻打我,让公子突回来继位。我还是去吧!况且,我去了为什么就一定会受辱呢,我看未必像你说的那样不堪。"

祭仲停止了劝谏,表示国君的考虑是正确的。

于是,这一年的七月,郑子亹跟高渠弥到达了会议地点。

郑子亹还是太年轻太简单啊,见到了老大哥齐襄公,也不知道就当年的冲突道个歉。齐襄公很生气,一声令下,伏兵杀出,郑子亹被抓了起来,很快就被杀掉了,而高渠弥处理起来就要麻烦一点。高渠弥的头与四

第十三章 齐国的怪才

肢分别被绑在五辆马车上,然后五匹马向不同的方向拉,把人拉成五大块,学名车裂,俗称五马分尸。这是对弑君者的标准刑罚。

在自己的头被套上绳索时,高渠弥才明白过来,为什么老当益壮的祭仲突然就病了。

这次诸侯会盟与会国君并不多,但齐襄公车裂高渠弥的消息还是迅速在中原传开了。各国对齐襄公的行为进行了高度评价,这一评价甚至超过了当年陈庄公诛姬州吁,毕竟陈庄公还有私人感情在里面。齐襄公作为有征伐传统的大国领袖,继承传统,发扬风格,不计报酬,不为私愤,路见不平,替郑国除掉了一大祸患。这种精神实在是难能可贵。

当然,也不全都是叫好的,比如一向热衷评论国际事件的鲁国对齐襄公的这一义举保持了沉默。联想到这一年发生的说不清道不明的事情,鲁国人不鼓掌那就不鼓掌吧!

在高渠弥离开自己的家时,祭仲就在鼓掌,他早就猜到了这样的结局。当然,他没有说。

等郑子亹死后,祭仲从陈国接回郑子亹的弟弟公子婴,将其立为国君,史称郑子婴。从姬寤生到世子忽、公子突,再到郑子亹、郑子婴,他当年所说的"此四子皆可为君"一语成谶,而祭仲也成了五朝元老。

《第十四章》

齐襄公的襄

第十四章 齐襄公的襄

中国的谥法是很有意思的，通过谥号，大致可以了解一个人的一生。

而谥法分为上中下三等。一般来说，只要不是混日子的，基本都能获个好评（上谥）。做了错事的，只要不太过分，也能混个中评（中谥），比如齐僖公，因为在儿女婚姻的处理上有些草率，所以只混了一个僖的中谥，表示他的一生成绩还是主要的，但也犯过一些错误。照此推算下去，他的儿子齐襄公就该是差评了，得从下谥表里挑字。可翻翻谥法这本书，你就会发现，"襄"这个字竟然还是上谥里面的。

辟地有德曰襄；甲胄有劳曰襄；因事有功曰襄；执心克刚曰襄；协赞有成曰襄；威德服远曰襄。

这说明，齐襄公虽然干了些荒唐事，但他本人工作还是努力的，工作成果还是挺突出的。

齐僖公去世时的情况是，因为外交上的失误，齐僖公先是与鲁国交恶，接着又因个人喜好同郑国感情破裂，最终导致齐国败在鲁、郑的联合攻击下。

而三年以后，齐国的国际环境大为改观。

一直跟齐国作对的鲁桓公死在了齐国，而鲁国继任者鲁庄公，就不好意思说啦！至于郑国，因为齐襄公帮助郑国除掉了弑君贼，郑国国内普遍对他充满好感，提起齐襄公，都是"仁义"二字。

齐国的外部环境发生这样的改观，实在让人惊叹。更让人惊叹的是，齐襄公好像什么正事都没干。

现在齐襄公终于开始办正事了，他依然记得父亲对他的嘱咐。

灭纪国，报前仇，创未来。

在妹夫鲁桓公离奇死亡、郑国高渠弥遭到车裂的第二年，公元前693年，齐襄公向纪国发动进攻，夺取纪国的郱、鄑、郚三邑。鲁国史官记下这个事件，因为这是纪国灭亡的开始。

两年以后，公元前691年，纪侯的弟弟纪季以酅邑并入齐国。作为交换条件，齐襄公保留了纪国的五庙，让纪国的姑姑、姐妹活下来。

鲁国终于发现了不对劲，鲁庄公率领军队来到郎，这个地点我们很熟了，属事故多发地带。鲁庄公打算去救援纪，但以他本人的实力又打不过跟他长得很像的大舅舅齐襄公。于是，他给郑国国君郑子婴去了信，请求郑国一同发兵救纪。

在郎地，鲁庄公等了很久。《春秋》载：

冬，公次于滑。（《春秋·庄公三年》）

在这句简短的话里，就隐藏着鲁庄公等待的时间，因为军队外出，住一晚的叫作舍，住两晚叫作信，如果超过两晚则叫作次。

第十四章 齐襄公的襄

鲁庄公至少等了郑子婴两天两夜，终于见到郑国的人了，一个信使。郑子婴托信使带话，国家有祸难，没办法出门。这个也可以理解，郑国的公子突还在栎地虎视眈眈，郑子婴哪里敢出远门。况且，郑子婴能有今天，还不是多亏齐襄公主持公道。

鲁庄公叹了一口气，他明白了，时局不同了，郑国不是以前的郑国，想复制以前郑、鲁大败齐国的辉煌已经不现实。于是，鲁庄公只好一个人回到了鲁国。

第二年，公元前690年，齐襄公跟陈侯、郑子婴在垂地碰了一个头，《春秋》用"遇"这个字来记载，表明这是一次非正式会谈。齐襄公只是跟两位国君打一个招呼，我要灭纪国了。

回到齐国，齐襄公迈进家庙，父亲的牌位就在上面看着他，他亦听得到齐哀公的悲号。准备了四年，他总算可以迈出最后一步。

齐襄公叫来了占卜的，请他卜一下吉凶，吉就出征，凶则改期。

算完之后，卜师严肃地告诉他，你能灭掉纪国，但你的军队将要丧失一半。

这是吉还是凶？

齐襄公自己给出了回答：这不算凶，只要能灭亡纪国，我就算战死了，也是吉！

于是，接下来这一年的夏天，发生了两件事：第一件事，纪侯离开了自己的国家——"大去其国"；第二件事，六月二十三日，齐侯替纪国安葬了三个月前去世的纪侯夫人纪伯姬。

这两件事情意味着纪国正式亡国了。

《春秋》并没有记载纪国亡国，而是用纪侯永远离开了自己的国家来表示。其一，当年纪季投降，保存了社稷，总算有一处地方给纪国祖宗上香，灭得不算干净；其二，纪侯逃跑，齐襄公也没有赶尽杀绝，没有发动追击，所以不能用"出奔"这个国君逃跑的常用词。

大去，表示纪侯再也回不去了。《春秋》如此周折也是为了替齐襄公避讳，不想直接写出他灭了人家的国家。

虽然齐襄公对鲁国不太地道，虽然齐襄公灭人家国家不太讲究，虽然在道德水平上纪侯比齐襄公要高数个层次，但《春秋》认为齐襄公做的这件事情还是对的。

一切都源于一百六十年前，齐哀公所受的冤屈。孔子的学生揣测：如果没有贤明的天子，没有主持正义的诸侯之长，那么你就可以凭着祖先的恩仇行事。

从齐哀公传到齐襄公，正好是第十世，十世的恩怨终于有了了断，凭此一项，齐襄公也可以安享"襄"这个好评。

而且齐襄公还很讲究，灭了纪国，还考虑到纪伯姬是鲁国的人，纪侯"大去"得快，没顾上给夫人办葬礼，齐襄公就当仁不让，以纪国夫人之礼安葬了纪伯姬。

对于纪国的灭亡，各诸侯的反应只能用"麻木"两个字表示，连鲁国也没有拿出任何实质性的措施，一个像样的抗议都没有，丝毫没有纪国保护伞的风范。

家家有本难念的经，鲁国人这些年也很忙，在齐襄公忙着灭纪大业时，鲁国人民也没闲着，他们正全民充当狗仔队，密切地关注着国母文姜的动态。

《第十四章》 齐襄公的襄

齐襄公跟文姜干了这样的事情，受伤害最深的还是国君鲁庄公。

从他出生时开始，就一直有些风言风语围绕着他，等自己的父亲一去齐国不复返之后，这个风言风语更有坐实的趋势。

作为夹在中间的人，他也不想替父亲报仇，毕竟自己的父亲究竟是谁，连他自己也不肯定，他只想这件事情尽快过去，自己安心当自己的国君，等时间长了，一切都会冲淡的，谁还会记得自己那些尴尬的过去呢？

这个愿望总的来说还是不难的，虽然春秋人民很八卦，但春秋花边新闻很多，重大国际事件层出不穷，比如鲁桓公死的这一年，周王室的王子克连同周公黑肩准备发动政变，结果被周庄王发现，提前下手，周公黑肩被杀，王子克逃到了燕国，等等。舅舅齐襄公又搞了一次大车裂，赚足了天下人的眼球。大家都把目光转向了中原。接下来，只要鲁国低调一点，一切都会过去的。

但鲁庄公还是抓狂了。他继位没多久，父亲刚下葬，就又出了岔子。

公元前693年的三月，文姜从鲁国逃跑了，当然，目的地是齐国。

消息传出，再一次刺激了人们的八卦神经，大家纷纷就接下来会发生的狗血剧情进行了猜测和演绎。

齐襄公是不在乎的，以文姜这种说爱就爱、说走就走的性格，也不会在意别人的看法，唯一难过的是鲁国的国君鲁庄公。

自己的父亲被舅舅杀了，自己的母亲又跟舅舅有着这样的关系，现在母亲逃出国，投奔了舅舅，鲁庄公想想就有一种想死的心。

为了挽回母亲，鲁庄公做出过努力。

这一年的夏天，鲁庄公在自己的都城外修了一座行宫，倒不是给母亲修的，而是为周王室的周姬修的，天子嫁女，天子是不送亲的，而是委托同姓诸侯大国的诸侯主持婚礼，这也是皇帝女儿称为公主的原因。为周姬主持婚礼这个光荣的任务落在鲁庄公身上。

当然，周天子这个任务布置得很不地道，明知道齐国刚杀了鲁国的国君，还让鲁国主持婚礼，要知道婚礼是在鲁国的祖庙里举行，齐襄公要来鲁国接亲，鲁桓公先生的灵位就摆在上面，看着自己的儿子穿着吉服替齐襄公主持婚礼，只怕又要气死一次。

但鲁庄公没有挑理，而是想到这个在城外修行宫办婚礼的权宜之计，父亲眼不见自然心不烦。

行宫修好了，新娘也接过来了，可新郎没来。齐襄公不来也是正常的，万一来了拜完堂，被鲁国人抓去祭鲁桓公的灵位呢？

鲁国本着负责任的态度，齐襄公不来，鲁国就亲自把周姬送到齐国。

在鲁庄公看来，只要舅舅齐襄公有了老婆，自然就不会再跟自己的母亲约会了。

想法是好的，现实依然是残酷的，好不容易把周姬嫁过去之后，这位周姬对丈夫的花边新闻早有所闻，现在亲眼所见，更是觉得匪夷所思。一年以后，竟然郁郁而终。

没有了夫人，齐襄公又回到了快乐的单身汉状态，与妹妹文姜的约会也更加频繁。两人的约会前前后后持续了好几年！

鲁庄公的心在滴血，但他毫无办法。

在他以为这种羞耻会伴随着他一辈子的时候，文襄畸恋却戛然而止了！

当然，并不是这对奇葩男女觉悟了，后悔了，知礼了。

原因竟然是齐襄公的大限到了！

《第十四章》 齐襄公的囊

公元前685年,齐国连称、管至父两位大夫踏上了出差的旅程,齐襄公派他们到边境葵丘驻守,这种出差是一种苦差事,跟今天跨国公司安排员工到战乱国出差一样。一般采取轮换制,期限不会太长。

安排工作时正是秋天,齐襄公大概正在吃瓜,他顺手指着瓜说,你们吃了瓜去,明年瓜熟了,你们就回来。这句话被后人简化成成语:及瓜而代。

想想也就一年,就当去边区锻炼了,回来了说不定能提干。于是,两位愉快地出发了。

日子过得很快。这一天,两位大夫吃完饭,下面端上来水果,两位啃着啃着,突然一拍大腿。

瓜又熟了啊!

这一年在这里风吹雨淋的,齐襄公也没有派人过来慰问一下。两位本来就有点不满情绪,现在瓜都熟了,怎么国君还不叫人过来换班呢?两位在边区,消息不灵通,还不知道齐襄公正忙着跟文姜约会,哪里管得上两位部下的死活呢!

国君不重视,只好提醒国君重视了。两位派人前往首都,请求齐襄公派人换他们。

齐襄公大笔一挥:再接再厉,再干一年。

这个玩笑开得有点大了,本来是奉献边疆,可没想着扎根边疆啊,还等着今年过年回家团圆呢,再干一年,老婆还不得跟人跑了。

两位兄弟吃着瓜,商量了一下,既然国君不让我们回去过年,我们就让领导过不了今年。

两位大夫就此踏上了归途,悄悄回到临淄,为了打倒暴君,他们联络了一切可以联络的力量。

第一个找到的人叫公孙无知。

这位公孙是齐庄公的孙子，论辈分是齐僖公的侄子、齐襄公的堂弟。齐僖公很喜欢这位大侄子，给他的待遇跟世子诸儿也就是现在的齐襄公一模一样。可如今，齐僖公已经去世了，齐国是齐襄公的齐国，这位公孙无知颇有点无知者无畏的感觉，竟然还穿着世子的衣服，享受着世子的待遇。

这就不太对了，平时就看你不太爽，但老爷子在也就忍了，现在我当了国君，你还大摇大摆地充世子。齐襄公毫不客气，立刻请他把世子服脱了下来，宣布：从今天起，你的待遇降低了。

他们找的第二个人没有名字，是齐襄公的小妾，连称的堂妹，我们就称她为连妹吧！因为齐襄公忙着与文姜约会，后宫也就照顾不到，这位连妹应该是位深宫怨妇。

四个对齐襄公有怨言的人聚到了一起，组成了一个临时组织，成员结构还是很合理的，有王室成员，有高级干部，还有后宫卧底。他们分工合作，由公孙无知牵头，连称、管至父负责实施，小妾则打探消息。他们还达成了分红协议，成功之后，公孙无知当国君，连称、管至父两位提干，而小妾则嫁给公孙无知，当夫人。

齐襄公对此一无所知，他还是一如既往地见情人，打弱国，偶尔还打打猎。

公元前686年，齐襄公去贝丘打猎。国君打猎，首先要安排随从从四面呼叫，把猎物赶到国君的面前。随从工作是很努力的，成绩也是突出的，一头野猪出现在齐襄公的面前。

齐襄公搭弓欲射，却发现随从脸上露出惊恐的表情，好像见了鬼。

"这是死去的公子彭生！"终于有人喊了出来。

公子彭生？齐襄公吃了一惊，当年他利用公子彭生勒死了鲁桓公，结果非但没给人家任何奖励，还过河拆桥，把人家的脑袋送给了鲁国人。这难道是公子彭生冤魂不散，找自己报仇来了？

想到这里，齐襄公勃然大怒，你活着的时候，老子都不怕你，何况你现在已经死了！

"彭生还敢来见我！"齐襄公瞄准就射，接下来发生了一件更让人毛骨悚然的事情，这只野猪不但不逃，反而站了起来，发出了人类的哭声。

这实在是太诡异了！

敢泡亲妹、能灭人国、车裂大夫、勒死妹夫的齐襄公也害怕了，脚一软从车上摔了下来，不但崴了脚，还把一只鞋给搞丢了。

从泥地里爬上车，齐襄公下了无比英明的一个命令：赶紧走！

回到驻地，齐襄公惊魂稍定，终于发现自己的重大损失，一只鞋不见了。齐襄公下令自己的侍人费去把鞋找回来。

这上哪里找去？更何况外面还有一只站着乱跑的"野猪"。

侍人费出去了，转了一圈，然后回来报告鞋子没找到。这彻底激怒了齐襄公，他用鞭子结结实实地抽打了费一顿，打得费鲜血直流，又叫他赶紧去找，找不到就不要回来了。

费只好忍着伤痛，重新踏上了寻找鞋的旅程。

鞋没有找到，费却碰到一堆人。

公孙无知正率领着他的团队冲杀过来。

到了这里，可以解释一下这次奇怪的狩猎事件了。在齐襄公决定出猎时，那位做间谍的小妾就送出了情报，他们商量后觉得这个机会是极好的。猎场人多兵器多，射个冷箭是很正常的，也素来是弑君者们喜欢的作案地点，比如高渠弥就是趁打猎射杀的郑昭公。

而那只"野猪"只怕十有八九就是公孙无知他们利用齐襄公跟彭生之间的瓜葛，找了一个人披了一张猪皮假扮的，想要吓住齐襄公，然后再趁机干掉他，就可以对外宣布是彭生显灵来复仇。

这个安排真可谓奇思妙想，但没想到齐襄公别的不行，但反应很灵敏，一见猪都会站立了，上车就跑，一跑就连猪都追不上。刺杀的A计划失败。

只好执行B计划了。

公孙无知领着武士向行宫杀去，迎面碰上外出捡鞋的费。

公孙无知眼前一亮，立马下令，把他给我绑起来。

一路上，公孙无知心里还是没底，自己的堂兄有没有发现不对劲？被猪吓了以后有没有加强警备？现在抓个下人正好问一问。

看到一大拨人拿着凶器，费马上猜到了他们的用意。他连忙大喊："不用劳各位费力，我绝对不会替君上卖命。"看到对方不信，他把衣服一脱，"你们看，我刚被君上鞭打过。"

大家一看，果然伤痕累累，还很新鲜，犹在渗血。公孙无知当场拍板，将费吸收到造反集团当中来，多一个人就多一份力量。费先生也十分合作，明白入伙是要交投名状的，表示自己可以先进去打探一下消息。

想了想，公孙无知点了点头："这样也好。"

公孙无知看着费一路小跑着朝行宫去了，他着急地在原地踱步，等待

《第十四章》 齐襄公的囊

着费的好消息。时间一点点过去，公孙无知终于发现不对劲了。

不管了，杀向行宫，是飞黄腾达还是死无葬身之地，就看这一把！

公孙无知率领众人冲向了行宫，在宫殿门口，他看到了拿着兵器护卫的费。

上当了！

公孙无知心头涌起一阵怒火，他只想到了人皆自保，却没想到亦人有忠诚。

在将公孙无知哄在原地等候之后，费跑进殿内，向齐襄公通报了消息，替齐襄公找到了藏身之所，然后率领齐襄公的近臣守在了门口。

在交战中，齐襄公的近臣全部战死，费被斩杀在门内。

最后的目标就在门里。

似乎并不难找，床上被子隆起，大家冲上去，对着床就是一顿招呼，直到公孙无知喊了停。

现在，难度极大的弑君任务总算完成了，回去就可以按照商量好的分红，但公孙无知总觉得哪里不对劲，顿了一下，他猛地掀开被子。

被子里确实有人，确实被砍死，确实穿着国君的衣服，但又确实不是齐襄公本人。

在春秋，国君出战时，要是战况不利，经常有仆从穿着国君的衣服，驾着国君的马，吸引敌人，让国君乔装逃走，这位躺在床上的人就是这样一位替身，他是齐襄公的太监孟阳。

齐侯在哪里？公孙无知一阵慌乱，要是失败了，可不是死那么简单，齐襄公在车裂这种酷刑上可是有实际操作经验的。

一定不能慌，公孙无知告诉自己，他开始冷静下来。

费没有逃走,而是守在门口,说明齐侯就在这个屋子里,想到这一点后,公孙无知大喊:快找,他就在这里面!

没费多大工夫,他们就把齐襄公找了出来。据史书记载,有人看到了一扇门下面露出了一只脚,把门一拉开,齐襄公正在里面发抖。

遂弑之。

齐襄公极具娱乐精神的一生就这样结束了。对于这样一个人,我们不得不多挖掘一下他的本质,首先让人惊奇的是在他最危险的时候,竟然有不少人愿意为他送命。

刚被他鞭打的费选择了效忠,所有的近臣都战死在门外,而那位太监明知道替他躺在被里必死无疑,可他至死都没有喊一声。

生,很简单,只需要指出齐襄公的藏身之地。死,很难,可他们集体选择了战死。这种集体的效忠除了让人钦佩之外,还说明了一个问题,齐襄公应该是一个极具领袖魅力的人。

他虽然粗暴了点,但他性格豪放,行事洒脱,以及一定还有许多史书未能提及的优点,正是这些优点,让他的近臣对他保持了最高的忠诚。

另外,齐襄公也是一个相当有能力的人,至少跟他的父亲齐僖公不相上下。在与文姜不停约会的同时,他灭纪国,打卫国,服鲁国,可谓事业爱情两不误。与他同时代的国君二代中,只有郑厉公在军事上能与他匹配,而其他人恐怕都被齐襄公甩得远远的。

以他的能力再加上齐国的国力,齐国雄霸天下的伟业也许就将在他的手上实现。

但他还是有着致命的缺陷。

作为国君，他的管理方式十分简单粗暴，政策朝令夕改，赏罚不当，不守信诺，为人高傲，崇尚暴力，当然，道德上还有大问题。

这一切，决定了他终究成不了一代霸主。

齐襄公的死对中原来说也是一个损失。自从姬寤生去世之后，中原已经很久没有领导群雄的霸主了，而中原离面对南方楚国挑战的日子也越来越近。

在公元前690年，齐襄公灭纪时，中原诸国集体采取了静观其变的态度。而南方的楚武王熊通则搞了一次大阅兵，宣布将进攻齐国！

《第十五章》

楚武王的梦想

第十五章 楚武王的梦想

公元前706年,熊通一打随国,逼使随侯为他跑腿到周王室申请提干,不遂。

公元前704年春,熊通称王。夏天,楚国召开沈鹿诸侯大会。秋天,二打随国。

自此,楚国已然成为江汉的区域霸主,但这并不是熊通的最终目标,进军中原,图谋天下的霸主才是他的理想。在他看来,楚国日益强盛,自己勤劳努力,又有斗伯比这样的贤人辅助,实现这个目标只是时间的问题,更何况,他还有一个十分厉害的儿子。

这个儿子叫瑕,因封于屈邑,遂称屈瑕。

公元前701年,屈瑕率军出国,欲跟贰、轸二国结盟。

走到贰、轸两国边境蒲骚,贰、轸两国的代表还没有抵达会场,会场的周围却出现了另一支军队。

这是郧国的军队。

郧国是贰、轸的邻国,楚国并没有邀请它与会,它没事跑到会场不是为了看热闹,事实上,郧国准备袭击会场,破坏楚国的这一次会盟。原因也是很明显的。强大的楚国跟自己的左邻右舍眉来眼去，却对自己冷眼相对，稍动动脑子就会知道楚国想干什么了。

郧国也知道自己的斤两，屯兵边境线以后，没有立刻冲击会场，而是给随、绞、州、蓼四国送去了英雄帖，邀请大家一起来围殴楚国。

屈瑕陷入了危机，因为是来结盟的，没有带多少兵马。要是等郧国汇集兵马，屈瑕跟贰、轸两国代表只有去地府开会了。

情急之下，屈瑕把大夫斗廉请了过来。

熊通对于儿子还是很照顾的，第一次派儿子出来主持大局，怕发生突发事件，特地安排了大夫斗廉陪同。这位斗廉能征善战，在去年就用引兵深入、前后夹击的妙计打败了邓国的军队。

这个安排发挥了作用。

斗廉告诉屈瑕不要慌张，他已经有了一个破敌的计策："郧军迟迟不肯进攻，他们一定是在等四国前来增援，他们把大营布置在自己城邑外面的郊区，以为援兵将至，就肯定不会防备。您领兵驻扎外围，阻住四国前来增援，我带着精锐夜里去偷袭。郧人一心等增援，后面又有城邑作为退路，没有多少战斗意志，不难战胜。而如果打败了郧军，四国联军就会一哄而散。"

屈瑕没有说话，他本打算跟斗廉商量一下怎么安全地撤回去，没想到斗廉还要求他主动出击。他又心算了自己的部队，然后说道："能不能给楚王送信，让楚王给我们增兵？"

"不用！"斗廉否决了这个提议，"打胜仗在于团结，不在于兵多。您应该听过商周的往事吧？商朝这么强大，周朝还不是一样击败了它。只要我们同仇敌忾，完全没必要增兵。"

《第十五章》 楚武王的梦想

屈瑕点点头，提出了最后一个要求："要不我们占卜一下吧？"

这个人性化的要求同样被否决了。

"占卜是在疑惑时用的，现在我们决心已定，哪里还需要什么占卜！"

既然决定了，那就出击吧！事实证明斗廉的分析是正确的。楚军偷袭得手大败郧军，四国增援军队也没敢来捣乱。扫清了会议的障碍，屈瑕顺利完成了与贰、轸两国的会盟任务，拿着合同回到了国内。

从这件事情上看，屈瑕还是比较稚嫩的，面对大事不能处变不惊、当机立断，但好在还能听老人劝，执行任务也很果断，假以时日，一定能成为一名优秀的人才。

第二年，楚国进攻绞国，一直攻到绞国的南门。绞国虽小，但城很坚固，强攻将会造成重大损失。屈瑕给父亲出了一个主意。

"绞国弱小却行事轻率，做事情不过大脑，我们只要不派人保护砍柴的人，他们一定会出城攻击。"

熊通点头同意。

等楚国砍柴人在没有武装护卫的情况下上山时，绞人果断出北门袭击，俘虏了三十个砍柴的人。战果不可谓不辉煌。

这个"伟大胜利"极大地鼓舞了绞国人的信心，第二天，绞兵争先恐后出城，纷纷上山抓俘虏。成果依旧是喜人的，绞国军人抓起楚国樵夫来一抓一个准。在欢天喜地拉着战利品下山时，他们碰到了楚军的伏兵。

绞军大败，个别跑得快的总算逃回了北门，然后看到了已经在北门等了他们大半天的楚军。

这一战，以楚国逼迫绞国签订城下之盟而结束。

在此战中，屈瑕脱离了打仗靠数人头的低级层次，进入到分析敌人、因势利诱的高级阶段，他的这一战役亦成为军事上的经典战役，许多年后，岳飞就引用"莫敖采樵以致绞"来论述打仗要动脑子的思想。

只不过一年，屈瑕就成长得如此之快，不由得让楚王熊通满心欢喜。他把屈瑕提拔为莫敖，这是楚国的最高官职，还把军权交付给他。

这就有点拔苗助长了。屈瑕只打了两仗，第一仗的功劳要记在斗廉的头上，第二仗不过是打一个小国。

熊通年纪大了，对接班人的要求难免有些急切，这个安排对屈瑕产生了一些不太好的影响。

又一个第二年，屈瑕尽率楚国精锐进攻罗国。

自从楚国强大之后，江汉流域的诸多小国人人自危，但罗国这次被打也不完全是无辜的。去年楚国进攻绞国，渡彭水时，罗国派了大夫伯嘉前来侦察楚国的兵力，准备来年进攻楚国。

罗国的想法是很好的，军队不打无准备的仗，知己知彼方能百战百胜，但罗国大概国内没有什么识数的人，至少这位伯嘉就不太识数。

这位伯嘉也不伪装，大摇大摆地来点楚军的人头，点了一遍还没点清，来来回回点了数遍。这大概相当于楚国这边搞军事行动，罗国派了一架预警机来回飞了四五次，这就是赤裸裸的军事挑衅了。

偷窥楚国汉子过河，就别怪我们对你不客气！

本着锻炼年轻人的目的，熊通没有亲自出征，而是派屈瑕全权负责这次出征，但他对这次出征十分重视，把楚国国内所有的精锐调给了屈瑕，还派了大夫斗伯比去给屈瑕送行打气。

斗伯比陪屈瑕喝了两杯壮行酒，说了两句静候佳音的话，然后就回来

《第十五章》 楚武王的梦想

向熊通汇报。

"楚王，请马上给屈瑕增兵！"

熊通惊讶了，国内的兵马几乎都调给了屈瑕，还要增兵，那只有我们这些老家伙上了。

于是，他拒绝了斗伯比的要求，特意嘱咐对方回去好好休息一下。

下班之后，熊通回到内殿，跟自己的妻子邓曼说起这件事。

"斗大夫大概是老糊涂了，明明我已经把楚国的军队全调给屈瑕了，他还让我增兵，你说可笑不可笑。"

说完，熊通哈哈大笑起来，但他的妻子邓曼没有笑。等熊通的笑声停住后，她担忧地说道：

"斗大夫怎么会不知道楚国的军队都出动了，他之所以要求增兵，只怕是担心屈瑕陶醉在蒲骚战役的胜利中，产生骄傲轻敌的情绪，如果夫君不马上去提醒他，只怕屈瑕会吃亏。"

熊通恍然大悟。

斗伯比确实是在提醒熊通，在送行时，他发现了一个现象，莫敖走路的时候把脚抬得很高，他据此推断莫敖的心思躁动不安，只怕要出问题。

从前面两次征随之中，我们已经了解了斗伯比这位老谋深算的谋臣很喜欢拐弯抹角，楚王已经两次没拐过弯，差点闪到脑袋，这次又闪了一下。

熊通连忙派人去追屈瑕，终究还是没有赶上。

心高气傲的屈瑕正率军向罗国急行军，为了树立威信，他在军中发布通知：来劝谏的一律奉送刑罚若干。大概已经有人看到了军中的问题，提了一些建议，这让莫敖感觉受到了轻视。到达鄢水后，军队渡河混乱无序，一路还不设防备，错误累积起来，终于酿成了大败。到达罗国后，楚军受到了罗军与卢戎军的两面夹击，惨败收场。

屈瑕逃了出来，他这才明白战场的残酷性，得到一场胜利需要付出许多努力，而失败则来得如此容易。

五百年后，另一位楚人也与此时的他怀有相同的心境，那位是霸王项羽。

楚军精锐尽丧，纵然父亲怜我存我，我有何面目见之？

屈瑕没有渡过鄢水，而是策马奔向了荒谷，在一棵树下自缢而死。

他的骄傲让他尝到了失败的苦果，但这份骄傲最终还是为他赢得了尊重。自此之后，楚军统帅战必争胜，不胜殉职。

他的这份骄傲亦在后人的血脉里流存，四百多年后，他的一位后人因不满楚国衰败，愤而投江，大家都认识他，他叫屈原。

屈瑕自尽的消息传到了国内。与此同时，从前线败退下来的楚将将自己捆绑起来，听从楚王治罪。

熊通下令将他们全部赦免。他的楚军精锐损失惨重，他失去了自己器重的儿子，内心充满着深深的自责。

这次的惨败岂能全怪在屈瑕的身上？这一切何尝不是自己轻率的决定造成的？

屈瑕的死对熊通的打击很大，这次大败同样重创了处于迅猛发展期的楚国，整整十年，楚国没有进行大规模的军事行动，直到公元前690年，熊通才从失败中再次站了起来。

在这一年的春天，熊通搞了一次军事演习，号称要打到齐国，替纪国主持公道。

《第十五章》 楚武王的梦想

熊通摆出了一个叫荆尸的军阵（也有人认为荆尸是指正月），并在军中第一次大规模配置了戟这种兵器。戟是在矛的顶端装一根横戈改装而成，属于复合型杀伤武器，不刺你一个透心凉也能把你拉下马。这种兵器杀伤力很大，但制作复杂，在中原是上等兵的配置，楚国已经普及到了普通士兵，说明楚国的军事实力已经隐约超出了一般的中原大国。

搞完军事演练之后，熊通开始了斋戒，希望用这种方式来乞求神灵的祝福，同时获得心灵的平静。可他发现自己竟然处在一股莫名的亢奋当中，久久不能平静下来。

外事不决问大夫，内事不决问老婆，熊通找到老婆邓曼。

"我的心怎么跳得这么慌张？"

邓曼叹了一口气："夫君，您的福寿快完了，福寿将满，内心才会动摇。夫君已经感觉到了，所以在发布出征命令时心会发慌。"

"那怎么办？"熊通问道。

"没有办法，这是天道。"停了一会儿，邓曼补充道，"如果这次出征，军队没有受到什么损失，夫君能在途中寿尽，这就是国家的福气。"

国君与他的夫人没有恐慌，更没有哭泣，仿佛谈论的是一件等待已久的事情。在死亡面前，他们最先考虑的也不是做寿衣和棺材，而是军队的安危与国家的利益。

太子殉于职，君王赴死战，如此楚国，安能不兴？

熊通点头，他已经七十多岁了，死亡就像一个预约已久的朋友。他决定接受自己的宿命。

穿上铠甲，楚武王领着大军出征。

出国之后，他们扑向了随国。

齐国并不是他们的目标，攻打齐国只不过是熊通放的一颗烟幕弹。

这一次，已经是楚国第三次进攻随国了。说起来，随国也是相当无辜。在前一年，随侯被召唤到洛邑，周王对他放任熊通称王，任由楚国吞并小国，还率江汉小国向楚臣服的行为进行了严厉批评，警告他要搞清楚自己是姓什么的，不要跟荆蛮子搞到一起。

熊通称王已经是十多年前的事了，周王室现在才想起来发火，反应不可谓不迟钝，随侯也是莫名其妙，但考虑到现在的周王是比周桓王更年轻、更简单的周庄王，也就可以理解了。对中原的大事，他发表不了意见，对南国边疆，总要找点存在感吧！

随侯是个随和的人，对小领导的批评虚心接受，表示回去一定在江汉各国之间传达王室的指导精神，让大家跟楚国保持距离。

显然，随侯采取了两面不得罪的骑墙外交策略，这种策略通常来说都是比较失败的，因为两边不得罪的结果往往是两边都得罪。

楚国听说随侯竟然去洛邑参加制楚大会，妄图动摇楚国在这一地区的霸主地位，立马决定三打随国，再振楚风。

楚国已经十年未征战了，再不动一下，大家都以为楚熊在冬眠呢！

熊通没有到达最前线，在抵达随国之前，他死在了一棵松心木树下，死时安详平静，因为他知道就算自己不在了，楚国也一定能够完成这次出征，楚国也会沿着他开拓的大道继续走下去。

楚国的令尹斗祁、莫敖屈重将楚王熊通去世的消息封锁，然后逢山开路，遇水架桥，继续逼近随国。楚国的突然袭击取得了奇效，随侯前往楚营求和，莫敖用楚王的名义进入随国与随侯结盟。为了宣示楚国的权威，又请随侯出城，在汉水转弯之处，两国高层见了一次面。

第十五章 楚武王的梦想

拿着盟约,楚国再次确定随国不会成为自己的威胁。楚国全军而还,渡过汉水后,楚国公开了楚王的死讯。

熊通躺在马车里回到了国内,被葬在祖先的墓地里,名字被刻在灵牌上,摆在家庙里。在那里,他跟楚国的先贤们聚集在一起,然后凝视着新的楚国领袖步入这片神圣的殿堂。

不要忘了,不屈是我们的楚魂,强盛是我们的使命,中原是我们楚人的魂之所系,祖之根脉。

北上!北上!中原!